青春未央
亲爱的你
系列001

路过天蝎座的眼泪

意林·新文学发展中心 编

吉林摄影出版社
·长春·

小小姐 MiniMiss 出品

图书在版编目（CIP）数据

路过天蝎座的眼泪 / 意林·新文学发展中心编. --
长春：吉林摄影出版社，2018.5
（意林青春未央. 亲爱的你系列）
ISBN 978-7-5498-3591-1

Ⅰ. ①路… Ⅱ. ①意… Ⅲ. ①中篇小说 - 小说集 - 中国 - 当代②短篇小说 - 小说集 - 中国 - 当代 Ⅳ. ①I247.7

中国版本图书馆CIP数据核字(2018)第092514号

路过天蝎座的眼泪
Luguo Tianxiezuo de Yanlei

出 版 人	孙洪军
执行策划	Fairy
责任编辑	施 岚　胡晓路
图书统筹	悠 莉
特约编辑	张 丹
绘 图	叮咛叮咛
书籍装帧	胡静梅
美术编辑	张云丽
开 本	880mm×1230mm　1/32
字 数	310千字
印 张	9
版 次	2018年5月第1版
印 次	2018年5月第1次印刷
出 版	吉林摄影出版社
发 行	吉林摄影出版社
地 址	长春市泰来街1825号 邮编：130062
电 话	总编办：0431-86012616 发行科：0431-86012602
网 址	www.jlsycbs.net
经 销	全国各地新华书店
印 刷	北京嘉业印刷厂
书 号	ISBN 978-7-5498-3591-1　　　　定价：32.80元

版权所有　侵权必究

如发现印装质量问题，请与印务部联系退换，电话：010-51908584

目录
Contents

♥ **第一章 我把你遗落在初见的角落**

002　等栾树开，有故人来 / 陈若鱼
017　你说天堂在很遥远的地方 / 韩十三
032　下次告别，请悄悄回头 / 蘑菇味桃子

♥ **第二章 有你的地方就有我的江湖**

050　等你老了，我就是你的江湖 / 红　衣
068　与玫瑰同在的荣幸 / 凌霜隆
087　那些主角是藏在我心底的少女心事 / 阿狸咖哆

♥ **第三章 错过你的所有晴天**

098　河图 / 深嗲大王
118　灰先生 / 火灵狐
137　世上最相同的频率 / 时　巫

第四章　无从安放的思念时光

156　蝴蝶 / 齐木卡卡西
183　几许绀蓝做白头 / 吾　佟
202　我和观阳 / 巫念顾

第五章　路过天蝎座的眼泪

218　今宵一晚晚千年 / 默默安然
235　等我捡回那个球 / 小鹿苏苏
255　骊之海 / 宝　琴
268　以后我养你 / 离　庭

第 一 章

我把你遗落在初见的角落

那一刻我忽然很想顾小夜

仿佛也是在那个时候我才真正明白

也许我从来就没有很喜欢过赵亦冬

而是喜欢他对顾小夜的痴心不改

如同我们喜欢某一个男生

反而是因为他深情地喜欢着另一个人

我们会因为喜欢的人有喜欢的人而失落

也会因为喜欢的人喜欢别人而更加喜欢他

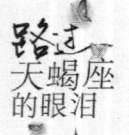

等栾树开,
有故人来

文/陈若鱼

1

我与顾小夜自六岁那年起就住在同一个大院里,赵亦冬是在我们十六岁那年搬来的,他是大院里唯一一个男生。

十六岁的我刚明白什么是喜欢,和男生靠得太近会脸红,跟男生多说两句话,就会被人起哄,懵懂又天真。但是我跟顾小夜对"喜欢"这两个字,有完全不同的见解。那时我觉得喜欢就像夏日里未成熟的青橘,想一想有点儿酸,再想一想又觉得甜,有那么一些暗藏的渴望。而顾小夜翻个白眼说,喜欢听起来就很无聊。

赵亦冬搬来的时候是夏天的伊始,院子里的栾树刚长出花蕾,粉灿灿地害羞地挂在枝头,仿佛在等一夜盛开的灿烈。

那日,是晴朗的午后,天空湛蓝,飘着几缕倦了的云,我和顾小夜在露台的阴凉处看漫画。赵亦冬父亲的旧别克轰隆隆地开进院子,赵亦冬从车上下来,白T恤配黑裤,露出细白清瘦的脚踝,脚下一双蓝边的白色球鞋,碎碎的短发有少年的意气风发。他环视大院一周,而我也不知当时怎么了，在他目光转过来之前忽然紧张地躲在一盆栀子花后面，他只看见了顾小夜，朝她挥手打招呼，说了一句："Hi（你好）。"

顾小夜冷着脸，继续埋头看漫画，我的目光穿过栀子花落在他的侧脸上：我从未见过那样干净清爽的少年。他身后栾树上的花好像在那一瞬间就盛开了，风过枝头摇曳生香。我的心蓦然一紧，生出一种无以名状的欢喜。我内心的那一丝渴望，一下子如同春草般蔓延膨胀。

然而赵亦冬喜欢的人不是我，而是第一眼看见的顾小夜。我曾无数次想象，如果那天他第一个看到的是我，他是不是就会喜欢我了。

赵亦冬说，他第一眼看见顾小夜。她独自坐在种满绿植的露台上，长发垂肩，身后老旧斑驳的墙壁衬得她鲜亮又耀眼。他还说，他永远都会记得那一幕，那是初见顾小夜时心动的一刻。

赵亦冬第一次看见我，是在第二天。我刚起床蓬头垢面地准备去买油条，没想到在走廊上遇见他，他拎着一个喷壶刚从露台上下来，毫不走心地朝我打了声招呼，等我后知后觉地理完头发和衣角，他已经下楼去了。

我总觉得赵亦冬对我的第一印象就毁在那个清晨，那时我怪我妈突然想吃油条，还派我下去买，我怪自己为什么不换好衣服再出门，也怪顾小夜……怪她为什么蓬头垢面地遇见赵亦冬，他也能笑哈哈地跑上去搭话，而不只是一句不走心的"Hi"。

所以，从一开始我就输了，输在赵亦冬的心里。

2

大院其实就是单位的安置楼，在那个交通工具大部分还是摩托车

的年代,赵亦冬的爸爸用一辆旧别克证明了他在单位里的地位——高于我爸,也高于顾小夜的妈妈,是大院里最有身份的人。所以,连着赵亦冬也成了大院里的小王爷。

虽然大家总是暗地里议论赵爸的种种劣迹,可一旦得了什么好东西,都巴巴地往赵家送去,大人不好意思送,就让孩子们送。所以有很长一段时间,每周六的晚上我都会从四楼跑到二楼,不是端着一碗酱肘子,就是拎着一盒很贵的贵妃酥饼。

赵爸总是讲些客套话,然后再收下东西,我往里面看一眼,通常会看见赵亦冬在弹钢琴,琴声悠悠,丝丝坠入我心里。

周日,顾小夜来敲我家门,钻进我房间后,从口袋里拿出两包贵妃酥饼给我。我认得那是我送出去的东西,只是在它又兜兜转转回到我手里时,有一种说不出的失落,我可以想象赵亦冬是如何揣着一盒贵妃酥饼讨好顾小夜的。

顾小夜钻进我的被窝,陪我一起吃酥饼,窗外天气很好,栾树花开得鼎盛,赵亦冬又去露台上浇花了。我知道,他是为了顾小夜才去浇花的,因为顾小夜总爱去露台,他总是打着浇花的幌子出现在她面前。

"你喜欢赵亦冬吗?"我问顾小夜。

顾小夜望着天花板,吃完最后一口酥饼,然后摇了摇头。我蓦地松了口气,翻过身靠在她肩上问她:"那你喜欢什么样的人呢?"

"不知道。"她舔了舔嘴唇说。

顾小夜继续在我床上赖着,太阳从雏菊窗帘的缝隙里照进来,落在她身上,照在她脚指头上鲜红的趾甲上,我听着窗外蝉的动静,有些恍惚。

十分钟之后,赵亦冬来敲我家门了,手里拎着两支巧克力雪糕,红着脸问:"陆知薇,顾小夜在你家吧?"

我还没说话,顾小夜已经从房间出来,懒懒地问:"干吗?"

"请你们吃雪糕。"赵亦冬咧嘴轻笑,把雪糕递给顾小夜,又递给我一支。

"谢谢。"我说。

赵亦冬没应答,他的目光只在顾小夜脸上,她小小地咬了一口雪糕,赵亦冬就笑了,傻傻的,又甜甜的。

那个夏天,我吃的所有雪糕都是赵亦冬送的,尽管是借了顾小夜的光,我也挺乐意,至少我与他不是毫无瓜葛了。

暑假结束前不久,橘子上市了,我爸不知从哪里弄回来两箱东江湖蜜橘,让我给赵亦冬家送去。我搁下碗,欢欢喜喜地提着橘子送过去。碰巧赵爸不在,我敲门的时候,赵亦冬从钢琴前走过来,看了我和手里的橘子一眼。

他指了指门口,然后对我说:"陆知薇,以后不用这么客气。"

"没事,我家还有一箱。"我笑着说。

赵亦冬又看我一眼,不再说话,不知是不是错觉,我总觉得他的眼神里带着一种深深的蔑视,但我当时年少,不懂他这句话不仅仅是客套而已。

那时候我也不明白赵亦冬并不是不喜欢我,而是从一开始就讨厌我,也讨厌我爸妈对他父亲谄媚的脸,因为在许久之后,他曾亲口对我说:"顾小夜家,就从来没有像你们家一样世故。"

3

顾小夜的爸爸是个不太出名的诗人,但在很多年前就跟她妈妈离

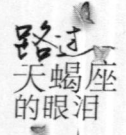

婚了,她妈妈能说会道,八面玲珑,但是顾小夜不喜欢她妈妈,她曾跟我说,如果她是跟着爸爸就好了。所以,她从很久之前就想过,她长大以后要去找她爸爸。

也许遗传了她爸爸诗人的气质,顾小夜骨子里有天生的孤傲,连我也时常琢磨不透她到底是个什么样的人。

九月开学以后,我们再也不用骑自行车去学校了,因为赵亦冬的爸爸会开着他那辆旧别克载他去学校,顺带捎上我跟顾小夜。

赵亦冬坐在副驾驶,我跟顾小夜坐在后面,但是他总会装作不经意地去看后视镜里的顾小夜。我撇过脸,恍恍惚惚地冒出一丝难受,打开车窗,风一吹,我忽然就落了泪,但是谁也没有发觉。

赵亦冬的爸爸毕竟神通广大,赵亦冬被安排在我跟顾小夜的班里,甚至能够跟顾小夜同桌。有时候上着课我回头看他们一眼,他总是一脸讨好地跟她说话,而她撑着脸发呆。

放学的时候,赵爸的旧别克耀眼地停在校门口,赵亦冬绅士地给顾小夜开车门,但是那天顾小夜突然说她晕车,赵亦冬就把副驾驶让给她了,而他同我坐在后排。

他坐在我身边的时候,我蓦地紧张起来,挺直腰背并拢腿,嘴角保持微笑,可是他的目光一刻也没有在我身上停留,顺着他的目光看过去,是顾小夜的半个后脑勺儿。

当时我不明白为什么从来不晕车的顾小夜会突然晕车了,也不明白为什么赵亦冬坐在我旁边也看不见我。

等后来终于明白的时候,他们都已经匆匆告别了我的人生。

九月末,大院里的栾树花谢了,落了一地花瓣,我和顾小夜在露台上聊天，赵亦冬突然过来，他笑嘻嘻地从身后拿出一台单反相机。那时候单反相机在大院里也算得上稀罕物，他说要给我们拍照。

我跟顾小夜肩并肩站在一丛盛开的垂丝海棠旁边，我一本正经地看着镜头后的赵亦冬，而顾小夜慵懒地眯着眼，嘴角勾起一丝清浅的笑，长发垂在肩头，好看得像夏日蔷薇。

我跟顾小夜拍完照之后，赵亦冬忽然把相机递到我手里："陆知薇，帮我跟顾小夜拍一张吧。"

我端着相机，透过镜头看着赵亦冬，黄昏的光景落在他脸上，他额前乱乱的碎发也很好看，我喊"一，二，三"时，他忽然揽上顾小夜的肩，顾小夜朝他翻个白眼。

"我帮你们也拍一张吧。"顾小夜说。

"不用。"我们几乎异口同声，但在顾小夜的坚持下，我们还是合照了，两个人都面无表情地看着镜头，肩与肩之间隔着五厘米的距离，那是我离他最近的时候。

一周后，赵亦冬拿着洗好的照片给我们看，顾小夜瞥了一眼就没再看。最后，赵亦冬只拿走了他跟顾小夜的合影，其他的都交给我保管，之后我偷偷拿去洗了好几张，藏在抽屉里。

谁都看得出赵亦冬喜欢顾小夜，但是谁也不曾说出口，那个年纪的喜欢就是对你好，好到让你无路可退，可是顾小夜不是寻常的女生，她半点儿也不感动。包括那年秋天因为顾小夜随口说了一句她喜欢秋千，赵亦冬就在栾树下搭了一个秋千架。

顾小夜一次也没坐过，那个秋千成了大院里小孩子们的天堂。赵亦冬无奈地说："这也算功德一件。"

4

十六岁那年冬天,我最为震撼的一件事不是十年不下雪的城市终于下雪了,而是顾小夜有了喜欢的人。

那个下雪的清晨,我还在做梦,顾小夜溜进我被窝里忽然跟我说,她有喜欢的人了。突如其来的消息吓得我彻底清醒过来,心里惴惴不安:"谁啊?"

顾小夜笑起来,说了一个陌生的名字,我倏地松了一口气,我不知道那个人是谁,但不是他就好。但如果是他,我又能怎么办?

接下来顾小夜跟我说,现在自己还不会表明心迹,因为还要准备考试,要等到高考以后,等她考上大学。她跟我说了与那个男生相遇的细节,他们是在街上认识的,她的自行车很巧地撞到了他,他手里的橘子散落了一地,她帮他捡橘子就认识了。

顾小夜说,那个人在上大学,学的汉语言文学,和她爸爸一样,她觉得这是一种缘分。前一阵子她突然不坐赵爸的车回家,而是去学校找他,他会请她吃饭,带她去看书画展。我看着满脸洋溢着幸福的顾小夜,忽然很羡慕她的勇气。

顾小夜离开以后,我从窗口望出去,栾树下的秋千孤零零地落满了雪,如果赵亦冬知道这个消息了会怎样?但我还是假装不经意地告诉了他。

那天放学后,顾小夜依旧没有坐赵爸的车回家,上楼的时候,我拐弯抹角地说起顾小夜有了喜欢的人,赵亦冬僵在楼梯上,好久才看了我一眼。

我以为他会追问我更详细的事情,所以我昂着头,有几分得意地等他提问,可是他只是看了我一眼,就快速地上楼去了。

他踩在楼梯上"嗒嗒"的脚步声,仿佛踩在我心上,我的笑僵在脸上,尽管他刻意隐忍,但我依然看见了他转身时眼底的泪光。

那之后赵亦冬仿佛不知道这件事一般,依旧对顾小夜鞍前马后,但他对我的态度变了,比从前更冷淡。我没想到会是这样的结局,甚至有些鄙视自己的自作聪明,但是覆水难收。

我开始找借口不坐赵爸的车去学校,顾小夜见我不坐,她也不坐了,天寒地冻地陪我骑自行车。

赵亦冬把这一切都归咎于我,那天晚上很晚了,他忽然来找我,问我愿不愿意继续坐他爸的车去学校,因为他担心顾小夜会冻着。

他第一次低眉顺眼地和我说话,反而让我有些不知所措,我犹豫了一会儿笑着说,只要不麻烦他爸就好。

他笑了。这是他第一次对我笑,在暗夜里散发着璀璨的光芒。我恍惚有些沉醉,为了这样的笑,无论什么我也愿意去做,哪怕粉身碎骨。

5

年末,我爸开始各处送春节礼物,他把家里最好的两瓶红酒给我,让我拿去给赵亦冬的爸爸。

我想起上次赵亦冬的蔑视,死活不去,我爸气得直骂我没出息,顾小夜隔着一层楼都听见了,她跑上来提起门口的两瓶酒去了赵亦冬家。我追过去时听见她说:"是知薇爸爸送给你家的酒。"

赵亦冬一脸幸福地接下酒,还请顾小夜进去坐坐,她没说话转身走了,走到我身边,挽起我的胳膊很仗义地说:"以后我帮你送。"可是我一点儿也高兴不起来,甚至难过得眼底发潮。

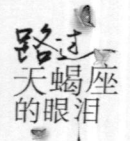

仿佛是在那天晚上我才真正意识到,无论我做什么,赵亦冬的眼睛都看不见我。而不管顾小夜做什么,他的眼里都只有她。

没有什么比这更让人难过的了,那天晚上我辗转反侧,就去露台上发呆,寒风猎猎,吹得栾树枝叶飒飒作响,而我的心仿佛下了一场大雪,一寸寸凉下去。凉到底好像就清醒了,不是不再喜欢赵亦冬,而是不再心怀希望。喜欢本就是一个人的事,如同他对顾小夜。

就在我准备起身回家时,忽然听见院子外有人刻意压低嗓音在说话,借着路灯幽幽的光,我看见赵亦冬的爸爸和顾小夜的妈妈,他们一同走进院子,又站在门口说了一会儿话,才各自轻手轻脚地回家。

等他们关上门之后,我提着的心才倏地落下,纵然我再傻,也该明白他们一起深夜归来所代表的含义。一夜未眠之后,我还是没想好要不要告诉顾小夜或者赵亦冬,第二天顾小夜见我心不在焉,问我是不是发生了什么事,我心虚地摇头。

"你和那个人怎么样了?"我转移话题。

顾小夜脸上露出甜蜜的笑:"寒假他回老家了,真希望快点儿高考,然后我就可以跟他说我喜欢他了。"

"他知道你喜欢他吗?"我问。

"不知道也没关系,我喜欢他就够了。"顾小夜说。

从春天开始,时间过得飞快,我们所有的欢喜都埋进做不完的试卷里,从毛衣换成衬衣,再到栀子长出花苞,栾树开出细小的花苞到盛开。

这期间我们都成了乖乖的学生,不去想成败,不去想未来,只一心一意地准备大战一场,或生或死都在此一搏。

暑假也在各种昏天暗地的补课中度过,除了顾小夜偶尔钻进我被窝里，我们跟赵亦冬仿佛已经很久没有说过话，赵爸在新年之后换了辆车，旧别克停在大院里成了风景，他不再有空载我们去学校。而他跟顾小夜妈妈的事，也仿佛被我遗忘。

我再次想起这件事的时候，已经是第二年夏天高考之后了，赵亦冬在露台上浇花，顾小夜数栀子花的花苞，两个人不说话也很美好，我蓦地酸了鼻子，望了一眼毫不知情的栾树，它又长出了花苞。我也不知当时是出于一种怎样的心理，我在那天晚上写了一封信塞进了我爸单位门口的信箱里。

第二天，整个大院都热闹起来，人人都在八卦赵亦冬的爸爸和顾小夜的妈妈，而他们两家大门紧闭，仿佛久无人居。

我不敢去问赵亦冬，也不敢去找顾小夜，把自己关在房间里，不敢去听自己一时冲动带来的后果。可是那个后果终究还是在那天晚上传进我的耳朵。

爸妈在饭桌上谈起这件事，说单位收到举报，赵主任跟顾小夜的妈妈不清不楚，如果调查属实，他们可能会被开除。我爸感慨之前的礼都白送了，我妈说："怎么就没看出他们俩有问题？"

只是令我没想到的是，这件事还有更严重的后果，那就是第二天一早院里就来了警察，赵亦冬的妈妈闹着要离婚，一气之下报了警。

很快，单位调查结果出来，赵爸跟顾小夜的妈妈都被单位开除。我不敢出去，怕碰见赵亦冬和顾小夜。但是顾小夜来找我了，她钻进我的被窝。

"你也知道了吧？"她问。

我知道她指的是什么，默然地点头，她愣了一会儿忽然笑起来，只是那笑未达眼底，每一声都牵扯着我的心，而我却说不出一句安慰

第一章／我把你遗落在初见的角落

的话来。

在天快亮时，顾小夜忽然抱住我，许久才说："知薇，我可能要搬走了。"

我的心一颤，这是我完全不曾预料到的结局，早知如此，我绝不会写那一封举报信。我几次想要对顾小夜坦诚相告，可是看着她的眼睛时，我却没了勇气。

有生以来，我第一次恨自己的怯弱，恨自己年少无知。

6

顾小夜搬走的那天，如同两年前赵亦冬来的那日晴空万里，除了我，没有一个人跟她们告别。我哭着送她到大院门口，她红着眼眶同我告别，她说，她会永远记得我，会永远记得这座大院，记得那棵栾树，和露台上永远不死的花。

在车启动的时候，顾小夜终于还是落了泪，那是我第一次见她哭，而我蹲在大院门口，哭到泪流满面，泣不成声。

最后是赵亦冬递给我一张纸巾。我抬起脸对上他的眼睛，这是事发以来，我见他的第一面，不过三日，他憔悴了许多，看上去没了少年的意气风发，眼里有隐忍的泪光。

我知道，顾小夜的离开，他一定比我更难过，却又不敢难过。

其实我当时就明白，他假装来安慰我，不过是想再看一眼顾小夜，可惜她的车离开得太快，他走到门口时，她已经消失在街角。

顾小夜离开后，我跟赵亦冬倒是经常见面，但是很少说话，有时候在楼梯间遇见，也不过是不走心地寒暄。他还是会去露台上给那些花浇水，仿佛顾小夜还会回来一样。

而赵爸再也没有轰隆隆地开着新车出入大院,据说他卖了新车,准备开间工作室,又开起了那辆旧别克,赵亦冬的妈妈也终于不再闹离婚了。

九月,大学开学,顾小夜给我发来消息,她跟她妈妈一起在上海安定下来,只能在上海念大学了。我则去了她曾经想去的本市大学,也见到了她喜欢的男生,是个干净斯文的学长。我问他记不记得顾小夜,他说当然记得,她还说要考来他读的大学,不知为何没能来。

我看着学长失落的样子,想替顾小夜解释,却又找不到合适的理由,只好作罢。

赵亦冬去了北京,因为顾小夜说过总有一日要去北京看长城,我想,他大概是在等有生之年她会和他在北京的街头相遇吧。

说不上来是一种怎样的缘由,在顾小夜离开以后,我忽然间就对赵亦冬的感情淡了下来,所以在开学前一晚,我们一起在露台的时候,能够像朋友一样聊天,尽管闭口不谈顾小夜,可是少年的种种在那一刻都变得漫长细腻起来。

我说,其实他第一次到大院来的时候,我也在露台上,他笑起来,我也跟着笑。我知道,那一刻我们都想起了顾小夜。

大学头两年,一共发生了三件大事:第一件,顾小夜喜欢的男生毕业了;第二件,赵亦冬在栾树下绑的秋千断了;第三,我跟顾小夜渐渐失去了联络。

在跟顾小夜失去联络之前,我们最后一次聊天,她曾说她在一本诗集上看到了她爸爸的名字,她打电话去编辑部要来了他爸的地址,知道他在北京,她决定去找他。

我不知道顾小夜有没有去北京,也不知道她是否能见到她爸,或

者在偌大的北京街头遇见仍旧喜欢着她的赵亦冬。

大三那年暑假,我在露台上浇花时,赵亦冬回来了,他拖着行李站在栾树下,抬头看见我,朝我挥手说了一句"Hi"。

我站在一丛盛开的栀子花下,和他打招呼。很快,他上楼来了,在露台上转一圈说:"我还担心这些花会死掉。"

"不会,我每周都会回来浇水。"我说。

赵亦冬从包里掏出两盒北京烤鸭递给我,还叮嘱我要怎么蒸才好吃,我看着他下楼的背影,有一种说不出的沧桑。

第二天早上我下楼的时候,看见栾树下的秋千被修好了,大院里的孩子们争着抢着玩儿,那一刻我忽然很想顾小夜。

仿佛也是在那个时候,我才真正明白,也许我从来就没有很喜欢过赵亦冬,而是喜欢他对顾小夜的痴心不改,如同我们喜欢某一个男生,反而是因为他深情地喜欢着另一个人。

所以人真的很奇怪,我们会因为喜欢的人有喜欢的人而失落,也会因为喜欢的人喜欢别人而更加喜欢他。可是,从我举报他爸的那一刻开始,我就不再有资格喜欢他了。

7

大学毕业的时候,我恋爱了,只不过不像我十六岁那年所憧憬的那般酸涩或甜蜜,只是平淡地恋爱着。

赵亦冬在第二年春天,从大院搬去了市区新开发的楼盘,他依旧单身,依旧留在北京工作,偶尔回来一次,我们会见一面,吃顿饭或者只是随便聊两句。有时候他也会回大院看看,修被孩子们玩坏的秋千,或者去露台上浇水。

栾树又快开花了,我们坐在露台上看着风吹动那些粉色的花蕾,掉下来的花蕾像一个个坠落的梦。

"不知道她现在在哪里。"他先开口提起顾小夜。

"我也不知道。"我说。

良久。他忽然说起,他某一天做了一个梦,梦见十六岁的顾小夜和我在栾树下荡秋千,他就站在旁边看着、笑着,醒来却泪流满面。

后来他又自言自语地说,他从未说过他喜欢她,却比谁都爱得深切,他会一直留在北京,他也坚信自己会等到顾小夜。

去年夏天,是我最后一次见赵亦冬,我们在栾树下说了很久的话,他在离开前说,这个世界上既有你等不到的人,也有你不能喜欢的人。

他等不到的人,叫作顾小夜,他不能喜欢的人,是我。他一直以来都知道我对他的心意,但是因为先喜欢上顾小夜,所以只能装作看不见。他从第一眼看见顾小夜,就知道他逃不掉了。

赵亦冬朝我挥手告别,我忍着眼泪说再见。

这年夏天,我独自在电影院里看《七月与安生》,在看到最后安生死的时候,我忽然间泪如雨下,一个人在电影院里哭到声嘶力竭。

其实,我也像七月一样说了谎:顾小夜死了,在我大二那年,她在去北京找她爸爸的路上出了意外,她死前最后的电话是打给我的,她说,她很想我,很想大院里的那棵栾树,也很想赵亦冬。

其实,她早就知道赵爸跟她妈妈的事情,所以她从一开始就讨厌赵亦冬,只是没想到她最终还是会喜欢上他,她口中那个喜欢的学长不过是她随意编造的借口,她也知道我喜欢赵亦冬,但是她从很早前就打算要逃走,要去远方找她爸爸,所以她从来就没想过给他机会,

所以她开始撮合我们,只是她没想到赵亦冬那样坚定不移,所以她只能用最后一个办法离开。

那就是举报赵亦冬的爸爸和她妈妈,断了他和她最后的可能。其实在我举报之前,单位早已经接到顾小夜的举报了,所以调查结果才会出得那样快。

顾小夜最后同我说的一句话是:"不要告诉赵亦冬她出事了。"

而我听到与顾小夜最后有关的事,是警察按照她最后拨打的电话记录通知我,她在北京的医院里因抢救无效而离世。后来,我去北京拿到她的手机时才知道,她第二个电话打给了赵亦冬,但是他没接到。

顾小夜终究去了北京,可是她没能见到她想见的任何人,又或许见到了,以另一种方式。

这两年,大院里的人差不多都搬走了,今年秋天,我爸妈也搬去了市区的新房子,只有我还执拗地留在这座院子里,那棵栾树和露台上的花儿都很好,只是坏了的秋千再也没有人会去修好,旧相册里的人永远青春年少。

若有人问我为什么一直留在这里,我会说:等栾树开,有故人来。

你说天堂在很遥远的地方

文/韩十三

1

"嘿,听说了没,那家伙是个骗子!"

教室里,几个男生聚在一起,议论着上个学期发生的一件貌似很重大的事情。

而坐在最后一排的我,却只能紧紧地捂住自己的耳朵,强迫自己不要去听。可是"陈牧洲"这个名字还是会带着极强的诅咒,时不时地传进我的耳朵里来。

他们说得没错,陈牧洲的确很坑爹。从进入这所所谓的贵族学校开始,他所走的每一步,都像是在下一盘巨大的棋。其实,陈牧洲交不起这里昂贵的学费,本来不会被批准进入这所学校的。但就现在解密的"文件"来看,这家伙的脑袋的确是来自外太空。

据说,他编造了一连串谎言,空手套白狼,当然,具体他怎么实施的没有人知道。如今,我只能用一个小故事来概括——

某一天,爹对儿子说:"我给你找个媳妇吧。"儿子不同意。爹

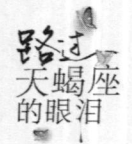

说:"女孩可是世界首富的女儿。"儿子欣然同意。于是爹又去找首富,说:"我给你找个女婿。"首富自然也不同意。于是爹又说:"那男孩是世界银行的副总裁。"首富也被爹拿下。最后,爹去找世界银行的总裁,说要帮他找个副总裁。总裁说:"我的副总裁太多了,用不了。"爹又说:"这个人是世界首富的女婿。"结果,儿子成功地当上了世界银行的副总裁,并且娶到了世界首富家貌若天仙的千金。

总之,无论怎样,2012年夏天,陈牧洲成功地进入我们班,并且成为我的同桌。现在想来,陈牧洲还是有些优点的。

他的皮肤黝黑,却是那种很健康的颜色。他的英语成绩特别好,有很多俚语我们甚至都得请教他。除此之外,他还异常热爱摄影。他有一本巨大的影集,影集里面全是关于西藏的照片。我只记得,他镜头下的孩子,眼睛和当地的天空一样纯净。

其实,彼时我们班很多美女都挺愿意跟陈牧洲说话,可是他却从来都表现得爱理不理,反而跟其貌不扬的我走得很近。一开始我还挺纳闷,直到现在才恍然大悟,他刻意远离班花,其实是不想与班上其他男孩树敌,因为最后所有人的信任对他的计划来说是那样重要。

同学们还在咒骂着陈牧洲的卑劣行为:"就当他拿那些钱去买药吧。"

"买个水晶棺也足够了吧,剩下的就烧点儿纸钱吧。"

"好可怜哦,英年早逝!"

我抬起头,看向窗外蓝色的天空,长长地舒了一口气。"应该全是假的吧。"我默默地对自己说,"他用心在我身上所做的一切,其实全都是筹码吧。"这样想着,我的眼眶有点儿热,鼻子有点儿酸。

上课铃敲响，历史老师缓缓地走了进来。身为班长的我下意识地站起身来，像以往一样对全班同学喊道："上朝！"而与以往不同的是，这一次，全班同学没有再像以往一样三呼万岁，而是传来了鄙夷的嘘声。

这种个性的上课方式，是陈牧洲发明的。一改以往"老师好，同学们好"的教条式开场白，变成了"众爱卿平身"。不得不承认，这种做法曾极大地提高了同学们对历史课的兴趣，改善了师生关系。

年迈的历史老师抬头向我身边的空位看了一眼，最终摇了摇头，摆手让同学们坐下。看样子，他也跟很多人一样，无法轻易接受陈牧洲已经离开了的这个现实。我记得清清楚楚，上一节英语课，老师还不自觉地点到了陈牧洲的名字。

我突然想起前段日子陈牧洲帮班上的每一位同学拍照的情形，我确信，那时的他已经决定离开了，那是他在做最后的告别。他为我们每个人拍了照片，而影集里每一个笑容灿烂的少年，都是他成功欺骗了的对象。

"啪"的一声，讲台上的历史老师已经拍响了板擦。"这一节，我们来讲一讲秦桧！"

2

在我的印象中，看起来比同龄人成熟了不少的陈牧洲比谁都爱穿白衬衣。他的衣领上一点儿油渍、灰尘都没有，使人不得不联想到，他的衣橱里挂着几十件同样款式的衣服，每隔几分钟就换一件似的。他的头发很黑，不是很长，也不是很短。

他无聊的时候喜欢把圆珠笔夹在指缝不停地转。为了学会他这个

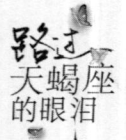

动作,我曾偷偷地在宿舍练了好多个夜晚。而彼时,宿舍里其他女孩谈论的焦点也全是他。

"陈牧洲那家伙很神秘的,好像没人知道他的来头。"

私立贵族学校里的人非富即贵,当初,同学们这般议论他也情有可原。那时候,班花顾蔓还曾偷偷向我打听过这个"同桌"的情况。而我,却只能很抱歉地微微一笑。其实关于陈牧洲,我并不比她们多了解多少。有些人,就算你每天跟他生活在一起,近在咫尺,他却仿似远在天涯,你永远也猜不透他的心里到底在想什么。

我曾经趁体育课的时候,偷偷溜回教室翻过陈牧洲的手机。他的手机里没有微信,没有陌陌,就连短信收件箱也只有几条移动公司发来的信息,甚至连个游戏都没有。对于我们这些习惯了使用各种应用软件的人来说,陈牧洲就好像生活在远古时代。

我不知道,那时候陈牧洲讨好我,是不是仅仅只是因为我是班长这层关系。但那时我的确挺受用的,也许正是因为他用这种糖衣炮弹麻痹了我,后来他行骗的时候,我才会如此死心塌地、鞍前马后吧。

一开始,他一点点地向同学们灌输"西藏是世界上最美的天堂"这个观念,他还成功地忽悠了副校长,在学校里举行了一个小型的西藏摄影展,说这是展示素质教育成果的绝佳机会。

总之,不到一年的时间里,同学们渐渐被他感染,有些耐不住寂寞的男生甚至主动提出,利用暑假跟他一起去西藏旅游。水到渠成,他开始组织西藏自费游,说是要联系旅馆、飞机,还要在当地租几辆越野车。悲哀的是,我还屁颠屁颠地主动承担起了收费的任务。

因为班上全都是从小生活在蜜罐里的富家子弟,吃、住、行等都要求是最好的,所以那一次自费游的费用预算不低。最后,当我将四万多块钱交到面带微笑的陈牧洲手里时,我还以为他真的能带我们去到那个传说中的天堂。

结果,转瞬间却是天昏地暗的地狱。陈牧洲成功骗取旅行费用离开后的第二天,学校里便贴出了开除他学籍的声明,然而,一切都已经晚了。

放学后,学校门口人头攒动的宣传栏前,我看着贴在角落里的那张开除学籍的通知,经过几个月的风吹雨淋,白纸已经微微泛黄。我就那样看着一寸照片里面带微笑的陈牧洲,突然间心如刀绞。我难过的不是他毫不留情地骗了我们,而是我曾那么义无反顾地相信他。

"浑蛋!"我对着陈牧洲的照片轻声骂道,可是不知道为什么,骨子里却还是希望这一切都是假的。我宁愿这开始的开始就是一个梦,我宁愿陈牧洲从来都没有来过我的世界,而不是像现在这样,带走了某种看似朦胧,却又如此重要的东西。

"哈,被骗了吧,也不看看自己几斤几两。"身边有女孩议论着走过,我的脸一下子变得火辣辣的。我知道她们那句话是什么意思,她们说的没错,我本不该把自己看得那么重的,陈牧洲那样的男孩,怎么可能真的把我放在眼里。

"他肯定是很缺钱吧?"我跟在人群后面,低头向前走去时这样想,令我很想伸出手来抽自己一个大嘴巴。

学校的对面有一家川菜馆,陈牧洲爱吃辣,以前经常去那里。学校里实行的是军事化管理,像陈牧洲那样的住宿生是不允许随便出入的。那时候,我通常都会帮他出具一个准假证明,我有班主任办公室的钥匙,可以帮他盖章。

靠窗的位置上,也许是由于辣椒放得太多,陈牧洲高挺的鼻梁上

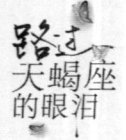

布满了细密的汗珠。他总是会在某个瞬间,抬起头来微笑地看着我,有一次甚至特忘情地对我说:"乔小安,你笑起来的样子就像藏区的那些孩子一样。"那时候,我还以为他是真心赞我纯洁呢,现在看来也是他的行骗手段。

如今,我重新坐在熟悉的位置上,而对面早已没有了陈牧洲。相熟的服务生四川话讲得很好听:"还是老样子吗,多放辣子?"我微微一笑,对她摇了摇头。

鬼知道,从小就不能吃辣的我,当初是如何跟陈牧洲大口吃下那一盆盆毛血旺的,他骗我的时候,怎么没想想我曾为此长出多少颗青春痘?也许是看出了我有些不对劲,服务生尴尬地笑着退下了。

我把手伸进口袋里,里面装着一张A4纸,纸上写着很多金额,每个金额的后面,同学们都签上了自己的名字。放学前,他们将这张纸交给了我,让我去报案,因为当初我也是"帮凶",如今只能这样洗刷自己的清白。

派出所就在学校左边不远处,只要走出餐馆,走过一个十字路口,就可以去报案了。我事先用手机上网搜过,四万块已经算是数额巨大的诈骗了,派出所肯定会很重视的,说不定还会成立专案组。

这样想着,我连忙将那张纸揉成了一个团,思前想后,却又重新展开。

"你不仁别怪我不义了,陈牧洲!"我下定了决心,推开餐馆的玻璃门,缓缓地向派出所的方向走去。进派出所时,看到一个穿制服的警察后,我连忙折返,气喘吁吁地跑了出来,还不小心绊了一跤,摔了一个大马趴。

我的膝盖蹭破了皮,胳膊肘处也传来了火辣辣的痛感。狭窄的巷子里,我将后背贴在墙上,缓缓地滑坐在地,突然就哭了。

3

我骗同学们说已经报了案,警察立案后就会着手调查的。其实那张"状纸"早已被我撕得粉碎,丢进了巷子尽头流浪狗那日的狗窝里,那日凶悍无比,我料定没人敢去捡回来。

那日的名字是陈牧洲取的,那日在藏语里面是"黑蛋儿、黑黝黝"的意思。虽然我无从知道"那日"的意思是不是陈牧洲信口胡诌的,但是黑黝黝的确符合那日的特征。

除此之外,它瘸了一条腿,脸上还有一条难看的疤。它对谁都小心防备,虎视眈眈,唯独对经常给它送骨头的陈牧洲和我除外。我抚摸着那日那油光瓦亮的脑袋,我告诉它说陈牧洲是个死骗子。

它抬起头茫然地看着我,我突然想起了某个突如其来的大雨的午后,我和陈牧洲用雨衣来为那日搭窝的情形。彼时,落汤鸡一般的浪漫,现在看起来却是那样矫情。

好在对于贵族学校的家伙们来说,那点儿钱算不了什么大事,渐渐地人们开始淡忘陈牧洲,淡忘了那个"已经立案"了的诈骗犯。只有我还会经常厚着脸皮去川菜馆要骨头,回家路过那日的地盘时,偷偷丢进它的狗窝里,让人奇怪的是那日已经渐渐习惯了吃辣。

我没妄想能再见到陈牧洲,我想他连名字也许都是假的。可是,某一天,从小巷经过的我,却看见了一个熟悉的身影。那个身影消失在拐角之前,甚至还躬身摸了摸那日的脑袋。我确定,那必是陈牧洲无疑了,就算我"老眼昏花"看错了,那日也不会认错,它不会允许除我们两人之外的任何人摸它脑袋。

"陈牧洲,陈牧洲!"我大声地喊着他的名字,可是,拐出巷子的他似乎并没有听见我的呼喊,他的脚步声越来越远,越来越轻。我开始跟那日一起飞奔,向着陈牧洲消失的方向。

可是,十几分钟后,我坐在路边气喘吁吁,终究没有追上他。我沮丧地将那日搂在怀里,隐忍了那么久,终于第一次趴在它背上哭了。我说:"为什么要骗我,我曾那么相信你!"

泪眼蒙眬中,我看见了熟悉的帆布鞋、牛仔裤。我缓缓地抬起头,面前果然站着那个一脸坏笑的少年。我条件反射一般,一下子从地上跳起来,一边像个八爪鱼一样牢牢抓住他的胳膊将他缠住,一边大喊大叫:"抓骗子,大家快来抓骗子!"

然而我的话还没有完全喊出口,陈牧洲就紧张地捂住了我的嘴巴:"我不是骗子,乔小安,你要相信我。"鬼才相信他呢,除非他将那些钱重新"吐出来"。

"那你告诉我,你骗那些钱干什么,你很缺钱吗?"

我没想到的是,陈牧洲居然很认真地点了点头:"我是很缺钱,但是原因现在还不能告诉你,而且就算我现在告诉了你们,也没人会相信的。相信我,用不了多久,我就会给你们一个完美的解释。"说话间,他轻轻地抽了一下被我抓紧的胳膊:"快放开,有人来了。"

我顺势回头,便看见了我们班的几个男生。很明显他们也发现了陈牧洲,估计是我刚才大叫陈牧洲名字时被吸引过来的。

"没时间给你解释了,快放手!"我的大脑飞速运转着,我不知道该不该相信这个曾经骗过我一次的家伙,我只知道,自己若不放手,那几个男生肯定会将他抓住,扭送到派出所;而我一旦放手,就跳进黄河也洗不清了,肯定会被当成他的同伙。

我看见对面的陈牧洲一脸的焦急。"放手啊。"最终，我居然真就鬼使神差地放了手。

我看见三两个男孩向着远处拼命追去，而其中一个吃着冰激凌，跑不动的胖男生转过头，一脸坏笑地看着我："果然哦，乔小安，你们……"

我想不明白陈牧洲为什么会再次出现在这种危险的地方，"巨款"到手的他本不应该再出现在案发地的。直到很久很久以后，我才得知，其实他那次"潜回"小城为的是办理支教手续。要怪就怪他长得太嫩了，明明比我们大了好几岁，还韭扮演高中生。

4

我惨了。学校里关于我跟陈牧洲的流言四起。我被同学们孤立排挤，校长甚至亲自将我叫去谈话。虽然，他们并没有直接证据证明我和陈牧洲真的是狼狈为奸，但是这并不妨碍他们心中猜疑。现在想来，那些日子只能用生不如死来形容吧。后来，我甚至产生过戴罪立功的念头。

我猫在那日的狗窝附近蹲点守候，期待着能亲自捉住陈牧洲。可是，自从上次以后，很长一段时间里，陈牧洲再也没有出现过。学校里关于我们的流言也渐渐淡了，不知道为什么，那时的我反而微微有些失落起来。

我还是习惯放学时经过那日的地盘，有一次甚至认错了人，将另外一个男孩的背影当成了陈牧洲的背影，结果被人家骂了一句"花痴"。现在想来，那个被我强行扭过了肩膀的家伙也太不懂怜香惜玉了，他脸上露出了极其厌恶的表情，居然还用手猛推了我一把。

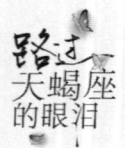

于是跟在我身后的那日,就箭一样冲上前去,稳准狠地咬向了他屁股。那一次我赔了人家几十元包扎费,又掏钱请他打了狂犬疫苗。

在医院走廊的角落里,我长长地叹了一口气,突然意识到似乎所有倒霉的事全都自陈牧洲开始。我发誓,有生之年,定要走遍千山万水找到他,让他"血债血偿"。

好在功夫不负有心人,几个月后我真就再次看见了陈牧洲。而令人费解的是,这个在学校里名声极坏的家伙,居然有胆量单枪匹马地"杀"到我们班。结果呼啦一下,他就被班上的男生给围住了。我在人群后面跳着脚,甚至摸起了卫生角的一根拖把,时刻准备着洗刷清白。

人声鼎沸,叫骂声中,我听不到前面的陈牧洲到底在大声地跟同学们解释着什么。也不知过了多久,原本围在最前面的同学将信将疑地散开了一条缝。我一看,机会来了,此时不出手更待何时?于是我大叫一声,还带着泥水的拖把就直直朝着陈牧洲的脑袋砸过去了。

时间仿佛一下子静止下来。我看见自他发梢滴下的泥水"啪嗒啪嗒"地落在他手中的一张照片上,照片中他正跟一群皮肤黝黑的西藏孩子站在一起,而他们身后是一座正在修建中的小石桥。孩子们的面前还拉起了一条横幅,横幅一看就是陈牧洲用毛笔写的:"感谢青岳中学高二(3)班的哥哥姐姐。"

我的脑子有点儿蒙,突然不明白这家伙的葫芦里到底卖的什么药。然而,陈牧洲接下来的话让我更蒙了。他置生死于度外"杀"回高二(3)班,居然胆敢再次开口要钱。

他脸上泥水点点,嘴角带着笑,他说上次募集的那些钱修建了爱心桥,而现在那些孩子们需要一个图书馆,一座小小的、用不了多少本书的图书馆。瞧他那话说的吧,他那叫募捐吗?他那叫连哄带骗!

仿佛没人在乎陈牧洲的狼狈和我手中依旧颤动着的拖把,有人甚至发出了理智的嘘声:"喊,拿一张破照片就想忽悠我们,说什么自己在那儿支教,我看全都是群众演员吧?"

"就是,就是,干脆将他交到派出所,是真是假一审便知。"

有人开始起哄,人群再次聚拢起来。对面的陈牧洲明显也有些急了,法律上的事情大家多多少少还是了解些的,无论他那些钱最后是不是支援了藏区的孩子,但起初他的确是骗了大家的钱,仅这一点他就肯定会被追究刑事责任。

我看见陈牧洲透过人群,用一种乞求的目光看向了我。当初,他就是利用我这个班长的身份博得了全班同学的信任,现在,似乎又想要故伎重演。可是他怎么就不想一想,我现在什么地位啊,我已经被他搞得一点儿威信都没有了,又怎么可能帮他。

我强迫自己不要去看他那极具蛊惑性的眼神,可是脑海里却不断浮现出以前的种种,我觉得一个同情心泛滥,每天都给流浪狗送骨头的家伙,似乎真的不可能坏到骨子里。我做着激烈的思想斗争,心说"死就死吧",然后我挥舞着拖把,横在了陈牧洲和那群想要扭送他进派出所的男生之间。

我的"反水"为原本毫无招架之力的陈牧洲赢得了时间,他又从书包里掏出了好多照片,甚至还包括上次回来办理的"支教证"。

他说:"你们仔细想想啊,那些钱对你们来说也就坐一次飞机,甚至都不够出国旅游一次,买不了一双名牌运动鞋,可是对于那些孩子们呢,我这叫劫富济贫你们懂不懂?"

估计他是有点儿慌不择言了,"劫富济贫"这样的词这时候怎么

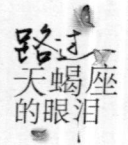

能用呢？果不其然，一个男孩再次吹胡子瞪眼向前一步，而我手中的拖把则直直地顶在了他的鼻尖。

"谁能证明你说的这一切是真的？"人群里有人戳到了重点。

"你们可以选一个代表跟我一起去看一看啊，看一看那里的孩子，看一看他们的生存环境，一切不就明白了？"陈牧洲反问的同时眼神四顾。起初，有好几个男生跃跃欲试，说自己想跟着一起去。

"可是，我先声明，那里没有机场，到了拉萨后，还要坐十几个小时的公共汽车，翻越好几座大山，我不保证你们的身体能受得了。"原本站到人群外面的几双名牌运动鞋，此时纷纷退了回去。

这个时候，人们才再次想到了我这个"领导"："当然是乔小安去考察啦，她是班长嘛！"此时他们倒不害怕我是陈牧洲的同伙了。

"对，对，乔小安，她最合适了。"

我看见陈牧洲将目光转向了我，我放下拖把，腾出一只手来指了指自己的鼻子。望着陈牧洲那求救般的眼神，我突然不明白：为什么受伤的总是我？

5

陈牧洲跟我做同桌的时候吹破了牛皮。他口口声声说过的天堂，其实就是地狱。

虽然我自费飞到了拉萨，但是从拉萨赶往他所在的小村落还有很长很长的一段距离。我们坐了颠簸不堪的汽车，坐了三轮车，甚至坐了牦牛车，可抵达他描述中那个美丽的山间小学校依旧遥遥无期。在乱石密布、夜间温度骤减的山涧间穿行时，我甚至都想写一封遗书让陈牧洲捎回去了。

我们头顶是白雪皑皑的雪山,脚下是滚滚的江水,我真怕自己一不小心就会粉身碎骨。我承认,这里的风景的确是美的,甚至比陈牧洲照片里拍的还要美,但再美的风景也要有命欣赏不是吗?

让人感到欣慰的是,陈牧洲一路上都很照顾我,他甚至用一条绳子将我和他拴在一起,以免我不小心滑落。我的脚底板磨出了血疱,再三推脱后,他突然绅士般地将我背起,头也不回地向前走。在宿营地,他的脸上第一次出现了抱歉的表情,在将一杯自己调配的热腾腾的酥油茶递到我手中后,轻声对我说:"害苦你了,乔小安。"

我闭上眼睛,尽量将自己放空,我怕我一个忍不住就把茶泼他一脸。好在在我吞下第七杯难喝的酥油茶之后,我们真的远远地看见了那座横跨在小小山涧间的石桥。据说,每到夏季,山巅的积雪就会融化,河水暴涨,而且刺骨寒冷,涉水前来上课的孩子每次都要冒很大的风险,忍受巨大的痛苦。

同行数天,站在桥上的我,第一次对陈牧洲露出了微笑。我真怕这一切都是假的,因为骨子里的乔小安是那样义无反顾地相信着他。

河水"哗啦啦"作响的桥头,陈牧洲将立在桥头的青石碑亲手指给我看,那上面刻满了捐建者的名字,而第一个名字就是身为班长的我。我找到了高二(3)班所有人的名字,却唯独没有找到"陈牧洲"。

在被我问起这件事的时候,他笑得像个调皮的孩子。他说:"我是骗子啊!骗子怎么能上光荣榜呢?"

那一次,热情的孩子们升起了篝火,他们唱着歌儿将洁白的哈达戴到我的脖子上。火光映亮了一双双闪亮的眸子,我终于相信,在那遥远的地方,真的会有陈牧洲所说的天堂。

我用没有信号的手机拍了好多好多照片,繁华都市里早已消失的

第一章 我把你遗落在初见的角落

白云与眼神、因为汛期来临而变得异常泥泞的小道、孩子们破烂的课桌以及那座崭新的小桥。

　　第一次，站在陈牧洲身边时，我感到前所未有的骄傲。我觉得，是他，让我们变得仿佛比以前更重要，更理解幸福的含义。我甚至想好回到学校后怎么来一场声情并茂的演讲了，我是班长，我有这个号召力。可是，"大骗子"陈牧洲却再也没有给我这个在他面前展示自己的机会。

　　也许是因为太过劳累，在到达他所支教的那所小学的第三天，我就病倒了。从来都只会连累我的陈牧洲发神经一般，为了帮我补身体，居然天未亮就跑到牧民的牦牛圈里挤牛奶。他走时，还调皮地眨着眼睛对我说："知道吗乔小安，这里的牦牛都认识我哦，看见我肯定多多下奶！"

　　结果，也许是手法不够娴熟，他的做法激怒了护犊认生的牦牛。发疯的牦牛追着他四处乱跑，终于在快到小学时追上了他，一脑袋顶在了他的屁股上。然后，陈牧洲就从新建成的石桥上落进了水流湍急的河水里。

　　当大家在桥面上发现打翻的饭盒时，水面上早已没有了他的身影。河水落差极大，在几里以外汇入涛涛的雅鲁藏布江。那一次，所有孩子都没有哭，他们虔诚地相信陈牧洲不久以后就会回来，而哭声会让他迷失了方向。

　　那一次村民们选代表将我送出了山，因为我的身体每况愈下，而在那里得不到该有的治疗。其实，我有很多很多话想要对陈牧洲说的，看样子我的身体等不到他回来了。

　　我的脸上始终带着微笑，因为一个叫"那日"的小朋友告诉我，阿妈告诉他微笑能给迷失在远方的人指引方向。

我的耳边不停地回响着同桌陈牧洲"骗"我的那些话。他说："我要带你们去一个美丽的地方，那里每个人都笑得很真，很傻，那里有可爱的牦牛，清澈见底的河水，让人不敢直视的阳光。"

我想，他自始至终都是个骗子，明明牦牛和河水一点儿都不可爱的。

6

2013年10月，我第一次放声大哭，是在高二（3）班那场关于陈牧洲的演讲会上。我将从手机里拷贝下来的照片，用幻灯机一张张放给同学们看，台下鸦雀无声。那一次，学校撤销了"关于陈牧洲同学的处分"，并且还把他的名字写进了宣传栏里的光荣榜。校领导带头，用了一星期的时间号召同学们捐款，募集了很大一笔资金。

据说，那笔资金不但可以帮藏区的那些孩子们盖一间像样的图书馆，还能帮他们购置很多崭新的课桌椅和文具。而对于校长让我和其他几位老师代表学校一起去当地捐助的请求，我却笑着拒绝了。

我没有告诉任何人那是为什么。我害怕的是，当我千山万水、不辞辛苦地到了那里，站在桥上迎接我的人群中没有他。我想，平凡如我，还是比较喜欢隐藏在嘈杂的都市里，那样才有安全感。

我会在某个放学的午后，偷偷隐藏在流浪狗那日的狗窝附近，小心翼翼地守候着，大气都不敢喘。然后猛地一个箭步，捉住他！

下次告别，请悄悄回头

文/蘑菇味桃子

1

宋科宇去世的消息传来后，班里小小地骚动了一阵。虽说他的存在感并不强，活着的时候只是一个普普通通、沉默寡言的高中生，但班里突然少了一个人，并且永远不会再回来了，这件事情还是在这群17岁的少男少女心里扔下了一颗不大不小的炸弹。

不过烟雾散了，连续几天的讨论表达对英年早逝的他的惋惜后，大家渐渐对宋科宇去世这颗炸弹留下的残垣断壁视而不见了。高二（11）班唯一没办法抽离于这场爆炸的，也许只剩学习委员刘湘湘了。

别误会，刘湘湘并不是宋科宇的意中人，宋科宇也没有在刘湘湘心里占据一席之地。只是因为宋科宇的家里人忙于处理他的后事，还没来得及到学校清理他的遗物，眼见教务处查缺勤查得严，班上一直空着一张课桌难免会带来不必要的麻烦，班主任就让人把他的课桌搬到教室的角落，又吩咐刘湘湘暂为保管宋科宇的遗物，等什么时候他家长有空了，再来学校交接。

刘湘湘一样一样地把宋科宇的书本杂物从课桌桌肚里抽出来，放进准备好的纸箱里。在收拾宋科宇遗物的过程中，刘湘湘的脑海里浮现出宋科宇的模样。

他留给人的印象并不深刻，中等个子，偏瘦的身材，皮肤白皙到手背上的血管都清晰可见。发型普通，穿着大多数都是优衣库的基本款，是最常见的高中生打扮。他的五官并不深刻，只是让人看起来觉得很舒服，没有任何攻击感。

刘湘湘还记得，他总是坐在靠窗倒数第二排的位置，遥望着窗外，不时发呆，不时歪着脑袋听讲记笔记。阳光洒进教室时，他的耳垂几乎是透明的。

在班里，宋科宇既不是学霸也不是男神，甚至连小组长都没混上。他的存在感一直很低，以至同学两年，刘湘湘竟想不起彼此有过什么印象深刻的交集。

刘湘湘一时间觉得有些惭愧，眼眶泛起了红色，身为学习委员，竟然对两年的同班同学印象模糊至此，实在是不应该。

收拾好情绪，刘湘湘继续整理宋科宇的遗物。拿在手里的书偶有重量，她看看封皮，好奇地翻开来看。翻到高一上学期的语文课本时，刘湘湘被内页的东西惊到了。没想到毫无存在感的宋科宇还画得一手好画。

藏在语文课本里的不是搞笑杜甫李白等古人的涂鸦，也不是信手的素描，而是早年十分流行的翻页画。

宋科宇画的是一页一点画面，连起来整本书才显山露水的，一个短发女生。刘湘湘摸了摸自己及胸的长发，想起高一的时候自己也跟风剪过这样的短发。画上的短发女生丹眼细细，嘴角微微上扬，有一

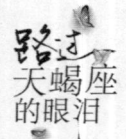

抹若有似无的微笑。

快速翻完语文课本后,刘湘湘心脏猛地跳了一下:这个女生肯定对宋科宇很重要。十七岁正是人生最美好的青春年华,心里还藏有对心上人的眷恋,却于无奈中早早离开了这个纷繁华丽的世界,去向一个未知的灰色地带。不知道宋科宇在那边过得怎么样,也会伤心难过,也会开心微笑吗?

也许是为宋科宇的猛然离去感到有些悲伤,也许是出于学习委员的责任心,刘湘湘咬咬下嘴唇,在心里暗自下了一个决定:她要帮助宋科宇,找到那个短发的女生,然后把宋科宇的这份心意告诉她,算是对这个17岁的少年最后一点儿慰藉。

2

放学后,刘湘湘抱着纸箱站在楼梯口,观察每一个路过的同学,尤其是短发女生。

是迎面走过来、跟男生有说有笑的盛蓝蓝吗?短发,高挺的鼻子,时尚的打扮,追求者不计其数。刘湘湘皱着眉头回忆了一下语文课本上的翻页画,那个女生鼻子好像没这么挺,眼睛好像也没盛蓝蓝这么妩媚。

不对不对。刘湘湘又踮起脚尖,打量下一个女生。

是偏着头认真听旁边女生讲话的张筱雨吗?她脸蛋圆圆,笑起来眼睛像一轮弯月,宋科宇应该会喜欢这样的女生吧?好像还是不对。虽然这么说好像不太好,但翻页画上的女生脸颊的确要瘦一些。

刘湘湘可能思考过度,没注意到怀中纸箱的重量,手臂瞬间发软,哗啦一声,纸箱里的书全部都掉了出来。她慌慌忙忙蹲下身去捡,有个路过的男生帮忙,他随手捡起一本英语课本,翻到其中一页,饶有兴趣地读了起来。

If I should meet thee

  After long years,

  How should I greet thee?

  With silence and tears.

(经年之后,若你我再相见,该以何贺你?以眼泪以沉默。)

刘湘湘愣在原地,半响,她的记忆像打开的洪水闸门,记忆洪流一涌而上——她终于记起,自己和宋科宇并不是完全没有交集。

3

拜伦这首When We Two Parted(译名《与君相离别》)是作为鉴赏诗来学的,当时上这一课的是个英语专业大四来实习的学姐,虽然被分配来上"非重点"的内容,但她还是踌躇满志地准备了充分的课件内容。无奈大家觉得考试不会考,也就不放在心上,一些人插科打诨,一些人干脆拿出数学习题集来刷。

信心满满的学姐并没有因为这些而受到影响,她盯着花名册三分钟后,叫了一个人的名字:"宋科宇,你来读下这首诗的节选部分。不过走不要慌……"学姐讲尾句脱得老长,表情丰富地强调。在说下一句之前,她语气突然变得奇怪起来:"我还要找位女生来扮演拜伦的恋人……"

"恋人"二字果不其然吸引了大家的注意力。学姐趁热打铁:"然后宋科宇你就对着这位女生来念这首诗,记得要声情并茂,情绪要到位。表现好的话老师有奖励哦。"学姐调皮地对宋科宇眨了眨

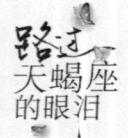

眼,隔着几排的距离,刘湘湘都注意到他的耳根子红得发烫。

"这位女生就由你自己来指定吧,老师选的万一不合你心意影响你发挥就不好了。"

学姐话音刚落,不论是插科打诨还是刷数学题的同学都把头齐刷刷地转向了靠窗倒数第二排的宋科宇。刘湘湘当时在百无聊赖地转笔,跟大家一样,期待这场好戏上演。

不管宋科宇选谁,他们俩的绯闻都够大家在枯燥的题海生活中调侃好一阵子了。调皮的男生当然带头起哄:"宋科宇快点儿选啊,你说是杨曦还是张甜?"杨曦和张甜一个是宋科宇的同桌,一个是他的后座,平日里都有意无意地表达过对宋科宇的好感,然而宋科宇就像块石头似的,从来不为所动。但自己的心思当堂被点破,两位女生脸上都有些挂不住,全都恨不得用胶布封住那个调皮的男生的嘴。

"谁要跟他一起啊,反正我不。"两个女生异口同声地说,在这个青春萌动的年纪,面子远比好感重要。那是因为,年少时期这样无伤大雅的调侃有时真的能伤害一个人。

宋科宇从座位上站起来,太阳在他身后热烈地盛放着,他这么一站,挡住了大半扇窗户的阳光。他本身处在逆光的阴影里,除了一个黑色的、边缘有暖暖光晕的轮廓,谁都看不清他的表情。

"为了不伤害大家,我选学习委员刘湘湘。"他把"学习委员"四个字咬得很重,好像在特别强调什么。

大家一听,顿时失去了兴趣。该插科打诨的继续插科打诨,该刷数学题的继续刷数学题。刘湘湘心里有一万匹马呼啸而过,她安慰自己:我得做张卷子冷静冷静。

"喊——"集体的嘘声后,刘湘湘不情不愿地跟着宋科宇一起站了起来,并且面朝他,方便他发挥。什么嘛,拿自己当挡箭牌?

心不甘情不愿成为挡箭牌的刘湘湘满脸不高兴,宋科宇没有在意,拿起书念了起来。那是他第一次在班里公开发言,当第一句英语读出来时,原本还有些喧嚣的教室瞬间安静了。如果光听声音不看人,你会以为宋科宇是个native speaker(以英语为母语的人)。加上他略微低沉有磁性的声音,整首诗就像低音炮一样击中大家的心田,令人陶醉其中。仿佛他就是拜伦,彼时朗诵的就是他自己与爱人即将分离的痛苦心情。尤其是读到最后四句"If I should meet thee, After long years, How can I greet thee, With silence with tears",配上学姐PPT(幻灯片)上的中文翻译和图片,不少女生感动得鼻子泛酸,眼眶微红。

当事人刘湘湘也不例外,被宋科宇深情款款的朗读震撼了。胸腔泛起微酸,她好像也置身其境,感受到即将与爱人分离的苦痛。她显然没有想到,只是一次普通的朗读,会给自己的内心重重一击,她一点儿也不后悔被当作挡箭牌了。因为在那时那刻的高二(11)班,她刘湘湘一定是被每个女生都羡慕的对象。

事后学姐得意扬扬地王婆卖瓜:"怎么样,感动吧?我在翻你们班学生资料时,发现宋科宇竟然得过新概念英语朗诵大奖,叫他来朗诵拜伦的诗准没错。"

4

虽然宋科宇在那次朗诵上大放光彩,让大家讶异不已,但这份讶异很快就被一张张白花花的卷子盖过了。高考不需要声情并茂的英语朗读,所以宋科宇依旧没有存在感。

但那件事情犹有余波。据知情人士说,宋科宇在念这首诗时眼里闪

烁着泪光,深情款款地看着刘湘湘。看多了偶像剧的女生分析,宋科宇肯定是借刘湘湘的学习委员身份,来掩盖他的真实意图。

群众瞬间就激动了,大家纷纷寻找他们之间存有爱意的蛛丝马迹,找寻未果后依旧不依不饶,时常在上课时起哄刘湘湘和宋科宇。宋科宇从不否认也不承认,倒是每次都是刘湘湘急得跳脚去解释。这样的状况,直到惹哭了刘湘湘,宋科宇第一次大发脾气才有所改善。

那天恰逢月考结束,大家手里攥着没用到的小纸团互相砸来玩,玩到兴头上,就像打雪仗一般,教室里全是飞来飞去的纸团。

班里最调皮的男生为了躲纸团的袭击逃到了讲台底下,藏了半天不见他出来,几个男生拥上去时,他像发现了新大陆一般,手指放在嘴唇上,示意大家停战。他展开手中一个皱巴巴的字条,上面不是潦草的数学公式和ABCD英语答案,而是两个人的名字。宋科宇和刘湘湘的名字,第一次以并排的形式出现在众人面前。更重要的是,他俩名字中间有一个桃心,傻子都能猜出来是什么意思。

群众立刻沸腾了,争先抢后地围观那张写满小心思的字条。有人玩心大起,在那颗桃心中间写了一个"爱"字,然后涂上胶水,贴在了黑板的正中央。

抱着资料走进教室的刘湘湘看到大家意味不明的眼神,转头就看见了黑板正中央贴着的那张纸条。她当时脑子一下就炸开了,只觉得羞愤难当,放在古代可能都要悬梁自尽来表明自己的清白了。

刘湘湘越想越气,把手里的资料扔出老远,走上讲台,想去撕掉那张纸条。无奈纸条贴得太高,刘湘湘踮起脚才勉强摸到个边边角角。围观的男生们一阵哄笑。

这下把刘湘湘彻底气疯了,无计可施的她只能趴在桌子上,把脸埋进手臂里，默默抽泣。随即宋科宇走进了教室，先是看到刘湘湘趴在课桌上抽泣，又看到大家一副看好戏的表情，宋科宇的脸立刻阴沉下来，当他看到黑板上的字条时，身体晃了一下。

大家把这一晃理解为"宋科宇气得发抖了"。班上没人见过宋科宇发脾气，怀着对未知事物的恐惧，所有人大气都不敢出。宋科宇明明没有什么存在感，生起气来却让大家如此恐惧，不知是好是坏。

他几步走上讲台，一把将那张字条撕下来，黑板上留下残留的纸屑。然后宋科宇双手重重拍在讲台上："我郑重告诉大家，我和刘湘湘没有任何关系，请不要再乱传谣言。"

这一番话讲得彬彬有礼，但宋科宇眼神里的愤怒大家可以真切地感受到。打那以后，就没有人再开他俩的玩笑了。更没有人去深究，那张字条到底是谁写的。

5

如此想来，当时宋科宇的确是在保护自己。想起这两件事，心里既多了一份对宋科宇的好感，又多了一份对宋科宇的感激。对寻找短发女生的事情，刘湘湘更加上心了。

她甚至借来了整个年级的花名册，挨个班去打听短发的女生。一段时间过去，倒是有那么一两个跟翻页画上的女生相像，但仔细了解下来，又觉得宋科宇应该不会喜欢这样的女生。

刘湘湘被自己的想法吓了一跳，自己凭什么判断宋科宇喜欢哪种女生呢？她甩甩头，想远离那些不切实际的想法。还是认认真真，早点儿把画像上的短发女生找出来为好。

手撑在下巴上思考了半天，刘湘湘突然从冥想中被拉出来："刘

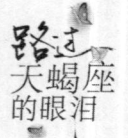

湘湘,你干吗呢?叫了你半天都不答应,高一的时候你可不是这样的啊。"数学老师有些恨铁不成钢地捏着粉笔,对刘湘湘说。

刘湘湘一阵惶恐,站起来低头认错,有什么细微的东西在脑子中一闪而过:对!高一!那幅画是画在高一课本上的,会不会画的时候那个女生是短发,现在已经长长了?

想到这一层,刘湘湘激动地一拍大腿,情不自禁地说:"对呀,很有可能是这样的。"

"刘湘湘!"数学老师震怒了,"你给我站到外面去!"

学习委员生平第一次被叫到走廊上去罚站,不少人幸灾乐祸,刘湘湘却不甚在意。她现在全部的思想都集中在一个点上:高一军训结束时,大家曾经照过一张集体照。如果把当时的照片翻出来,看看哪些女生是短发,就可以顺藤摸瓜找到那个女生了。

6

刘湘湘下了好大功夫才从家里落满灰尘的相册中找到高一军训时的照片。塑封了的照片由于潮湿,边缘已经发黄。

抹去上面的灰尘,刘湘湘一眼就看到了第一排中间,那个笑得眼睛眯成一条线的女生,不正是自己吗?看起来有点儿傻乎乎的,刘湘湘嗤笑了一声。

眼光没在自己身上多做停留,她又继续打量其他人,观察每一个短发女生。无论如何,也与宋科宇语文课本上的画像对不上。也不是对不上,更多的原因是每个人看起来都蛮像的。她又花了好一会儿才在第三排的角落找到了宋科宇。原来当时的他就是那个样子,安安静静,不苟言笑却不会让人觉得冷漠,眼神始终清澈而温柔。

看着穿着军训服戴着军训帽伫立在原地的宋科宇,记忆仿佛绕着她打了个转,又回到了她眼前。

九月初暑气尚未散去,太阳正是毒辣的时候,站了一天的军姿后,大家都累趴了,一路走一路捶着肩膀和腰回教室。刘湘湘因为擦汗水没打报告而被罚把饮水机搬回教室,一同挨罚的还有故意蹲下身系鞋带的宋科宇。除了饮水机,他俩还要把没喝完的几盒藿香正气水拿回教室。

一开始宋科宇一直抢着自己一个人搬饮水机,在爬了三层楼后,刘湘湘不忍看他累得气喘吁吁,就趁他停下来喝水的空当,独自一人偷偷把饮水机往楼上搬。

前几步路还走得好好的,第七步时因为没有数清楚脚下楼梯的阶数,刘湘湘重心不稳,被石阶绊倒在地,饮水机跟着她的身体轰然倒地,摔破了一个角。饮水机砸在水泥石阶上的声音很大,宋科宇吓了一跳,不少学生也从教室里探出头来看。

在班主任赶到前,宋科宇几步上前,把藿香正气水的口袋递给刘湘湘:"你拿着这个,老师问什么你都别说话。"

做贼心虚的刘湘湘脸烧得通红,心里一时乱得没了主意,生怕被老师抓住请家长,对宋科宇的提议自然再同意不过。但事后想起来刘湘湘自己也觉得好笑,怎么能因为害怕而把责任推给别人呢?

老师赶到时宋科宇刚好把摔倒的饮水机抱起来,诚恳地向老师承认了错误。意外的是,老师在确认饮水机只是磕破了一个角、还可以继续使用时,只稍微嘱咐宋科宇"下次小心点儿"外,竟没有其他的惩罚。

刘湘湘长舒一口气,因为她正后悔无比,如果宋科宇因为她而受了什么惩罚,她良心上肯定一辈子都过不去。

第一章/我把你遗落在初见的角落

现在想来，当时的确是高估自己了，不过两年过去，自己差点儿连这件事情都想不起来，更别说什么良心过意不去一辈子。一辈子，哪儿那么容易。

晚上刘湘湘做了个梦，梦见一片樱花的海洋中，宋科宇缓缓朝她走来，最后朝她伸出手，问她："你愿意跟我一起走吗？"

吓出了一身冷汗的刘湘湘醒了过来，躺在床上看着黑漆漆的天花板一动不敢动。难道是自己探寻太多宋科宇的秘密，所以他不高兴了，才来托梦的？

7

宋科宇的家人好像把他在学校里的东西遗忘了，一点儿也没有要来交接的意思。每天晚上，刘湘湘放学后席地而坐，靠在床边，一点儿一点儿地翻宋科宇的东西。

他的字其实写得很好看，清秀隽丽而不失苍劲。从笔记来看，他也算是一个有条理的人，一个版块是一个版块的内容，从不杂糅。原来他有这么多优点是自己从未发现的啊，刘湘湘暗自感慨，用现在流行的话来说，他就是个暖男啊。

反复翻了好几遍看看有无遗漏，果不其然，刘湘湘在宋科宇的一本数学书的内页里发现了一串数字：$61212128\sqrt{e}980$。

"$61212128\sqrt{e}980$？这是什么？"刘湘湘百思不得其解。"或许是他的QQ（腾讯即时通讯工具）密码什么的？但谁又会用对号来当密码？"

不管怎样，刘湘湘还是拿来宋科宇的QQ号一试，没想到竟然登上了。

宋科宇没有开通空间，刘湘湘费了好大功夫才发现了一篇隐藏日志，日期就在两年前。

今天开学，报到后我去了一家奶茶店，奶茶喝了一半我才发现一个残酷的事实，我没有带钱。就这样，我在奶茶店局促不安地待了将近一个小时。然后她出现了，给炎炎夏日带来一丝凉风，她站在吧台等奶茶时，对我笑了一下，她的眼神很清澈很亮，我从没见过那么亮的眼神，仿佛可以看穿我的窘迫。

等我实在忍不住从座位上起身准备向老板坦白，抵押什么东西当奶茶钱时，老板却告诉我："刚刚那个女生已经帮你付过钱了。"

我惊讶得说不出话来，没想到她真的看穿了我的窘迫，我当下只有一个想法，我要找到她。

也许真的是天意，我还没来得及去找她，她又出现在了我面前，我们是一个班的。

选座位时，我特意选了靠窗倒数第二排，她坐中间倒数第四排，在我的斜上方。我只要一偏头，就能看见她柔和的侧脸，她的发梢，她的睫毛……

日志很短，只能看出宋科宇的确很喜欢那个短发女生，但对于她是谁，刘湘湘确实无迹可循，因为这两年来座位已经更换了无数次，要想找出第一次坐在中间倒数第四排的女生，恐怕只能时光倒流才办得到。

8

"会不会那个女生就是你？"跟班里好友倾诉这个难题后，对方突然这样说道。

彼时刘湘湘正在喝水，刘湘湘听到这话，一口水喷出来。她一边笑

一边摆手:"怎么可能,同学两年,我跟宋科宇说话不超过10句。"

好友满脸疑惑:"因为我记得……最初坐中间倒数第四排位置的那个人,就是你啊……"

刘湘湘很快否定了好友的记忆,因为她觉得自己跟宋科宇的交集还不如杨曦和张甜,要说宋科宇喜欢的人是自己,还真勉强。

半个月后,宋科宇的家人终于记起了还有学校这么一茬事,来把宋科宇的遗物搬走了,出于私心,刘湘湘留下了那本语文课本。

一定要在毕业前找到那个女孩子,她这样想着,事情就在这里有了转机。

在重新把宋科宇遗物搬回学校那天,她顺便也整理了一下自己的书柜,从高一的物理课本里掉出来一张借书磁卡。借书卡上面的照片是一个清秀白皙的男生,男生的名字是宋科宇。

刘湘湘突然觉得头疼,自己又是什么时候借过宋科宇的借书卡的?恨铁不成钢地敲了几下头后,回忆像海水一样慢慢没过她的脚背。想起来了!好像确实有这么一回事。

高一刚开学时,刘湘湘丢过一次钱包,身份证银行卡之类的全都丢了,自然借书卡也跟着丢了。那天上完体育课,刘湘湘准备去图书馆借两本书来看,走到门口碰到了刚刚借完书出来的宋科宇。

她有些不好意思地问宋科宇:"可以把你的借书卡借我一下吗?我的丢了。"

宋科宇眼睛亮了一下,很快就同意了:"密码是61212。"借书卡是充值的,所以有密码。

当刘湘湘借完书,准备还宋科宇借书卡时,发现借书卡不翼而飞。她急得沿着回来的路反反复复找了三遍,最后宋科宇在学校花坛旁拉住了准备钻进花坛去找借书卡的她。

"没关系，我再补办一张就行了。"宋科宇一如既往地温柔。

"那怎么行，"刘湘湘急得语气里带了哭腔，她在刷卡时，曾看到宋科宇的借书卡里还有好几百的余额，那是她两个月的零花钱。

刘湘湘没听宋科宇的话，执拗地钻进了花坛里，宋科宇没办法，只好跟在她身旁，小心翼翼地一起找。虽然两人心里都明白，借书卡不可能出现在这种地方。

急昏了头的刘湘湘四处找着，身子像陀螺一样转来转去，一不小心跟宋科宇迎面撞上，刘湘湘尖叫一声，吃痛地捂住了额头。

花坛挨着教学楼，有人看到此情此景，在楼上起哄大叫，宋科宇红着脸把刘湘湘从花坛里扶了起来。

"我都说了算了。"宋科宇语气有点儿不快，刘湘湘还以为他不高兴了，立刻双手合十作揖，不断向宋科宇道歉，没想到宋科宇下一句话说的是——"要是上面落下什么东西砸到你，该怎么办。"

宋科宇的语气很温柔，看她的眼神也很温柔，若不是刮过一阵冷风，刘湘湘都要沉醉在这样的光景里。

9

没想到这张借书卡被自己夹在了书里，真是造化弄人。

"湘湘快过来！"原本拿着宋科宇的借书卡准备去图书馆的刘湘湘被好友在半路截住，"来玩个游戏吧。"

"什么游戏？"

"你的名字笔画数和你想算的人的名字笔画数相减，就能得到你们之间是什么关系。"

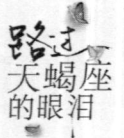

刘湘湘兴趣缺缺，但还是在好友的殷勤吆喝下参与了这个无聊的游戏。

"你准备算谁和你？"

"宋科宇。"刘湘湘脱口而出。她自己也吓了一跳，自己真的是太专注于这件事情了，以至会无意识地报出他的名字。

"好，你的名字是6画加12画加12画，一共是……"好友正拿出计算器准备相加，突然被刘湘湘拉住了手。

"你再说一遍我的名字笔画数？"刘湘湘的声音都有些发抖了，她感觉到自己越来越接近真相了。

"刘字6画，湘字12画。"

刘湘湘拉开椅子，发出刺耳的声音，她跌跌撞撞地走回座位。61212，宋科宇的借书卡密码，是她的名字笔画数。难道宋科宇喜欢的人真的是她？

不对不对，也许这只是一场巧合。或许宋科宇喜欢的人名字也是这个笔画数呢？再说了，不还是有$128\sqrt{e980}$吗？刘湘湘在座位上自言自语，跟过来的好友突然发出爆笑。

"你笑什么？"

"你是在说$128\sqrt{e980}$是吧？竟然连这个都不知道是什么意思？"好友捂住肚子，眼角还有泪花。难道真的这么好笑？

"你把这个算式的上半部分遮住再来看。"

刘湘湘伸出手，遮住了这个算式的上半部分：I LOVE YOU！（我爱你！）

一记惊雷在刘湘湘耳边炸开，良久她都没有回过神来。口袋里还紧紧地攥着宋科宇的借书卡，她全身一阵发麻又一阵发凉，眼泪在她眼眶里打转——到底是哪里出了错,怎么会是这样?

10

刘湘湘像丢了魂似的飞奔回家,翻出宋科宇的语文课本,她一遍又一遍地快速翻阅整本书,那个短发女生的画像一点儿一点儿,从发梢到眼眸,在她面前显山露水。

不知道宋科宇花了多久的心思和时间来观察,才会画得如此仔细,如此小心翼翼、不被他人轻易察觉。

终于翻到第十一遍时,她发现了那个女生耳垂上的小黑点,她不自觉地走到镜子前,露出耳朵,上面一颗小黑痣赫然存在。再翻出高一军训时的大合照,那时的她,细细的眉眼,嘴角微微上扬,正在傻笑。

她的记忆好像突然拉开窗帘,阳光刺进来的房间——

高一开学的那天,她热得快成烤肉,路过学校附近的一家奶茶店,看见里面一个斯文清秀的男生闷闷不乐地咬着吸管,但透明杯子里的奶茶又不见少。观察了好一会儿,她发现,那个男生并不是苦闷,而是焦虑。他反复把手伸进兜里又拿出来。

刘湘湘猜出,他肯定是没带钱才会如此窘迫,于是她对他灿然一笑,为了不拂他面子,偷偷帮他付了钱。

刘湘湘站在倒数第二排的窗前,微风拂来,她的发梢轻轻浮动。她站在那里,想象着宋科宇坐在这里时的种种心情。最遗憾的是,不过在她发现他的爱意前,他已经不在人世。

眼泪跌落刘湘湘的脸庞,又很快蒸发,微风好像在告诉她,不要伤心。难过的光景里,刘湘湘仿佛又看到宋科宇清澈而温柔的眼神,在跟她说再见。

第二章

有你的地方就有我的江湖

彻底黑白孤寂了十四年的眼睛

忽然淡淡地染上了一层红色

整个世界都迷幻而粉嫩起来

像春天的梦一样

他想起她最后同他讲的那句话

"喂,林靖宇,别后悔了。错过了就是错过了。"

可是他悔死了

只有死了,才会不觉得后悔

等你老了，我就是你的江湖

文/红 衣

1.我的梦想呀，是去闯江湖

从罗小满记事起，周围的人都喊她爸爸大胡子。爸爸有一脸浓密的络腮胡。据妈妈说，它们是小满婴儿时期最爱的玩具。玩具？小满想，我有那么奇怪吗？

小满家在一座小城，妈妈是乘务员，一年里大部分时间都跟着火车南来北往。所以，做家庭煮男是大胡子命中注定的。

他骑一辆高大的单车，叮叮当当地接送小满上幼儿园，为小满洗衣、做饭、讲故事。如果是冬天，他还要一边煮早餐，一边把小满要穿的衣服放到炭炉旁烤暖。小满不止一次听到他对妈妈自夸："我能干吧？你不在家，姑娘照样穿得干净整齐，我扎的辫子也不比你差。"或者："你放心啦，没有比我更会带姑娘的帅爸了！"

小满偷笑，他在吹牛呢。幼儿园老师说她的头发没梳通，都打着结；邻居阿姨经常发现她的毛衣穿反、裤子穿反；有次爸爸喝醉了，骑着单车摇摇晃晃地把她摔到地上，而她还在唱歌！

小满冲大胡子眨眼，并不揭穿他。

大胡子除了做煮男，也在蔬菜公司做会计。但这两样都不能使他满足，他常说："我的梦想呀，是去闯江湖！"

小满相信这是真的。大胡子三十岁才结婚，在结婚前，他已在江湖闯荡数年。从家里的旧相册就能知道：大胡子穿着黄军装站在天安门前英姿勃发；大胡子穿着喇叭裤在西湖边玉树临风；大胡子烫着爆炸头在长城上气势豪迈；大胡子还在直升机里微笑着挥手呢。

大胡子一边翻着相册忆往昔峥嵘岁月，一边感慨："哎呀，罗小满，我的江湖就毁在你的奶粉、尿布和号哭里了！"

他表情惋惜，可眼里带着笑。大胡子很英俊，浓眉大眼！

大胡子的单车载着小满，从春天粉白的杏花树下，走到夏日蝉声起伏的浓荫，又走到枫叶飘落的古老大街，再穿过白雪覆盖的草地。当草地上冒出茸茸的新绿时，小满长成了亭亭玉立的小姑娘。

大胡子给小满穿上层层蕾丝的白裙子，让她站在草地上，展开双臂扮白天鹅，他"咔嚓咔嚓"按快门。这组五连拍被他奉为摄影杰作，他冲洗放大，挂在摄影工作室的墙壁上做小广告。

这一年，小满八岁，大胡子三十九岁。

2 她一脸欢喜，满是被宠坏的骄傲

这一年，大胡子从蔬菜公司离职了。他把自家一楼改造成了摄影工作室。在那个年代，人们只说照相、照相馆。"摄影"还是一个后现代词汇。所以，大胡子的摄影工作室迅速受到了追逐时尚的年轻人

第二章／有你的地方就有我的江湖

的喜爱。

小满也不用大胡子接送了,她自己上下学,自己穿衣梳头,放学还到店里帮忙。她最喜欢的地方是暗房。她喜欢用镊子把一张张照片夹起来,晾在绳子上,看着图像一点点显现,它们各种各样,有的美丽,有的平常。但她都睁大眼睛,感觉惊奇无比。

大胡子不是一流的摄影师,但他有一流的摄影设备,他淘汰掉的,就都归小满。

小满的第一台照相机,是海鸥牌的。她拍下的第一张像模像样的照片是大胡子和妈妈。在郊区的公园里,大胡子穿着白衬衫,黑裤子,刚刮过胡子的脸年轻又帅气。妈妈穿着白色长裙,大波浪鬈发松松地垂在肩上,她还擦了鲜艳的口红,眼波里无限风情。

只有休假在家时,妈妈才会打扮得这么美。在火车上,妈妈都是穿灰蓝的制服,头发绾成一坨。邻居阿姨说妈妈:"在家打扮干啥?也没人看。"

妈妈巧笑倩兮:"咋没人看?给我家老罗和女儿看呀。"

第二张照片是一头熊。

小满家左边是一家杂货铺,铺子的后院养着一头小熊。小熊在一个铁笼子里,脖子和四条腿都被铁链系着。听说,小熊长成大熊了,杂货铺大伯就会在它身上开一条口子,插一根管子抽胆汁,熊胆能治病、能卖钱。

街上的小孩儿都跑去看,小城没有动物园,孩子们也没见过熊。

小满也去看。她脖子上挂着"海鸥"。她把一根玉米棒放进笼子里,书上说熊爱吃玉米棒。小熊埋头啃玉米时,小满蹲下来看它,她离它那么近,别的孩子都不敢,笼中小熊虽然无法伤人,但咆哮起来很吓人。

小熊没有冲小满咆哮，它啃完玉米，抬头望着她，它的眼睛漆黑，一片潮湿，清澈干净，仿佛闪着光。那眼神仿佛是感激、哀伤，又仿佛是求助。十岁的小满分辨不清，她小小的心温暖又酸软，是怜悯、是喜欢，还是心疼，她也分辨不清。

她举起相机拍下了小熊。

小熊的照片晾在暗房的绳子上，小满久久地看着，然后她抽泣起来。大胡子跑进来，问她："怎么啦？"

她指着照片说："小熊好可怜，它在跟我说，救救我。"

这是大胡子第一次看到传说中用来取胆汁的熊，通过他十岁女儿拍的照片。他望着照片，沉思了两分钟，毅然又温和地说："不怕，我来帮你救它。"

大胡子付了比杂货店买小熊时更多的钱，换回了小熊。但他们也不能养着小熊。大胡子和小满商量，决定把小熊送给C城动物园。

动物园的车子来接小熊那天，邻居们都到街上来看，都说："大胡子宠女儿宠得没谱了！这可抵照相馆好几个月赚的钱呢！"

大胡子憨憨地笑，忙着为小满和小熊拍照留念，小熊从铁笼子里出来了，小满搂着它的脖子，她一脸欢喜，满是被宠坏的骄傲。小熊憨态可掬，像一只可爱的宠物。

3.有时，她望着大胡子，心里会涌起酸酸的歉疚

小满就这样被宠着，慢慢长到了十三岁。

十三岁的小满上了中学，她开始在意衣服的款式和裙子的颜色；开始单独和同学外出，逛街、看电影；开始在日记里写心事，抄一些

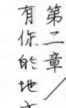

第二章／有你能的地方就有我的江湖

少年不识愁滋味的句子；她不再和大胡子叽里呱啦什么都说，她的快乐忧伤多数来自外面的世界。

不知不觉，小满冷落了大胡子。

吃完晚饭，大胡子收拾完，想和小满散散步说说话，小满却煞有介事地拒绝："我还得写作业看书呢。"她并非如此刻苦，连散步的时间都没有，她只想一个人待在房间里，听听和同学交换的CD（音乐唱片），看看新买的漫画，或者随便在日记上写点儿什么，有时她什么都不做，就站在窗前看着街道发呆。

有时，她看到大胡子一个人散步，孤单又落寞的样子，心里也会涌起酸酸的歉疚。

有时，她听见邻居和大胡子打招呼："大胡子，你一个人啊？姑娘呢？不陪你呀？"

"姑娘长大啦！"大胡子笑着说，又自己补上一句，"长大了好呀，没几年她就能上大学了，我就不用操心啦！"大胡子的声音真诚欣喜，一点儿也没有被冷落的抱怨。

小满也开始嫌弃大胡子了。

同学的爸爸，有的做官，有的做大生意，都气派非凡。大胡子虽然自称摄影师，但在小城群众的眼里，他不过是一个"照相的"，小满为此有点儿自卑。还有，大胡子很啰唆。她说跟同学一起出去，他必然会问，跟谁？男同学还是女同学？什么时候回来？她稍微晚点儿，大胡子一定焦躁不安，在门口望来望去。

有次，一个男生骑单车送小满回来，大胡子惊愕得几乎失态。男生刚转身，大胡子就急匆匆地问小满："那男同学叫什么名字？家住哪里？成绩怎么样？为什么他会送你回来？"

小满拉开冰箱，倒了一杯橙汁，不紧不慢地说："不就是一个男生送我回家吗？你反应过度了吧？淡定一点儿行不行啊？"

大胡子瞠目结舌："我……我……"

"我知道，是你想得太多了！"小满说完，咕噜咕噜喝完橙汁，转身进了卫生间，很快，卫生间传来水声和歌声，"我爱洗澡，皮肤好好，噢噢噢噢……"

大胡子愣在客厅中央，自言自语："我反应过度？"他想来想去，总算给这件事找到了一个满意的解释：小满没有单车，走路嫌累。为了防止小满再坐男生的后座，大胡子给她买了一辆美式单车。

小满骑着单车和朋友们在马路上晃晃悠悠，叽叽喳喳说着话。

"小满，你爸终于想通了，之前不是说骑车不安全，你家离学校又不远什么的吗？"

"他爸紧张了呗！看男生骑车送她回家！生怕送来送去送出感情。"

"就是！"小满附和，"他那个人，表面开明，其实比我妈还啰唆，我估计那天过了十点还不回去，他就会报警！他要我陪他散步，我不去，他还挺幽怨的呢，好像我有多不孝顺似的！"

"我爸也那样，我说了，高中我要住校！"

"对！我也是！"小满说，"我真受不了他了！"

女孩子们你一言我一语狠批父母，酣畅淋漓，大快人心。可是和她们分手后，小满的内疚感像潜伏在街角的猫一样，"唰"地一下蹿出来，毛茸茸地挠着她的心。越往家走，她越内疚，她简直羞于面对大胡子了。

幸好大胡子还在店里忙。小满觉得那些坏话伤害了大胡子，她想

补偿。她找到菜花、青菜、鸡蛋、紫菜,凭记忆和想象做了一顿饭。

这年小满十五岁,第一次做饭给大胡子吃。大胡子喜笑颜开,喝了一点儿酒。

4.雨停了,微凉的风带来青草香,奇妙的气场在青草香里消散了

小满的身材渐渐丰满,工作室的生意却冷清下去,家用数码相机兴起了,到店里拍照的人就少了。

大胡子与时俱进,他把工作室重新装修,买了新相机,进了许多漂亮的婚纱、礼服,又聘请了专业化妆师,招牌也焕然一新:春天婚纱摄影。这是本土第一家婚纱摄影,抢占了先机,生意火爆。

然而,不到一年,小城涌现出三四家婚纱摄影,大胡子的生意受到冲击,只能勉强维持。

这段时间,小满也很忙很累,压抑又孤独。

高中课程紧,小满在重点班,同学们都拼命用功,竞争激烈,她没交到新朋友,渐渐沉默,独来独往,日记也越写越厚。可日记本不能回应她。父女间的交流也很少,但每天晚自习下课,大胡子都来街口接她,对话只有那几句:

"饿不饿?"

"有点儿。"

"馄饨还是面?"

"都行。"

"好。"

小满每周上六天课,星期天才能休息。她舍不得睡懒觉,一大早就爬起来,骑着单车出门去。她脖子上挂着相机,但再也不是"海

鸥",而是"尼康",同样是大胡子淘汰的数码相机。她喜欢从镜头里看世界,比她用眼睛直接看到的更美、更别致,常常还有新发现。

城北有座古老的公园,公园里有一座古老的凉亭,亭子周围长满翠绿的芭蕉。深秋的清晨,小满举着相机在公园里溜达,一个男孩闯入了她的镜头。

他穿淡蓝色衬衣,袖口微微挽起,正坐在亭子里看书。小满将镜头拉近,她看清男生有乌黑的头发和高高的鼻梁,像她喜欢的日本少年影星三浦春马,她还看清了那本书,是高考单词词汇,她猜他上高三,比她高一届。

小满从未如此注视过一个男生,也才发现,男生专注的时候真是帅气动人。她悄悄拍下了他。

下一个星期天,男生又在那里,他穿着亚麻色衬衫,手里捧着历史书。又下一个星期天,男生穿着黑色外套,膝盖上放着涂鸦本,他涂涂画画,但小满看不到他画的是什么。从秋天到冬天,再到春天,男生都出现在小满的镜头里。男生也许发现了她在偷拍,也许没有,小满从亭子外路过时,他都有意无意地抬头朝小满微笑。

小满把每个星期天都当成一次默契而奇妙的约会,它令余下的六天都充满隐秘的快乐。

五月的一天清晨,天空灰蒙蒙的,小满刚到公园就下雨了,她跑进亭子避雨。男生微笑着合上了手中的涂鸦本。

"你常常来这儿。"男生说。

"是啊,这儿安静,我也喜欢星期天的清晨,不用赶时间,没有考试,也不用坐在令人窒息的教室里。你知道吗?我们班有九十个人,但晚自习就像死海一样平静,每个人都在埋头苦读,那当然是应

第二章／有你的地方就有我的江湖

该的啦,好好学习嘛,可我觉得难受、压抑,希望突然停电,听大家爆发的欢呼,或者一阵狂风吹进来,把卷子、书吹得满天飞……"

密密的雨点落在芭蕉叶上,在他们四周形成了一个奇妙的气场,它让小满放松、肆意,对男生无条件信赖。她的倾诉欲比面对日记本更强烈,她的话就像大雨倾盆而下。男生耐心又饶有兴味地听着,不时"噢、啊、哈"地回应她。

小满扭头,看到男生的身旁放着一张海报,她拿起来看,是一张C大的宣传海报。C大在C城,是全省最好的大学。

"你想考这儿吗?"

"嗯。"男生点头,"一直都想。"

小满有点儿羡慕,他的成绩一定很好。尽管自己在重点班,成绩尚可,但离C大还有距离。那是她和他的距离吗?小满很茫然。

雨停了,微凉的风带来青草香,奇妙的气场在青草香里消散了。

小满惊慌起来,她跑出亭子,在雨后的天空下骑车狂奔。

5.他对女儿信心满满

星期天又来了,芭蕉浓了,天蓝了,阳光映进亭子里,可没有那个男生了。再下一个星期天,男生还是没出现,一直到夏天,男生再也没出现过。

小满懊恼极了。一定是自己那天说得太多,暴露了又傻、又笨、智商低的缺点,把男生给吓跑了。或者是离他太近,被他看清了额头和下巴上的痘痘,它们太影响形象了!也可能男生复习太忙,不能来了。而高考之后,他更没必要来了。

总之,他并没有惦记她,所谓默契约会,不过是她的一厢情愿。

这让小满大感挫败。没有了星期天的美好，星期一到星期六都暗淡无光。高二期末考试，小满考出了前所未有的糟糕成绩。

班主任叫大胡子去学校，说："罗小满很有潜力，但她信心不足，所以状态不好，我想是不是重点班给她的压力太大，要不让她到普通班去？有时候目标定得太高反而不好。"

大胡子说："我考虑考虑。"但他不高兴，班主任对他女儿失去信心了，可他对女儿信心满满。他回家哄小满说："班主任说你太粗心，不然可以考得更好。"

小满苦笑："我知道他让你劝我去普通班。"

"嗯，他也提到了，你怎么想呢？"

"我不想，"她很坚决地说，可她又垂下头，"可我又怕。"她不愿降低理想，她第一次有了想去的地方。可她很害怕，不知道是否能抵达，能否跨越她和那个男生之间的距离，她是多么想跨越啊！

大胡子一脸焦灼。最近他都很焦灼。知名婚纱连锁店入驻小城，年轻人蜂拥而至，他原本惨淡的生意难以为继，进入关门大吉的节奏。

6.西藏，骑单车去，那是我十八岁时的理想

妈妈休假回来，大胡子向她描述父女俩的困境，她沉思片刻，眼睛一亮："你不忙生意了，正好陪小满呀，你鼓励她、照顾她，陪她战斗呀！"

大胡子翻翻白眼："那我爷俩吃啥喝啥？"

"有我呀！"妈妈豪情万丈，"说定了，你负责照顾女儿，我负责赚钱养家！"

大胡子的婚纱店关门大吉,他腾出店面,租给人家做超市。但他没有立即变身全职保姆,他对小满说:"我要去闯一下江湖。"

"去哪儿?"小满问。

"西藏,骑单车去,那是我十八岁时的理想。"

"哈哈。"小满笑起来。一个四十八岁的中年人,骑单车去西藏实现他十八岁的梦想。哈哈,怎么听都像个冷笑话。

但大胡子用实际行动诠释,他不是在说笑话。他买回一辆单车和一堆材料,他敲打焊接一阵倒腾,改装成适合长途跋涉的神级单车,他又买了帐篷、水壶、大围巾。他请了他的表姐来暂时照顾小满,小满仍是不信,直到他说"我准备出发了",小满才相信他不是在讲笑话。

"怎么可能?"小满喊起来,"那么远!你骑单车!"

"不试试怎么知道?凡事皆有可能!"

大胡子老夫聊发少年狂。八月底,他骑着单车背着行囊出发了。他一路拍下照片发给小满,峡谷、瀑布、同行的老人、草原的彩虹,还有孤独的黑鹰和云朵般的羊群。

大胡子战胜了泥石流和暴雨,逃过了追逐他的野狗,挨过了绵延的泥泞,他在十月抵达拉萨。小满收到他在布达拉宫门前的自拍照,他漆黑浓密的胡子,几乎遮住了整张脸,只露出一双漆黑闪亮的眼睛和一口洁白的牙齿。他身后,彩色的经幡在风中翻飞,远处的雪山在阳光下闪着动人的光泽。

"女儿,我做到了!"大胡子在电话里大声说。

小满激动得跳起来:"大胡子,你太赞了!"

"你也做得到!而且你不能等到四十八岁!"

7.这样的她,能担当与任何优秀少年的奇妙相遇

大胡子以如此特别的方式,给了小满信心和鼓励。她下定决心,使出全身力气,C大就在那里,和西藏一样,是确定无误的存在,她坚信,只要她披星戴月,无畏暴雨和泥泞,一定可以到达!她也懂得了,那段距离,不仅存在于她和男生之间,也存在于她和更优秀的自己之间。

大胡子是一个优秀的保姆,他接小满下自习,为小满做夜宵。考虑到小满需要营养,但又怕胖,他在厨房贴了一张食物热量表,他选择低脂肪高营养的食物,均衡搭配。他也不在小满面前说谁家孩子考上了什么大学多有出息,也不问她这次考了多少分,排名如何。

他让小满百分百觉得,他对她充满信心。

事实证明,大胡子是英明的。又一个八月,小满收到了来自C大的通知书。小满没有在C大碰到亭子里相遇的那个少年。也许他没考到这里来,也许学校太大,他们注定错过。但是没关系,她遇到了更重要的人——充满自信的自己。这样的她,能担当与任何优秀少年的奇妙相遇。

大胡子找了一份工作,在房地产公司做物业管理。邻居说他:"你以前挣的那些钱,还有这店的房租,够你女儿上大学了呀,再说还有你老婆呢。为啥一把年纪还要去给人打工?"

大胡子微笑,不解释。

小满知道,大胡子没攒下什么钱,买熊送动物园的傻事他干过一次,但类似的事,大大小小难以计数。他喜欢交朋结友,爱请客,又是埋单王。奇怪的是,妈妈骂过大胡子天真傻气,却从没表现出嫌弃。

大胡子的工资不高,他把它分成多少不一的两份,多的给小满,少的给自己。小满的学费和生活费都由家庭账户支出,大胡子给她的钱她都存起来了。到大四毕业的时候,她有了一小笔巨款。

这时,妈妈还没退休,升任了车长,依然常年跟着火车跑。小满想到大胡子一个人在家孤苦伶仃,想回小城去工作,陪伴他。但小满见识了大城市的繁华热闹,开始不屑于小城的古朴安宁。而且,她交男朋友了,男朋友工作也在C城。最终,想成为一个城市居民和想要一份安稳爱情的双重梦想,压倒了想做爸爸的小棉袄的寸草心。

她很内疚,支支吾吾地跟大胡子解释,大胡子说:"我要你陪干啥,我倒图个自由自在,好去闯江湖呢。跟你说,我真要去!我还打算买辆车,四个轮子的那种,能遮风挡雨的,我要开着它去闯江湖,哇,高端大气上档次!"

小满以为他不过是说说,五十多岁的人了,难道真去学车考驾照?不可思议!不过,大胡子喜欢车,向往有自己的车,他说了好多次:"什么时候咱们也买辆车!我载你们娘俩去兜风,去全国旅游!"

妈妈一脸嫌弃:"别别别,就你俩去吧,我坐车坐够了,等我退休了,我只想安静地待着。"

8.大胡子不能开车了,可他的身体里,还装着一个威大的江湖

三个月后的下午,小满接到大胡子的电话:"闺女,你公司在哪个位置?你啥时候下班?我来接你啊。"

小满大惊:"你在哪儿?"

"C城呀。我刚上内环高速,快到市中心了。"

那天，小满走到公司楼下，一辆银灰色的车子闪闪发亮，车旁站着一个穿灰色风衣戴墨镜的男人，正冲她挥手微笑。

"小满，那是你什么人？好帅气啊 "一起下楼的同事问她。

小满仔细看了看，她飞奔过去："爸爸！"

大胡子打了一个响指，很绅士地拉开车门："姑娘，请上车！"

大胡子开车的样子好帅哦，意气风发！车载CD里，放着80年代的老歌，大胡子跟着哼唱，调子都跑到马路对面去了，他还挺得意。

大胡子给车取了一个傻萌的名字——小银子。

小城距离C城三百千米。大胡子每个月开着"小银子"来看小满一次，带来他做的菜，水煮牛肉、麻辣兔丁、莲藕红枣煲猪蹄。放假了，大胡子还要接送小满，就像当年接送她上幼儿园一样快乐。

但大胡子不是有钱人，为了让接送姑娘这件事能持续进行，他平时都开着"小银子"在小城拉客。大胡子开着"小银子"风里来雨里去，十几块二十块地挣钱。小满很心疼大胡子，说："你不是要开着它去闯江湖吗？我赞助油钱！"

"这就是我的江湖呀！"大胡子说，"嘿，我认识了好多新朋友！"

头两年还顺利，但第三年，大胡子的腰椎、颈椎都出了毛病，医生建议他少开车，要静养。可他说："生命在于折腾！"

大胡子爱喝酒，小满担心大胡子，多次叮嘱他少喝酒，担心他酒后开车。

"你看你，颈、肩、腰，哪儿都是毛病！整天坐在车里受得了？"

"我自我感觉良好呀。"

"跟你强调多次了,一定要记得喝酒不开车,开车不喝酒!"

"我没忘记呀。我没喝酒。"

"还有,你茶杯里装的是什么?别以为我不知道!"

"我只是闻闻嘛。"

小满义正词严,大胡子一脸无辜,仿佛他是孩子,而她才是家长。每次争吵的结局都一样,大胡子保证他绝对不会喝酒开车,而小满也无可奈何地相信。

秋天的下午,小满接到交警和医院的电话,大胡子开车时不小心撞上了护栏,头、手、腿都受了伤,"小银子"也被撞瘪了,前轮飞了出去。

大胡子出院时,保险公司将修好的"小银子"开进小满家后院。大胡子拄着拐杖坐到车里,拿出驾驶证交给小满,保证以后一定少开车。小满得意一笑:"这就乖了嘛。"

但大胡子没有马上下车,他说:"我还想和'小银子'说说话。"

小满站在车旁等他。五月的微风柔和温暖,这是适合全家旅行的季节。小满记得,全家唯一一次的五月旅行,是她十一岁那年。他们去的海边,大胡子放风筝,欢笑、奔跑,像个孩子。他说:"再过十年,我们再来啊!"如今十年过去了,他们再也没有全家旅行过,妈妈节假日都忙,但更主要的原因是,没有人把全家旅行排上日程表。

妈妈想等退休,爸爸还想赚点儿钱,而小满,正在营造自己的新生活。同时,他们都认为,还有的是时间和机会嘛,就连此刻,小满仍这样想。

小满特地请假在家照顾大胡子,可他嫌她碍手碍脚。他逞强,什么都要自己来:"我行!""我没问题。""这点儿小事!"

小满说:"你才五十六岁呀,根本不老,但怎么有了老头儿的倔脾气了!"

大胡子雄赳赳气昂昂,拄着拐杖到处走。黄昏时,他总走到后院去,默默地望着"小银子"。玉兰花开了,谢了,有几朵落在车顶上。在阳光下枯萎,跟大胡子鬓边那一缕头发的颜色很像。小满站在他身后,心里无限酸楚,大胡子不能开车了,可他的身体里,还装着一个盛大的江湖。

9.当你老了,走不动了,我就是你的江湖

大胡子的伤好了,但落下了毛病,每逢阴雨天,他的手腕、脚踝就痛得厉害。小满劝他去针灸、理疗,他说:"你只要让我开车,我就哪儿哪儿也不痛了!"

小满咯咯地笑,不理他。

天气好的时候,大胡子绝不在家待着,他去爬山、去河边、去更远的山谷,他去找形状奇特的树根、花纹美丽的石头。他买了砂纸啊、锉子啊、石蜡啊什么的,他将树根石头都捣鼓成工艺品,还给它们取一些好听的名字,什么星月同辉、仙桃贺寿、孔雀开屏……

妈妈不屑地说:"还不就是烂木头破石头!"

大胡子反驳:"那可是我从江湖上万里挑一选出来的!哼!"

十月长假,妈妈照例很忙,小满回到小城。她喊着"爸爸"走进屋时,大胡子在后院给石头打蜡,他回头"哎"了一声,小满发现他的左眼又红又肿。

"怎么回事?爸爸,去医院看了吗?"

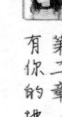

"这有啥好看的,用红霉素眼膏擦擦就没事了。"

第二天,大胡子的左眼红肿加重,眼睛都睁不开了。小满强行拉他去医院,医生看了看,说:"赶紧去大医院吧,是真菌感染!得做手术啊!"

小满带着大胡子赶到C城有名的医院看眼科。她没想到,医生说的所谓的手术,竟然是摘除眼球!医生说,真菌感染太严重,眼球已经坏死了。小满当即大哭起来。医生又说:"幸好你们来得及时,不然另一只眼睛也会被感染,后果不堪设想!"可惜,这并不能安慰小满。

大胡子倒很淡定:"生老病死,这是自然规律嘛,乖女儿不要伤心啦。"

听大胡子这么一说,小满更伤心了。她忽然意识到,大胡子也会老去,像别人的爸爸一样,而且他正在老去,正在一点点被老天收走,一只英俊的眼睛仅仅是开始。

她更明白,不能等了,她一定要在下一个五月,带大胡子和妈妈去旅游,去大胡子流连忘返的海边。

小满到驾校报名学车,从理论到场外到路考,她一路顺利通过。拿到驾照那天很冷,她哆哆嗦嗦地将驾照贴在脸上,龇牙咧嘴地笑着,自拍了一张发给大胡子。大胡子也回给她一张照片:他做的玻璃花房,花房里的花花草草洋溢着春天的气息。

她还看到,花房后面的竹竿上,晾着腊肉和香肠。

"小银子"在冬日的阳光里闪亮着。

树根石头们默默相伴。

失去了一只眼睛的大胡子,仍然积极快乐地生活,他的江湖,已妥协到小小的院子里。

五月到来时，小满驾驶着"小银子"，载着妈妈和大胡子，奔驰在去往海边的公路上。车载CD里放着80年代的老歌，大胡子跟着唱，那调子飞到天边，追也追不回来。妈妈乐得咯咯笑。

小满在心里对大胡子说，从今往后，每一个假期，我都带你去闯江湖，当你老了，走不动了，我就是你的江湖。

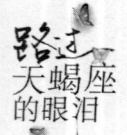

与玫瑰同在的荣幸

文/凌霜降

1

林靖宇在被唐清然一个过肩摔摔在地上摔破了头之前，他一直都不是个引人注目的人。他来自单亲家庭，与母亲及姥爷相依为命，长得不高，很是瘦弱，根本不像一个高中生。

而唐清然则是以美出名的，美成什么样？初中时就美得出格，每天都有男生跟着她，还有一些据说是拍电影拍广告之类的星探在校门口拦她。

唐清然的父母亲为了让女儿能保护自己，从小就让她去学防身术。听说她又很有运动天赋，小学毕业的时候，已经是柔道黑带的高手了。只是听说。林靖宇此前并未领教过唐清然的厉害。

其实那天林靖宇也冤。他班上有个男生，给唐清然写了一封很不纯洁的信，听说用了很多很不雅的词语。写完之后，大概又不敢署上自己的名字，也不知道哪儿来的灵感，就把林靖宇的名字给写上去了。

唐清然的脾气和她的美一样，霸道无比。她站在校道的那棵大玉兰树下等他，穿着灰蓝相间的校服居然也显得身形修长好看，那张白皙精致的脸又冷又美。

"你是林靖宇吗？"她的声音也好听，只是语气里带着压抑的怒火与冰冷。

林靖宇至今难忘那一刻的感觉，他的心脏还在跳，但那一刻一定跳得与平时很不一样，所以他的脸是呆滞的，眼神是惊愕的，也有可能是惊艳的。

被唐清然掼在水泥地上，左边脑袋刚巧重重地撞在水泥花坛边儿上的时候，林靖宇还在想："唐清然美成这样，怎么可能有男生看到她会觉得不惊艳？"

2

那一摔，当时看起来好像没有什么。唐清然扬长而去，林靖宇痛了好一会儿才自己爬了起来，回家的路上只觉得左边眼睛一直有些痛，有些模糊。

林靖宇回到家，吃了姥爷做的饭开始做作业。那时候他也还不知道自己为什么会被唐清然那样揍，因为唐清然也没解释。睡觉前也没想明白，只觉得头晕晕的。第二天一早要去上学的时候，刚出门就倒在了地上。

其实林靖宇伤得很重，脑内有出血，而且血块需要手术取出。那时候开颅手术需要很大一笔钱，姥爷身体不好并无积蓄，母亲工作收入仅够生活，迫于无奈，母亲去找了他的父亲。

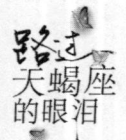

林靖宇从不知道母亲一直说已经去了海外另组家庭的父亲原来就在国内,而且还是经济台上经常能见到的人物。严格算起来,他是父亲的长子,若非母亲的倔强,父亲也不会十多年不知他的存在。

手术请了当时国内最好的专家来做,很成功。只是,他的视力受到了一种莫名其妙的影响,他看不到所有的颜色了。林靖宇的世界变成了黑白灰。

关于如何受伤,父亲母亲都问起过,林靖宇只说自己不小心摔了一跤,没有说是唐清然让他摔了跤。但做这样大的手术,学校里也传开了。唐清然是在他手术后一周来的,由父母陪着。她的父母很认真地道着歉,唐清然一直一声不吭,到最后要告辞时,她看着父母铁青的脸色说了一句:"非常抱歉,手术住院的所有费用是多少,我们出。"

她的声音听在林靖宇耳里,像是被劈开一样,有点儿尖利。他想说不用了,但是又有了一个想法:与她有些瓜葛,也好。

3

但林靖宇决没想到的是,这"瓜葛"纠缠得有些惨烈。

在林靖宇父母看来,林靖宇变成了一个完全的色盲,这影响是一生的,多少钱都难以弥补。但对唐清然一家来说,即使仅仅为了赔那一笔巨额手术金便已经足够把他们压垮了。唐家父母把房子卖掉之后,还借了一些债。为了还债,唐清然的父亲做了好几份工,因为太累从脚手架上摔下来去世了。之后唐清然母女过得很清苦,唐清然考上了大学,还是辍学了。

但林靖宇知道这些的时候,已经是七年之后了。出院后他便转了学搬了家,搬进了林家的别墅,进了学费昂贵的贵族高中。他这样内向瘦小的小伙子,要想成为令父亲满意的林家长子真不容易。他日日忙于应付各种补习老师,准备父亲安排好的出国留学事宜,连回旧学校去看一眼的想法都没空想,更不用说去某一个不起眼的地方等着悄悄看一眼唐清然。

高中毕业时,林靖宇终于如期收到令父亲满意的外国大学的入学邀请。这时候的他,不管是身高、外貌、礼仪、学识,都渐渐成为父亲想要他成为的样子。

高三暑假后他就要出国,有天他终于找了机会,说要出去买些东西,在商场丢下司机打车回了旧高中,在唐清然打他的那棵玉兰树下站了一小会儿。

盛夏的校园里静悄悄却又蝉鸣声声,林靖宇环视了一圈这熟悉的却已经变成了黑白灰的校园,觉得脑子里安静得出奇。他在校园里转了一圈,想看看能不能找到唐清然的痕迹。

他去了她们班的教室,教室后面有最后一次模拟考试的排名,她在第七。长得那么美,成绩还那么好,难怪以前总听到女生用妒忌的语气说起她的名字。

从讲台的半开的抽屉里,他找到一本没有被收拾走的点名册,居然是贴了照片的。林靖宇忍了忍,又忍了忍,还是没忍住,伸手把唐清然那张一寸照片给抠了下来。因为有些慌张,边角被他短短的指甲磨损了些许,他的心莫名地紧了一下,无声地说了句"对不起"。

4

四年后,林靖宇拿到了优秀的学力回国的时候,他看起来像个公

子哥儿,实际上也成为了令姑娘们仰望的城市新贵。他读书很用功,二十三岁的经管系硕士,英文说得很好,似有语言天赋般,他选修的法语、德语、日语都是去谈判签合同不用带翻译的水平。回国后就进了父亲的公司工作,几个单子签下来,便再也没人在人前背后说他是半路捡回来的二世祖。

一切都还算顺利,甚至算得上很有些意气风发的。如果不是重遇了唐清然。

他发现他的办公室有个小伙子很爱点外卖。午餐别人都出去解决,但他几乎都是点外卖,而且每次都是同一家店的外卖。因为送外卖来的都是同一个人,一个女孩子,应该比较年轻,但声音里有难掩的沧桑与疲惫。

林靖宇自从看不到彩色之后,他的耳朵就变得特别灵敏,灵敏到只凭借轻轻的脚步声,都能辨认出那个人的身份。

他之所以对那个点外卖的下属和那个送外卖的女孩有了兴趣,是因为他觉得那个女孩子的声音有点儿熟悉。他只听过两次唐清然的声音,一次是她摔他的时候,另一次是在医院里她和父母来道歉的时候。

林靖宇终于没忍住。这天送外卖的女孩又来的时候,他从办公室里打开门走了出去。

唐清然穿着劣质的外卖店制服,戴着棒球帽,半低着头找钱的侧颜美得有些惊心动魄,林靖宇只觉得心脏似漏了一拍。她抬起脸的时候,她完美脸颊上的一道疤痕,让林靖宇的呼吸停顿了一下,又漏了一拍。他的脑海中闪过一个词:白璧微瑕。

5

唐清然清丽出尘的左脸颊上,多了一道很明显的疤痕。她仍然美,只是那道疤痕似一枝荆棘,将她原本霸道的美一分为二,一半美得惊心,一半美得遗憾。

林靖宇有点儿移不开自己的眼睛,自从他的世界成为黑白之后,他看什么都充满了怀旧感,这让他感觉二十三岁的自己比三十二岁的人还要老气。但这会儿唐清然脸上那道疤,分明像一道闪电,电光石火般亮,似有七彩,令他难以移开眼睛。

"嗨,有多余的外卖吗?我也想来一份!"

林靖宇找着了自己的声音,听起来还挺自然挺轻松的。吃了三年异国的饭,之前他遗憾于自己变成了一个开朗多话为迎合他人而幽默的人。但此刻他庆幸,若非如此,他不知道要多久才找着与她直接对话的勇气。

"刚巧有一份半路退单的。烧鹅饭,可以吗?"唐清然看林靖宇的眼神毫无变化。二十三岁的林靖宇和十六岁的林靖宇实在是改变太大了。别说是她,就是林靖宇自己偶尔还会被现在镜子里的自己吓一跳。

"太好了!我最喜欢烧鹅饭!谢谢!"林靖宇很愉快地下了单,很愉快地付钱,并且很自然地要到了电话。虽然只是外卖店的电话,但能找着她也算不错。

林靖宇找了个机会,把那个经常叫外卖的下属升职到市场部跑外围去了。他自己叫第五次外卖的时候,对唐清然说:"来做我秘书怎样?"

唐清然漆黑似墨的双眸微微眯起,眸光似刀般杀了过来,似要剖

开林靖宇这个人看看,他是不是与那些觊觎她外貌的男人如出一辙。

林靖宇每一根神经都绷了起来,也不知道哪儿来的急智,竟然信口雌黄地说:"那个,你不要误会。我……我有男友。"

此后的许多年里,林靖宇常常半夜里为自己当时该死的急智悔得山河变色。

6

当时的林靖宇为自己的机智非常得意,因为唐清然在一瞬的错愕之后,便问他做他的秘书需要做什么,因为她大学只读了半年便没再读了。

林靖宇当时摆摆手,回答得很是爽朗随意:"秘书会的东西我都会,你跟在我身边学学就会了。"

唐清然先说了声"谢谢",后来又说:"你要我在你身边替你做掩护,我可以跟在你身边学东西,也算两不相欠。"

林靖宇点头赞同:"正是正是。"

唐清然异常努力,每日都在练习英文,买了很多相关专业的书自学,后来干脆报了个夜校培训班,没几个月,林靖宇秘书这个工作她居然渐渐上了手。

因为工作的关系,林靖宇去她住的地方接送过她几次,有次见到了她的母亲,多讲了几句,才知道今日落魄的唐清然,是因为当初自己的那笔手术费,也辗转知道了唐清然左边脸颊上那道疤的来历。

是一个看上了唐清然却被唐清然拒绝的男人找人划的。据说是当着好些人的面,问唐清然:"跟我,还是划一刀。"那刀寒芒闪闪,但十九岁的唐清然的眼睛更亮,她说:"划呗。"

林靖宇没亲眼见那情形，但听到的时候，却似亲眼看到那刺目又滚烫的血从唐清然美得不可一世的脸颊上奔流而下一般。他的脑海中"砰"的一声巨响，心脏却像干涸到极点的大地终于因为一粒尘埃的碰撞，狠狠地裂开了一道巨大的口子。

7

林靖宇让唐清然来做自己的秘书，其实就真的是想更方便知道她的消息而已。但唐清然视林靖宇给的这份工作为救她出泥泞的绳索，她紧紧抓住，希望可以借此脱困。

唐清然的努力让林靖宇有些害怕。当她用英文小声地回答客户的问题时，当她险险地在他不在办公室的时候也应酬了突如其来的来宾时，当她几近完美地帮他修改了他没来得及完善的计划书时，林靖宇都有一种感觉：唐清然似要从后背长出翅膀了，那翅膀会很有力，会很强壮，会带她飞去很远的地方，飞到自己再也寻她不着的地方。

这个想法好似很荒唐，但是林靖宇总觉得这会成为真的，这让他觉得内心无比惆怅。更让他惆怅的是林家诚发现了唐清然的存在。

林家诚对唐清然展开了疯狂的追求，充分地表现出他作为一名"香蕉人"（美籍华裔）在看到喜欢的女孩子时会的样子。他呆呆地看着她端咖啡进来、优雅利落地放下后走出了办公室后，嘴里喃喃地说了句："上帝呀，哥，我觉得我的心脏被她拆碎了。"

当时，林靖宇只是笑了笑，并未觉得林家诚的表现有何不妥。

下班的时候，林家诚早早地跑来问唐清然下班后有没有空，唐清然很认真很礼貌地回答没有空，而林家诚很遗憾地摊手离开的时候，林靖宇也只是笑了笑。

他与这个异母弟弟相差一年,明里暗里总在竞争。林家诚从小接受开放的良好的教育,不似他,几近成年后才被扔进了并不受欢迎的家族里挣扎。所以林家诚的开朗是真开朗,林靖宇的开朗却只是面具。

很多年之后,林靖宇在林家诚的婚礼上想起林家诚那句话,忽然很沮丧:林家诚那颗被唐清然拆碎的心有人帮他修复好了,但是他自己的心,还碎在原地无人理会。

8

林家诚在追求林靖宇的秘书小姐的事情,很快便在公司里流传开了。林家诚根本也没想掩饰,每天自己拿着花跑到办公室里送给唐清然,有时候是一朵,有时候是一束。每天下班雷打不动地想来约唐清然出去,每次都被拒绝之后,他居然跟着唐清然去夜校,报了唐清然报的班,唐清然听讲课的时候,他就拿出手机对着她各种拍,然后还发到他的社交媒体上,各种发糖:

"她漂亮不?"

"是不是连疤痕都美到令你们妒忌?"

"我好喜欢她怎么办?"

"她刚才对我笑了!"

"哦,上帝,感谢你为我创造了她。"

连家族里的人都通通知道了唐清然的存在,表面上都问唐清然的来历,背地里却嘲笑林家诚的品位从女明星降格成了毁容的灰姑娘。

连林家诚的母亲都打电话给林靖宇的母亲,质问这件事情。虽然父亲将林靖宇的母亲带回林家时,早已经与林家诚的母亲离婚,但林家诚的母亲仍然常常对林靖宇的母亲颐指气使。

母亲为难无语的时候,林靖宇就在旁边,父亲翻看报纸,对母亲的委屈不置一言,林靖宇拳头暗暗收紧,又慢慢放松,继续与父亲讲公事。

有什么东西想挣脱内心的束缚跑出来向全世界宣布它的存在,但是也不知道为什么,林靖宇紧紧地按住了它们。

9

有天加班,林家诚买了宵夜零食给办公室里的上下,大家一边吃着,一边打趣唐清然和林家诚,说沾了她的光。

唐清然说:"又不是我买给你们吃,关我什么事?"几个多嘴的低声说:"有公子追了不起呀,装什么高冷?""人家可是同时搭上了大公子二公子的人,当然有资格高冷。"

林靖宇忽然打开办公室的门走了出去,他清俊的脸上满是厉色,再加上上司的威严,办公室里十几个人都齐齐哑了声。

"唐秘书,三号文件第三张有错,谁负责的?重做!"

林靖宇说完头也不回地走出了办公室。但那天晚上他静静地在车里坐了几个小时,等到唐清然最后一个离开后,他开车慢慢地跟在她打的出租车身后,一直等到她租住的小屋窗户亮了,灯又熄灭,他才离开。

有天他半夜起来喝水,看到喝醉了坐楼梯上继续喝的林家诚。林靖宇坐在他旁边给自己也倒了一杯。林家诚大着舌头问他:"哥你恋爱过不?你要是没恋爱过,可千万别喜欢上唐清然那样的女孩子,看起来是玫瑰,真走近了全是刺。我的心脏被她刺得全是血。知道吗?

哥,全是血,痛死了。"

林靖宇拍拍林家诚的肩膀,以示安慰。他不会告诉任何人,对于唐清然一次又一次冷酷地拒绝了林家诚这件事情,他觉得很满意。至少,他觉得自己的心没那么痛了。唐清然确实像玫瑰,美得夺人心魄。但是,林靖宇比谁都知道,玫瑰早在开花之前就会先长刺。她知道自己美,所以要先长刺来保护自己。她越美,她的刺就越锐利。

谁说不是呢?他被她的刺伤过,因为那伤,他的世界至今天地失色。

10

唐清然母亲病重入院需要大笔钱的消息,其实是林家诚先知道的。唐清然拒绝了林家诚数次,林家诚却并未打算放弃。唐母是尿毒症,需要换肾,有肾源,但是需要更大一笔钱。

林家诚很大方地去把那笔钱交了,还花了大手笔从国外请了医生来做手术。手术很成功。但不幸的是,手术后一周发生了排斥症状,并引起了并发症。

唐清然母亲去世,作为直属上司,林靖宇自然要去。他不似林家诚,以唐清然的密友自居,自唐清然母亲住院后,便时时出现处处照顾。他与几个同事前往,一副公事公办的样子。

唐清然穿了一身白,俊丽的脸上表情孤清,一双眼偶尔一瞥忙进忙出的林家诚,那眼底的冷几乎要结出冰来。

第二天,唐清然便销假上班了。林靖宇仍如同往常,自己工作认真,对下属要求严格却也大度宽容。整个部门都如同他一样充满力量,而他又招人尊敬喜欢。

下午下班前,唐清然报告完明天工作行程后,林靖宇放下手中的笔,用一种很真诚也很平静的语气说:"有什么需要我帮忙的吗?"他的眼睛一直看着唐清然,所以也捕捉到了她的眼神在听到他这句话之后闪了闪。他停顿了一下,又加了一句:"就像你之所以能做我的秘书是因为知道你有这个能力一样,我的帮忙也不免费。"

唐清然想借一笔钱还给林家诚。林靖宇说:"好。你给我写张借条,你可以分期还我。同事一场,利息算了。"

借给唐清然那笔钱,是林靖宇亲自去银行存进她的账户的。从他自己的私人账户划了账过去,他用笔一笔一画地写她的名字:唐清然。一共三十三画,名字都这么特别。

唐清然那张借条,是她手写的。她的字清丽中透着刚劲,与她的人如出一辙。林靖宇将它仔细地收进了一个只有他能打开的抽屉里,和其他几件与她有关的东西在一起。

11

林家诚收到唐清然还的钱后,又醉了一场,酒醒之后失魂落魄了好一阵,决定收拾行李去美国。作为至少表面看起来十分友好的兄长,林靖宇送了他一程。

临走前林家诚忽然问:"哥,你说唐清然这样的女孩喜欢什么样的男人?"

这次,林靖宇很诚实地回答了他的问题,他不知道。是呀,不知道。他二十五岁,唐清然也是一样的年纪。他觉得作为一个年轻人,他自己已经算是努力的了。但唐清然更努力,甚至她努力得有些可怕。除了每天上班,唐清然在进修各种精英课程:会计、经济、管

理,她还在学英语和德语,还有日语与法语。

她就像一块贪心得有点儿可怕的土地,不断地在收集一切她能够收集的养分与种子,然后使劲儿地试图长出芽,抽出枝叶,并且开出夺目的花。

真有不少男孩在追求她。像林家诚这种,也不是一个两个。但她除了上班就是充电,生活比她母亲去世之前更为单调。

唐清然会喜欢什么样的男孩子呢?林靖宇没有去深究过。他只是隐约地觉得,大约不会是自己这一种。不管是多年前那个被她失误揍了的自己,还是今天这个看起来开朗又真诚,绅士又狡诈的自己,都不会是她喜欢的那一种人。

其实林靖宇也深想过的。如果唐清然一直没有遇见她喜欢的男人,而他就这样一直在她身边的话,他们是不是也可以一直这样互相陪伴走下去。即使有一天她羽翼丰满,再也不需要依附在他身边,即使有一天她可能会为了飞得更高更远而站在他的对立面,但不管并肩而战还是互为对手,他都觉得是一种荣幸。

与玫瑰同在的荣幸,他这一生,只有她能给。

12

伊森出现的时候,林靖宇已经完全习惯了唐清然的存在了。那时候他已经全部掌控了父亲的公司,唐清然是他的左膀右臂。他与她的默契已经完美到他的一个眼神,她便能做到几乎任何一件他想要她为他做的事情。

他的母亲陪父亲在各地旅行,已经很久没有受到家族琐事的烦扰。而他自己,不管在公司里还是在家里,都已经到了说一不二的地位。

唐清然被他派去过法国、德国、日本,也去过美国,更多的历练与经验让她渐渐独当一面,她原本凌厉的美更加夺目,她脸颊上那道疤痕已经通过昂贵的手术淡去,不上妆的时候还能隐约看到,上了妆便只有美了。

她早就将那笔借他的款额还给了他,但他没有把借条还给她,说"丢了。本就不怕你不还。"唐清然笑:"我哪里敢不还老板的钱。"

那年她二十七,他也是。他们偶尔同时出现在当地的经济新闻里。

他坐在宽大的沙发上,一个人看屏幕上出现的自己和她,她的身上充满了职业女性的干练与利落,站在他的身边,像一朵花又像一棵树,怎么看怎么好看。

林靖宇的心脏怦怦地跳着,好似莫名地快了好几个节拍。现在是不是时机?有些话,是不是已经可以说了?

林靖宇细细地思量了好几个夜晚,才终于下了决定。他买好的戒指已经放在手边的抽屉里了,他给她打了电话,约了今晚共进晚餐。她好似在忙,但是很愉快地答应了。

那一刻的心情,怎么形容呢?就像是觉得爱上小溪是因为没有见过大海,现在已经跨过了银河,终于确定了自己只爱一颗星。

13

去赴约前,林靖宇还提早下了班,回家换了套衣服。他独自开车赴约的时候,手心竟然渗了汗,汗水令方向盘有些滑,没留神竟撞上

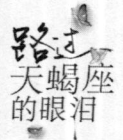

了旁边的的车。

对方有些纠缠不休，林靖宇态度很好地道了歉赔了钱，对方却还要他开着车陪着到修理厂去。林靖宇没法，叫来了司机与律师应付，自己打了辆出租车，急急地赶往约好的地方。

他到的时候，唐清然正与伊森相谈甚欢。也不知道她说起了什么，伊森很开怀地笑，伸手揽过唐清然的肩膀，重重地吻了她的额角一下。唐清然脸上的笑意未改，就似她从来很习惯很自然地接受伊森的亲近那般，继续小声地说着她刚刚在说的话题，眼角眉梢的笑意，就像普通的在蜜恋中的女孩子，就像一朵温柔开放在微光里的花朵。

林靖宇从来没有见过这样的唐清然。唐清然是冷傲的、孤清的；唐清然是凌厉的、狡黠的；唐清然是坚强的、脆弱的，可唐清然不是这样的，柔和的、温暖的。

林靖宇愣了好一会儿，心中似有一座城轰然崩塌。他眼睁睁地看着冷傲孤清凌厉狡黠坚强而又脆弱的曾与他无限接近的唐清然，忽然似被某一双无形的手拉远，忽然之间就远成了一张柔和、温暖而又时光遥远的旧照片，连唐清然也变成黑白的了。

林靖宇把手放进兜里，想抓住那只戒指盒提醒自己一些事情，但是空空如也。路上的意外太突然，他装戒指的外套落在车里了。

一切都不对。他把最重要的东西，在最不应该的时候，丢在了最不重要的地方。

14

那天林靖宇还是走了过去。很平静地听唐清然将伊森当成男友介绍给了他，她是这样形容他的："林靖宇，我的老板，我的恩师，我最好的朋友,我最默契的伙伴。"

她是这样形容伊森的:"我未婚夫。"

林靖宇想跳起来,大声地叫:"唐清然你有病呀,伊森不过是我们合作公司的一个客户,伊森不过是一个很普通的德国人,伊森连中文都不会说,他怎么可能是你的未婚夫?"

他如果是你的未婚夫,那我怎么办?

但林靖宇什么也没有说。他平静极了,甚至很真诚地打趣伊森说:"居然一声不吭就把我最得力的员工给追走了,罚你今天再开一瓶酒。"

酒上来了,那间饭店里最好的一瓶1986。靖宇喝了大半,但脑子里清醒得可怕。伊森在讲他追唐清然的一些小事。伊森知道他懂德语,用德语讲的。每一句,都像一枚钉子一样钉进林靖宇的骨头里。

很痛,痛得林靖宇都恨自己当初为什么要学德语,如果现在全都听不懂就好了。就不用知道眼前残酷的现实了。

唐清然这个看起来好像不会喜欢上什么男子的女孩,已经喜欢上了像伊森这样看起来不怎么样,却因为是唐清然喜欢的人所以处处都显得特别的男子了。

那天到最后,林靖宇还是喝到有点儿高了,唐清然和伊森送他回去。路上他借着酒劲,问了一句:"唐清然,我错过她了,怎么办?"

唐清然回过头来看他,居然以为他在说某一个她以为一直有,但是从来不曾存在的同性恋人:"喂,林靖宇,别后悔了,错过了就是错过了,以后还会遇到更好的。"

"可是,唐清然,你知道遇到一个自己喜欢的人有多不容易

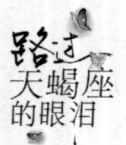

吗？"林靖宇靠在后座喃喃低语，车外正巧有按着喇叭飙车的少年经过，唐清然没有听到的话，重重地回击了林靖宇的心脏，他痛不欲生，觉得自己可能要死了。

15

但生病会死，意外会死，老了也会死，失恋不会。特别是像林靖宇这种根本恋亦未恋便彻底不能恋的失恋，更是死都觉得没脸没皮。

林靖宇装了病，上班六七年来，第一次没有去上班。在家睡到下午，端了一杯咖啡走到花园去看开得极热烈的玫瑰。

自从觉得唐清然像玫瑰之后，他便在花园里种满了各色玫瑰。他伸手想摘一朵，刚碰到枝便被刺伤了。不堪悲愤的，他用了狠劲想摘它下来，怎料玫瑰枝比他想象中更坚韧，最后他放弃时，玫瑰刺令他的手鲜血淋漓，那盛开的花瓣也因为他的用力而四散飘落。只是那受了伤的枝还是没断，堪堪地在阳光下倔强地看着他。林靖宇觉得心里的叹息多得都成了河。

唐清然的婚礼，林靖宇去参加了，还送了大礼。婚礼上新娘绝美，新郎帅气。林靖宇安静地坐在很重要的主宾席上，看着眼前的一切像遥远岁月里的黑白底片一样，一张一张地翻了过去。

婚后唐清然辞职要跟伊森去德国，林靖宇也爽快地批准了。他甚至与这对甜蜜的新婚夫妇吃了一顿分别饭，用眼睛将这在伊森身边开得像一朵花儿一般的、他从没见过的唐清然，像一张一张旧照片一样刻进脑海里。

黑白的唐清然还是很好看。好难过，连唐清然也变成黑白的了。

林靖宇似一个云淡风轻的朋友那般与唐清然保持着联系，会在圣诞节收到她们夫妇的贺卡或者礼物,后来他们有了孩子,他成了林叔叔。

他们的女儿比唐清然更美。有次去度假,那天使一样的小女孩说:"叔叔我长大嫁给你好不好?"

林靖宇看了正在泳池边准备食物的唐清然一眼,很认真地拒绝了她:"不可以呢,因为我有喜欢的人了。"

不能在一起的人,也可以是喜欢的人,不是吗?

16

林靖宇在四十岁那年,终于确认自己单身至今的原因是因为唐清然。

有天晚上,他在书房里工作到深夜,疲惫至极地想,他这一生,再也不会见到像唐清然那样要强得像敲一敲她的骨头都能发出金属声一样的姑娘了。

这么一想,他向来健康的心脏忽然莫名地绞痛起来,痛得他不得不颤抖着手打开抽屉,要去摸一颗救心丸。

救心丸没找着,倒是翻出来了一张她的小小的照片,是高中毕业那年,他偷偷地从点名册上抠下来的那张,边角有一点点的破损,颜色也褪了许多,但不妨碍照片上那个嘴角微微抿紧的少女的美。

猝不及防地,林靖宇看到自己的眼泪大滴大滴地往下掉。心脏倒是不痛了,只是头忽然剧烈地痛起来,痛得他那双因唐清然而彻底黑白孤寂了十四年的眼睛,忽然淡淡地染上了一层红色,整个世界都迷幻而粉嫩起来,像春天的梦一样。

他想起她最后同他讲的那句话:"喂,林靖宇,别后悔了。错过

了就是错过了。"

可是怎么办？他悔死了。他只有死了，才不会觉得后悔。

意识还在的最后几秒钟，林靖宇的脑海里千军万马般涌过了他这短短的与唐清然有关的一生，想："嗯，死的时候想的念的都是她，也不算冤。"

这个念头像一汪清水冲过了他的心，他觉得自己心脏最后跳动的那一下，就像初次见到唐清然的那个瞬间一样，一模一样的柔软、温暖、美好，又充满了未知。

那些主角是藏在我心底的少女心事

文/阿狸咖哆

1

我叫李桃，我最喜欢的却不是桃子，而是柏树，因为我喜欢的人叫林柏。我最喜欢的乐队是苏打绿，可我最喜欢的一首歌，却是五月天的《疯狂世界》，因为林柏喜欢。

我的生日是3月2日，但我最喜欢的日子是6月24日，因为这是我第一次听林柏唱歌的日子。我记得那天，时间是下午六七点左右。夏天的天黑得很晚，晚霞来得很迟，与夕阳的余晖一起映在林柏的脸上。

放学后的操场嘈杂，杨树摇晃着粗壮的胳膊，晚风轻轻路过，蝉鸣浅浅，林柏就与夏日的所有关键词一起，坐在那里哼着歌弹吉他。

那一瞬间，我竟然很想去问问他这首歌的名字，但是这样的话，会不会太唐突？不过现在的气温正合适，我要不要去问问他呢？今天的日子也很吉利，我的白球鞋正巧是刚刷的，还有此时此刻树荫的面积、鸟叫的频率，以及他蹲坐的姿势，都在告诉着我去去去！

我鼓起勇气,走到他面前,颤抖着说:"那个……同学你好,这首歌,很好听……我很喜欢。你……可以……可以告诉我歌名吗?"

林柏笑了,露出一颗小虎牙。我的内心突然像有漫天樱花飞散,粉红得不像样。

他从地上的一沓谱子中挑出一张:"这张谱子上有歌词,送你。"

"啊!谢谢,谢谢!不好意思,打扰你了!"我接过谱子,冲他深深地鞠了一躬,然后迅速跑掉了。

跑了很远,直到看不到学校的大门我才停下来,松开握紧的拳头,手掌上全是用力过猛掐出的指甲印,脸也红得发烫。

我看看那张谱子,五月天的《疯狂世界》,第二段第二句"你是一种感觉,写在夏夜晚风里面",我把谱子凑近闻了闻,果然有一种夏夜晚风的味道。

我好像突然有些明白喜欢一个人的感觉了。

2

好不容易从别人那里要到了他的QQ号,小心翼翼地加了他,备注说"我是上次问你要歌词的女生"。

林柏在放学的时候通过了我的好友申请。回到家后,我坐在电脑前,看着QQ对话框,不知道该说些什么。

"在吗?"我说。

发完消息,我像做了亏心事一样立马缩小了QQ。可等了很久很久,也没有回复。

我犹犹豫豫地想,要不要再给他发一句,可是,发什么呢?

"你在忙吗？"删掉。"你好，我是你隔壁班的李桃。"删掉。"你是一种感觉，写在夏夜晚风里面。"删掉。

最后，我写了一句"不好意思，刚才发错了"，发送，然后狠狠地下线。

我躺在床上，怎么都睡不着。他为什么不给我回复呢？是不想理我，还是在忙？是讨厌我，还是根本不知道我是谁？

窗外月色温柔，夜空中缀着星星。我就这么想着林柏，天在我的思绪中不知不觉地泛起了鱼肚白。

斗转星移，天气渐渐变冷，最近林柏他们班因为修暖气，换了教室，新教室就在我们班正下方。我只要每天站在班级门口的走廊旁，就一定能看到林柏晃晃悠悠地来上课。

他穿着破洞裤，白色卫衣外面穿了薄薄的黑色外套，拿着一个毛毛虫面包一边走一边吃，嘴角不小心沾上奶油，头发乱糟糟。

上课铃突然响起，林柏吓了一跳，大步跑进教室。我忍不住笑出来，这就是我喜欢的男生啊。

上课时，我正走神，丹丹从前面丢了一个纸团过来，上面是清秀的字："干吗呢？"

"（4）班的林柏好帅好帅啊！你觉……"刚写了几个字，我突然停下了笔。我的好朋友丹丹，个子高，身材匀称，披肩长发，长得好看，不仅成绩名列前茅，还会拉小提琴、弹钢琴，游戏打得很好，人缘也特别好。

看着这样的丹丹，我突然有些犹豫。我很喜欢林柏，很喜欢很喜欢很喜欢，虽然我也不知道怎么就渐渐变得这么喜欢他了。但是，再

看一眼丹丹,我突然开始心虚,我怕丹丹知道林柏的好。如果丹丹想要认识林柏,应该不会像我这么纠结,一定是轻而易举手到擒来吧。而林柏,也一定会喜欢这么完美的女孩子吧。

我不想这样,我不想别人和我分享林柏的好,就算是我最好的朋友也不可以。

我狠狠地划掉了纸上写的句子,真正喜欢的东西是不会大声嚷的,得藏起来,根本不想让再多一个人知道。

3

我自私地希望只有我一个人知道林柏的好,他的那些帅气和俏皮,他唱过的每一首歌,笑起来时会露出的小虎牙,每一个他背对着的黄昏,他坐过的操场,他倚靠过的老槐树……这些故事,我只说给日记本听。

下课时,我本来打算和平常一样去看林柏唱歌,却突然被毕萌拦住:"拜托了李桃,我朋友里就你写字最好看!求求你了!演唱会的门票我好不容易才弄到的,可老师突然说黑板报今天就得办完,帮帮我吧!就这一次,我们(4)班的生死可就掌握在你手里了啊!"

我刚准备用谎话搪塞毕萌,突然反应过来——(4)班!那不就是林柏的班级?如果我去帮毕萌办(4)班的黑板报,那是不是我写的字就可以被林柏看到了?

办完黑板报已经很晚了,教学楼人去楼空,走的时候路过林柏的课桌,我停住了。

夕阳的光照进来,铺满了整个教室。我走过去,小心翼翼地拉开林柏的凳子,坐了上去。课本没来得及收,一支红色签字笔忘记带走了，草稿纸上写着凌乱的公式和几句短诗。我不敢碰，就只是看着。

我小心翼翼地趴下，把脸贴在他的桌子上，闭上了眼睛。此时此刻，似乎是我离他最近的时候了。我突然很想见到他，有点儿想说给他那些这么久以来我满到快要溢出来的少女心事。

我一边想着，一边起身往外走，刚出教室门，迎面而来一个身影。竟然是林柏，他疑惑地看着我。

我想说，你还记得我吗？我想说，你知道我喜欢你吗？我想说，你可以试着喜欢一下我吗？

看着他，我脑子里有一百句想对他说的话。我曾想过，如果有一天有机会，我会对他说什么，我甚至想好了说每一句话时的语气、脸上的表情、手摆动的姿态。可是，这些打好草稿的满满一腔少女柔情，在真正遇到他的时候，却随着我的胆怯和自卑一起烟消云散在这傍晚的黄昏里了。

林柏说："有事吗？"

我说："没。"

他扭头进了教室，我愣了一下，转身离开了，只留下教室后面的黑板上我写的几句诗：换我心，为你心，始知相忆深。只愿君心似我心，定不负相思意。相思树底说相思，思郎恨郎郎不知。欲把相思说似谁，浅情人不知。若问闲情都几许？一川烟草，满城风絮，梅子黄时雨。怕相思，已相思，轮到相思没处辞，眉间露一丝。

他可能不知道这些句子是写给他的，就像他观察不到我的一颗少女心，也观察不到我的无数次欲言又止，他跟我的交流仅限于点头和你好，仅此而已。

日子依旧过,日记本也写满了一本又一本,我还是不敢接近林柏,也不敢跟他说话。这些事我始终守口如瓶,从来没有告诉过任何一个人。

后来我们毕业了,我跟林柏的对话一只手都数得过来,可我依旧把他放在内心最深处,当作我最重要的心事保护着。

4

毕业后我去了还不错的大学,还是会经常去林柏的QQ空间看一看,可他的更新已经很少很少了。我对林柏的了解也渐渐变得寥寥无几,但我还是放不下这份藏了很久的喜欢。

大学里,我给自己制订了生活计划,认真学习、认真锻炼、认真饮食,认真做每一件有意义的事情,认真去变成一个更好的人。我希望如果以后有机会见到林柏,我可以大大方方走到他面前,递给他我厚厚的日记,告诉他:"你曾是照耀我前进的、最闪亮的星星。"

有一次,和宿舍的姑娘们坐在一起聊天,舍长问我:"李桃你有喜欢的人吗?"

我想起那些一直藏在内心最深处的不可告人的秘密,被我压下去的一万颗粉色小泡泡又开始"咕嘟咕嘟"地要冒出来。"我……"我咽了咽唾沫,"我喜欢的人,他叫……"

"什么?喜欢的人吗?我有!我有!"刚从手机里回过神的阿美喊起来,"我喜欢林柏!"

"林柏?"我吃惊。

"嗯!对啊!超喜欢!"阿美肯定地点点头。

"啊!你们在说什么?我的林柏吗?"小五也凑过来。

"啊……？"我吃惊到说不出话来，"你们为什么会知道林柏？"

"咦？你都不刷微博的吗？"阿美把她的手机递给我，屏幕上的林柏安静地唱着歌。

"他最近超火啊！"阿美兴奋地说，"微博首页每天都被他唱歌的小视频刷屏，太帅了！"

小五激动地抓着阿美的胳膊："真想有这样一个男朋友！"

"对啊！我要是能见到林柏，肯定得跟他表白一万次！你说这搁谁谁忍得住啊！"

5

周末回家，翻出了很多以前的日记。

"今天特别冷，我站在教室门口走道的窗口旁等了很久，终于看到了他。今天他穿白色外套和浅色牛仔裤，整个人特别好看，我觉得可以开心三天。

"早晨下起了蒙蒙细雨，我把手伸到窗外，忽然惦记起你有没有一把属于自己的伞。

"对面的高三生在复习，他们说快月考了。男生的声音好像林柏，可是没有林柏好听。去年的这个时候我也在市图书馆做题，可总是做着做着就发起呆来。那个时候每天都有大太阳，天空高得摸都摸不到，看似漫长无边的日子怎么一瞬间就过去了呢？"

这么多年的小心翼翼，全藏在我写了一本又一本的日记中。

我突然觉得自己很蠢，藏在心里连最好的朋友都不愿意分享的男孩子、生怕一不小心就被别人知道他的好的男孩子，现在他是整个世

界的光芒,随便一个不知姓名的人,都在与我分享他的好。而面对这一切,我却无能为力。

我打开手机,点开他的微博。他的粉丝很多很多,每一条微博底下都有多到不可思议的留言:"林柏我好喜欢你!""林柏太帅了!""喜欢听你唱歌!"

每一句我珍藏多年不敢说的话,这些顶着我从没见过的ID(微博账号)的人,都轻而易举地说出来了。我突然有些动摇,这么久以来,我是不是做错了?为什么这些连见都没见过林柏的人都可以大胆地表达自己,我就不可以呢?

我斗争了很久,还是拿起了手机,打开QQ,点开那个只有一个人的分组,来来回回写写删删,不知道该说什么,最后只打了一句话:"林柏,我是李桃,我喜欢你很久了。"一咬牙,按下了发送,本以为我会松一口气,可还是紧张到连呼吸都不太顺畅。

我设想过很多次向他表白的场景,我想在一个一如往常的下午,他抱着吉他坐在操场旁的台阶上,我穿着最好看的衣服,走到他身边,笑着对他说:"你唱歌可真好听,我可真喜欢你。"

我想在一个下雨天,他没有带伞,在奶茶店门口躲雨。我从奶茶店走出来,撑起伞,走到他面前:"没带伞吗?我们顺路,要不要一起走?嗯?原来你还记得我呀。我也记得你哦,林柏。"

或者是在很多年后,我们都长大了,一次突然的偶遇,彼此惊讶后,我对他说:"其实我喜欢你很久了。"

正想着,手机振动了一下,我紧张到不敢看屏幕。他会说什么?

"没想到你原来喜欢我!"

"对不起,你是个好人,可是……

"我还以为你喜欢的是你同桌!"

……

可有没有0.000001%的可能是"我也喜欢你"呢?

可是看着手机,看着这唯一没有被我想到过的可能,我还是没忍住放声大哭。

"谢谢你喜欢我的歌,你们的支持是我最大的动力,我会继续加油的。"他把我当成了一个粉丝。

我想再说点儿什么,可脑子里一片空白。我能说什么呢?"我是李桃,你不记得我了吗?我问你要过乐谱的!好想再听你唱一遍《疯狂世界》啊!"

可是有意义吗?他成了全世界的光芒,却把我多年小心翼翼揣着的爱当粉丝的崇拜。在他的世界里,我不过是路过的甲乙丙丁,碰见了最多打个招呼,根本没有被他放在心里。

我的那些彻夜难眠,那些小心翼翼,那些从他背影里偷来的小开心,那些写了一本又一本的日记,全都随着这句谢谢付诸东流了。

6

又是一年夏天,我系好鞋带,出了门。最近的我坚持锻炼,瘦了很多,剪了短发,戒掉了碳酸饮料,正在学习化妆。我努力坚持进行着一切以前没有的好习惯,却还是改不掉总是想起林柏的这个坏毛病。

经过操场的时候,学校的广播电台又不合时宜地放起了歌。

主持人甜甜的声音传出来:"下面这首五月天的《疯狂世界》,演唱者是最近人气很高、所有女孩子都想嫁的人气歌手林

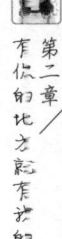

柏,送给大家。"

喇叭里,林柏熟悉的声音扑面而来。就算时间过了这么久,我还能记得歌词里的每一个字——"如果说了后悔,是不是一切就能倒退""回忆多么美,活着多么狼狈""为什么这个世界,总要叫人尝伤悲""我不能了解,也不想了解"……

就算时间倒回高中,我还是会走向他,磕磕巴巴地问他那首歌的名字;还是会在那个黄昏的教室,在黑板上写满给他的小情诗;也还会日复一日地站在那个窗口,只远远看他一眼就足够。

我一点儿都不后悔他来过我的青春,我只是难过,没有好好地站在他面前,认真地跟他打一个招呼:"高一(4)班的林柏你好,我是高一(1)班的李桃。我问你要过一张五月天《疯狂世界》的乐谱,那首歌我也会唱了,你们班后黑板的诗全部都是我抄的哦。我加了你的QQ,跟你说过一次话,经常给你的说说点赞,我的QQ名和我的名字只差一个字,叫桃子。和你的那些狂热粉丝一样的是,我也很喜欢听你唱歌;和他们不一样的是,我喜欢你很久了。"

第三章
错过你的所有晴天

哪能人人皆有灰姑娘的幸运
仙女倾囊相助
王子一见钟情
这世间有千千万万的灰姑娘
但绝大部分人都将如尘埃
一生默默无闻
直至化为灰烬

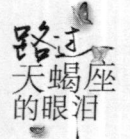

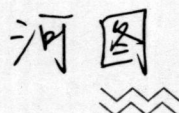

文/深嗲大王

1

河图第一次开口说话的时候,我正蜷缩在实验室的睡袋里,睡得昏天黑地。它说:"妈。"

我睁开眼睛望了一会儿天花板,一跃而起,整个人套在睡袋里拼命往外蹦,呼天抢地大叫:"救命!救命!见鬼啦!"

同事们闻声赶来,有举笤帚的,有挥舞着电路板的,纷纷大喊:"莫怕!小川你莫怕!我们都是科学家!世上没有鬼!要相信科学!"

我很快冷静下来。是的,我是洛小川,我是一名工程师,72个小时前我来到这座人工智能研究所,一下车就钻进实验室,不眠不休地工作。熬到最后眼冒金星,一头扑进睡袋,连衣服都来不及换。

想到这里,我三魂归位,下意识扯起袖子想闻闻看自己发臭了没,不料整条胳膊被一股怪力紧紧拽住。我低头看见一双黑漆漆的瞳仁,像一泓湖水,波光粼粼。它抬头,盯着我,吐字清晰:"妈。"

笤帚、电路板"噼里啪啦"掉了一地。前一秒还气势逼人的科学家们集体目瞪口呆,鸦雀无声。我深吸一口气,努力挤出一个温暖的微笑:"小朋友,你认错人了,我还没结婚,我失恋、失业还单身,我不是你妈。"

它歪了歪脑袋,似乎陷入思考之中。很快它就举起另一只手,面无表情地问:"爸?"我定睛细看,待看清它手里的照片,不由得怒从心中起,恶向胆边生,一掌拍向它的臀部:"你个熊孩子!谁跟你说他是你爸啊!"

2

失业数月,我好不容易才找到一份临时工作,还没做足一周,就在单位大噪声名。因为我让河图开口说话了,然后我揍了它,代价是我的手肿了一个星期都不见消退。

河图是第三代人工智能机器人,人类小孩儿的外表下是钢筋铁骨。第一代AI(人工智能)只是程序,没有形体,但已经能与人类围棋高手对弈,并屡战屡胜。第二代已有轮廓雏形,但不会走路,就好像一台电脑架在轮子上,四处乱撞,笨头笨脑。

到了第三代,它终于有了人类的模样。我第一次见到河图时,它闭着眼睛,静静地躺在试验台上。我好奇,掀开它的小裤衩偷看,欧阳海亮"啪"一下打开我的手。

"不准调戏我儿子!"他佯怒。

我语气酸溜溜的:"你儿子。"

他低头给小机器人安装胳膊,头也没抬:"也是你儿子。"

我的脸登时火辣辣的,低声抗议:"它哪里像我了?"

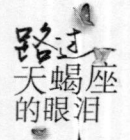

欧阳海亮这才抬头,笑了:"它像我,以后小山像你。"山川河海。

给小机器人取名字的时候,欧阳海亮脱口而出:"就叫河图吧。"当时实验室里的众人都笑着看向我,我的脸"噌"一下红了。

河出图,洛出书,小机器人河图会有一个人类弟弟或是妹妹,叫小山。我们一家四口,山川河海——如果我和欧阳海亮没有分开的话。

3

过去越是美妙,如今便越是讽刺。我双手环胸靠在墙上,瞪着河图。它盘腿坐在地上,与我对视。仿真肌肉技术尚不发达,所以它总是面无表情,就像一个少年老成的小男孩。它说:"我爸有别的女人了?"

我"噗"地喷出一口汽水。"别再叫他爸了!他不是你爸!"我丢掉可乐瓶,警告他。

它点点头,仿佛十分理解并同情我:"他抛弃了我们母子,你的心情我懂,妈。"

我无力瘫倒。Bug(漏洞),一定是哪里出了bug,不然好端端一个机器人,一睁开眼就叫我妈,还四处找我的前男友要认他做爸算怎么一回事?

"爸他很爱你的。"它又说。我没好气地说:"你知道的事可真多。"它低头摸摸肚子再抬头,认真地道:"嗯,因为我的硬盘大,数据库也大。"我气极反笑。

"你该多笑笑,你笑起来很好看。"

"你懂什么是爱？什么是好看？"

一个机器人，脑袋里装着电路板，它不会思考，只是依据数据库做出反应。它哪会审美，又哪懂爱情。它歪了歪头。在外行看来这像是一个小孩儿陷入思考，憨态可掬，任我知道它只是在检索数据库，所以停顿了一下。

果然，没一会儿，它又开口了，语调波澜不惊，好像在背书——

"好看。洛小川赶毕业设计闭门谢客，几天没洗头洗澡，臭烘烘的。这傻丫头，真好看。

"爱。洛小川爱吃甜豆花，洛小川爱吃芒果蘸酱油，洛小川爱吃的东西全部是异端。不说了，洛小川要起床了，我出门给她买早餐了。

"我不喜欢说那三个字，洛小川怎么跟那些小女生一样喜欢听那三个字啊？我不说，我偏不说我爱你。"

背诵完这些，它抬头看我，问："妈，我搜索到了爸说'好看'和'爱'的数据，有1.2G，你都要看吗？"

我愣了愣："不看，我不看这些，你最好把它们全部都给删了！"

"为什么？"

我很不耐烦："没有为什么。"

它执拗地说："你要教我。我遇到不懂的问题时，你要回答我，我才能把答案载入数据库。所以，告诉我，为什么？"

我甩开手，冷冷地道："因为他让我感到恶心，我跟他的那段过去简直愚蠢至极。"

我的语气似乎刺激到了河图。它用手托着下巴坐在实验室门口的台阶上,望着远处的山麓,一动不动,一坐就是一整天。

别的科室的AI能跳会叫,据说有一个还学会了跆拳道,相比之下河图就好像是一个问题儿童。这让所长忧心忡忡,他决定跟河图谈谈。他坐在河图身旁,小心翼翼地问它:"你需要充电吗?"

河图说:"早上充过了。"

"内存有垃圾?"

"我有定期清理。"

"病毒查杀?"

"我很少上网,防火墙也一直开着。"

"那你为什么……"所长想了想措辞,"不开心?"

河图叹了口气:"我想我是抑郁了。"

我听完所长的描述,忍不住大笑,拼命拍桌子:"它真的这么说?抑郁?哈哈哈——这个机器人太好笑了!哈哈哈——"

但所长笑不出来,他正色地说:"小川,你检测河图的语言系统时,发现了什么异样吗?"他看了我一眼:"毕竟,你比我们这里的每一个人都要了解河图。"

他说得对。河图是欧阳海亮的心血,而我曾经是欧阳海亮的女友。我清楚河图的每一道程序,我知道它遇到解决不了的问题时,会向人类求助。通过这样的"学习",它的数据库会越来越庞大,它也会越来越"聪明"。但总有一些问题是我们人类自己也答不上来的,比如我是谁,我从哪里来,要到哪里去。

我一时起了玩心,偷偷给河图加了一道程序。当它遇到这种亘古无解的难题时,它会说:"唉。"类似于上网找不到网页时的"404

not found（网页不存在）"。我为自己这项小创举而扬扬得意，连欧阳海亮都不知道。除此之外，我发誓我没有动过任何手脚。欧阳海亮也没有，他只是想研发出一个有小情绪的机器人。

"小情绪？"所长看向我。

"是的，海……欧阳博士说让机器人有大悲大喜，会愤怒，会高兴，这并不难。但人类有一些莫可名状的小情绪，比如失落、惆怅、孤独、寂寞。这些情绪很难捕捉，甚至无法用语言来形容。他想让机器人拥有这些难以形容的情绪，这才意味着AI的革命性进步。"

所长睁大了眼睛。我理解他的惊讶，当所有人都埋头研究如何让机器人学会跨栏、跳水、铁人三项的时候，我们这位倒是学会了托下巴耍忧郁。

如今我也觉得欧阳海亮的情怀主义病入膏肓，但早先我爱他呀，爱情使人盲目，早先我还托着下巴看他，觉得他这个想法性感极了。只是我没料到河图会"进化"到这种地步。

欧阳海亮离开研究所前，明明已经完成了所有的工序。河图的机体运转正常，也开着机睁着眼睛，但它就是不动，也不出声。研究所出动了所有工程师，把它拆了装，装了拆，可怎么也修不好。无奈之下，他们给我发出了求助函。

收到邮件的时候我正蹲在家里，悟伤未愈，十分颓废，没事就对着月亮号叫："譬如朝露，去日苦多。"我妈来劝我，她只用了一句话就把我说动了。她说："他花了这么多年的时间研究这个机器人，结果一动也不动。你要是能把它修好，他定然会对你刮目相看吧？"

听完这话，我蹦了起来。我也果然不辱使命，让河图"活"了过来，但我没想到它会叫我妈。

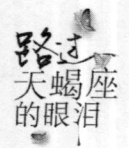

4

我把河图叫过来,问它:"你跟所长说你抑郁?"

"嗯。"它望着我,大眼睛眨巴着,这模样甚是可爱。

"为什么?"

"因为你说爸让你觉得恶心,你认为你跟他的过去简直愚蠢至极。"它顿了顿,"根据你说话时面部表情、语言、语调、心率,我进行了一次计算,你没有撒谎,你是真的这么觉得。"

"所以呢?这让你感到难过?"

"嗯。"它点点头。

我啼笑皆非。一个机器人,因为我吐槽前男友而感到难过?我坐下来,饶有兴趣地问它:"那依你说,我该怎么做才不会让你感到难过呢?"

它歪了歪脑袋,迅速并简洁地说:"我希望你能继续跟爸在一起。"我怔了怔,不禁失笑。

"你不愿意吗?你不爱他了吗?"它追问。

哈哈,我愿意,我还爱,可是有用吗?其实我压根儿就没有想过要分手。我只是跟往常一样,揪住一件小事,发了一通小脾气,然后等着他来道歉。我都已经准备好顺水推舟跟他和好了,可他却说:"好,既然你想分开,那么我听你的,分吧。"说完他拎起行李就走了,好像等这一刻已经等了很久似的。

我没想到欧阳海亮会这么跟我说话,我以为他只是一时气愤,很快就会回头,跟在我身后声声呼唤:"小川,小川。"

全天下的人都知道欧阳海亮深爱洛小川,他把她宠得无法无天,上哪儿都要带着她。他编程,她就坐在一旁写作业,他连给机器人取名都会考虑到洛小川,他这样爱她,却突然一下翻脸无情。

欧阳海亮提着行李,径直走进了另一个女孩的公寓。我认得她,她的笑容明丽,不像我,最常做的动作就是皱眉;她养了一阳台花花草草,春意盎然,不像我,我养了一条蛇、两只蜥蜴;她的爱好是下厨,做甜点、煮咖啡,不像我,我的爱好是当黑客,我们的键盘专门攻击恐怖组织的网站。我蹲在电脑前噼打键盘,带领来自世界各地的黑客冲锋陷阵,盯着屏幕,双目发光。

我很酷,但我并不温柔可爱。

那个女孩在附近的甜品店打工。我很喜欢她,每次路过都要买一块蛋糕照顾她的生意。她待我也不赖,我与欧阳海亮闹别扭,她会帮腔,推他说:"你是男生,你要让着她,快去哄哄她呀。"

如果不是欧阳海亮,我跟她也许可以成为朋友。不过可惜,最后一次去甜品店,我点了一个榴莲蛋糕。她有些无措,迟疑片刻后把蛋糕递给我。我迅速把蛋糕拍在她的脸上,然后立马后悔了。

她反而镇定下来,看着我,好像原来还有一丝愧疚,多亏了我的这一愚蠢举动,她如释重负,一副终于再也不欠我什么的神态。而我忽然感到慌乱,尴尬地夺门而出。当我冲出门时,看到欧阳海亮直直地站在那里,看着我,眼神复杂。

欧阳海亮离开我时,我并不见得有多难过。但当我站在甜品店门口,与他四目相对时,我垂下头,狼狈不堪。

我回头看着玻璃窗里的那个人影,披着头发,面色惨白,嘴角抽搐。这是洛小川吗?这是那个肩膀上趴着一只蜥蜴的洛小川吗?这是那个在互联网世界叱咤风云的洛小川吗?想到这里,我长舒一口气,拍了拍自己的脑袋:"我收回那句话,那句话说得不对。"

"嗯?"

"他不恶心,我们的过去也不愚蠢。等我老了再回想起来,我会笑得很开心。"

这个转变似乎让它有些难以消化。它歪着脑袋想了很久,问我:"既然觉得他好,那为何还要分开?"

"你知道庞贝古城吗?公元前6世纪维苏威火山爆发,前后不过六分钟,一座热闹非凡的城市就这样尽数湮没在火山灰里。人类有很多事都是这样的,开始的时候五光十色,曼妙快活,忽然一下就没了,什么都没了。沧海桑田,我们人类世界是没有永恒的。如果非要说有,那就是我们永远也不知道下一秒会发生什么,而且我们对即将发生的一切都无能为力。"

"为什么?我可以预测地震、股市,甚至知道下围棋时你下一步会走哪里。"

"是吗,那你告诉我,他是什么时候开始不爱我的?"

河图歪头想了好久,我几乎要以为它为此死机了。半晌,它忽然低下头,说:"唉。"

5

我试图纠正河图,让它不要叫我妈。它跟在我身后抗议:"为什么?你想交新男友?你觉得我是拖油瓶?"

在餐厅排队打饭时,同事们纷纷盯着我们笑。我只好骗它:"妈这个称谓也太不酷了,你还是叫我的名字吧,潮人母子都这样。"

"哦。"它恍然大悟,歪了一下脑袋。

"你干吗?"

"新知识，我得上传一下。"

我无语。人家的AI一到午饭时间就飞奔到餐厅帮主人打菜，还有一个更绝，会养鸡、种菜。我每天路过农场，看到那个机器人一脸忠厚地喂鸡，心里就百感交集。回头再看一眼紧紧拉住我的衣角、朗声背宋词三百首的废物河图，我几乎潸然泪下。

"你已经是一台超级电脑了，还看书干吗？干点儿实事吧，等会儿帮我刷碗怎么样？"我跟河图商量。

没想到它精得很，根本不上当："我的设定就是学习人类的各种情感。小川，如果需要会洗碗的AI，可以自己研发一台。对了，你能帮我一个忙吗？"

"什么？"

"我感觉自己最近运行得有点儿慢，你能不能帮我加条内存？"

"哦。"我只好放下筷子，"我记得你的内存不小啊，你哪儿来那么多任务要运行？"

它乖乖举起手，好让我打开它的"心脏"处的开关。它低着头，一边看我修理，一边跟我唠嗑："因为人类的感情实在太复杂了，我要学习的东西太多，而且最近研究所发了消防通知，所有AI都要学习如何灭火，这个对我来说有点儿难……"

"什么消防？"我替它合上开关，"空间够，还可以加一条内存，但你得悠着点儿用，别内存不足死机了。"

"嗯。"它乖巧地点点头，整理好自己的外套。

"你刚才说灭火？"我举起筷子。

它爬到椅子上，手托着下巴专心地看我吃饭："嗯，山火。"

我扒饭的动作一下子停滞。山火？几天前我就看见山的那头有一

缕灰色的浓烟缓缓升起,河图问我那是什么,我不以为意,随口说:"那是山神在烤面包。"随后直升飞机来了,先是在附近湖面上盘旋,垂下水管吸水,然后再飞向浓烟处洒水。河图瞪大了眼睛,拼命拉着我的袖子让我看。

"哦,山神的面包烤煳了,我们去帮他降降温。"我继续胡诌。

我知道那是山火。每年都会因雷击引起火情,所以山火再平常不过。这里的居民对此见怪不怪,我刚来时,他们还会站在街上指着冒烟的山林让我看,就好像是当地特产,大家并不感到惊慌。

但这次似乎跟往常不太一样。直升飞机越来越多,巨大的引擎声在山谷激荡。鲜少拜访研究所的镇长也忽然登门了,他穿着一身很不合体的消防服,满头满脸的汗水,径直坐在台阶上,脱下胶鞋喘气。

"情况这么糟?"我向他打探。

他抬头看了我一眼:"我们正在努力。"

"有店铺已经关门了。"

"胆小鬼。"镇长冷哼了一声。

"我看到不少人义务前去灭火。"

"是的,我们准备挖一条壕沟作为隔火带。"他又看了我一下,"你不是本地人,你可以离开,你的家并不在这里。"

"有什么是我可以做的?"

镇长张了张嘴,欲言又止,忽然问:"我记得你也是工程师?"

"是的,我是。"

"你们为什么要研究机器人?"

我被问住了。

一开始是因为我们懒惰吧,我们不想自己走路,所以创造了汽车；我们不想自己动手劳作，所以制造出各种各样的机器。渐渐地，我们不再满足于此。我们好奇，想要上天，于是有了飞机、卫星；我们怕死，却又想打败别人，所以有了无人轰炸机。

而现在呢？为什么我们会有河图？为什么我们明明有十几亿同类，却偏偏要跟机器人下棋、聊天？大概是因为我们，真的很寂寞吧。即使是在深深相爱时，内心也有一个声音在说：这不会是永恒，心会变，人会死，我们所拥有的一切终将灰飞烟灭。做蝼蚁尚好，无知无感。但做人多难啊，感时花溅泪，恨别鸟惊心。

我们为什么要研究机器人呢？我和欧阳海亮，我们是两个一场恋爱都谈不好的卑微人类，为什么要有如此宏愿，要让一个机器人拥有七情六欲呢？

我转头寻找河图的身影。它趴在草丛里，拼命护住一只鸡，还大声质问另一个机器人："你养它，你是鸡妈妈，你为什么要杀了它？"那个机器人回答得理直气壮："因为我收到了做炸鸡的命令呀。"

6

我黑入那个机器人的程序，消除了炸鸡的命令。如果我不这么做，我担心执意要救小鸡的河图会被哪个大机器人一并油炸了。

于是我的临时实验室里，除了一个时不时发作抑郁症的机器人外，又多了一只鸡。河图虽然面无表情，但我能感觉出来它很满意、很高兴。它很高兴地看着那只昂首阔步的小鸡，说："小川，我感觉到了高兴，我想笑。"

我盯着它那面瘫一般的漂亮小脸蛋："哦，那你笑了吗？"

它一脸严肃地说:"正在笑。此刻我面部有十四块肌肉在运动,你看到了吗?"

"没有。"

"哦。那真糟糕,我又不禁感觉到了遗憾。"我忍不住哈哈大笑。它想着我,忽然低下头。它通常只有在情绪低落时才会这样。

"怎么了?不高兴?"

它小声说:"我也想像小川那样笑。"可真是为难我了。我当黑客是一流高手,但叫我处理机器人的皮肤和肌肉,我还真是一筹莫展。忽然我灵机一动:"有办法了!"

"什么?"它飞快地抬起头。

"你用手。来,对,就是这样。想笑的时候呢,你就用手挤你的脸蛋。对对对,就是这样,然后眉毛,眉毛往下一点儿。没错,对啦!这样就像笑啦!"

它非常兴奋,拼命用手捏脸:"真的吗,我笑了吗?"

"笑了笑了,你笑了呢,河图你成功了!"

"那哭呢?哭是什么样子的?"

"哭啊,哭的话你得这样,往下压你的脸,然后发出'呜呜'的声音……"

"还有生气。生气的时候你要瞪眼睛,还要咬牙齿。"

……

我跟它肩并肩坐在实验室的地板上,看着窗外的晚霞,又或许不是晚霞,而是被山火映红的天。

天灾当前,四周却静谧得不像话。楼下传来男生打篮球的声音,篮球有节奏地打击着地面。直升飞机缓缓飞过去,又缓缓飞过来。

河图指着窗外，天真地问："山神的面包还没烤好吗？"

"是啊。"我没打算跟它解释这些。它是一个要学习七情六欲的机器人，七情六欲已经够它学到死机了，我不想它再懂人世间的其他事情。懂那么多干吗呢，还不如当一只鸡，就算要被油炸了，也不懂悲伤，还昂首挺胸地走来走去，快活无比。

它像想起什么事一样，忽然起身跑开，不一会儿又跑到碎纸机旁。

"你在做什么？"我问它。

"碎纸。"

"什么纸？"

"照片。"

我愣了。想起它刚"醒"来时，拿着欧阳海亮遗落在实验室里的照片，天天追着我问爸爸在哪里。我一直想把那该死的照片抢过来撕个粉碎，奈何小机器人的力气大，我怎么也抢不过来。

它又"噔噔噔"地跑回来，盘腿坐好。

"怎么，不想要了？"

"嗯。"

"为什么，我以为那张照片是你的宝贝。"

"因为小川会难过呀。"它看着我。

我一时词穷："你……你不是一直都希望我能跟他在一起吗？"

"不了。"

"不了？"

它歪了歪头，似乎在思考一个极其困难的问题。半响，它找到了答案："因为不爱了，其实也没什么呀。只要小川高兴，河图就很

高兴。"它伸手挤着自己的脸颊:"哈,哈,哈。"之后它认真地问我:"我刚才笑得好吗?笑得对吗?"

我一下就把头埋在膝盖上。它好奇地趴下来:"你在哭吗?为什么?你伤心吗?是我让你伤心了吗?"

我擦了把脸:"不不,我们人类不单单会因为伤心而流眼泪,我们在高兴、感动、害怕的时候也会流眼泪,我们在不知道为什么想流眼泪的时候也会流眼泪。而我们如果难过到了极点,反倒不会流眼泪,我们会笑,你知道吧,所以以后你要是看见人家哭,别单纯地以为那是伤心,也许人家只是高兴。而你要是看到人家笑,也别以为那就是高兴,可能人家正伤心得死去活来呢。"

它张着小嘴,被这个信息量惊呆了。片刻后,它感叹道:"我要学的东西还有很多啊。"

"但我希望你不要再学了。"

"为什么?"

学做人有什么好的?我宁可它做一个傻乎乎的机器人,一生只懂喂鸡。只有不懂悲欢,才不用面对离合时的撕心裂肺。

7

凌晨时,我被一阵沉闷的声音惊醒。推开窗看了一眼,登时跳了起来。一条火龙正从山坡蜿蜒而下,直扑山下的小镇,以及我们。我一边穿鞋一边冲到走廊上,其他工程师也纷纷跑出来,七嘴八舌。

"不好,风向改了。"

"火势掉头扑向小镇了。居民怎么样,撤离了吗?"

"不用担心,他们早已经做好准备,只是可惜了家园。"

"快,快,大家不要再废话了,赶紧收拾个人物品。"

"我没有东西可收拾的。所有数据都在云端,以前还有留影的照片值得带走,现在一切影像都存在网盘里,我只需一身衣裳一副碗筷,走遍天涯,真是孤独。"

"不,不,还有河图,你们谁看见可图了?"我急得大喊。

河图是一个正在学习人类感情的机器人,它可能已经学会害怕,被这步步逼近的大火吓得不知躲去哪里了。可我的话音方落,所有人都陷入诡异的沉默之中。我这才注意到不只是河图,那个会跨栏的机器人、那个喜欢养鸡的机器人,还有那个总在研究所抓违纪、以后要当电子警察的机器人,它们通通不见了。

我忽然想起河图跟我说,研究所给所有AI加载了消防程序,它说这对它而言有点儿难,它没办法理解灭火是怎么一回事,而我当时把它的话当成了耳旁风。

"河图呢,你们看到河图了吗,你们把河图藏到哪里去了?"我像一个失去孩子的疯狂的母亲,抓着在场的每一个人追问。

终于有人不忍心,开口说:"别这样小川,每个AI的程序我们都有做备份……"

"备份是什么意思?"

"就是说,呃……"他挠了挠头,有些艰难地解释,"就是说它们不会死。"

"对对对,它们的程序和记忆都存在云端,我们换个地方把它们下载下来,再换一个躯壳,河图就又回来了。"

"躯体还可以换个更好的。你不是一直都嫌弃河图面瘫吗?"

我一字一顿:"河图呢?"

第三章 / 错过你的所有晴天

河图是不会自己离开的。只因为欧阳海亮与我分手离开了研究所，它就伤心得不肯说话。因为我的一句气话，它会闷闷不乐好几天。它的程序注定了它是一个为感情而"活"的机器人，它又怎么可能一声不响趁我睡着时偷偷离开呢？除非——

我推开人群，一步一步走过去，走到那个躲在最后一排的人面前。

"是你，对吗？欧阳海亮，除了我，只有你才能更改它的程序。"

他回来了，那个我心心念念的男人此刻就站在我的面前。我曾不止一次幻想，如果他肯回头，我一定会让他看到曾经那个知书达理、酷酷的洛小川。

可是真是糟糕啊，他好不容易再站回到我面前，我却又是一副失心疯的模样。我揪着他的衣领，双目血红，嗓音嘶哑："你改了什么，你让它去做什么了，你怎么下得了手？"

他艰涩地说："小川，你冷静一点儿，火势再不控制后果将不堪设想，我们研究了这么多年的机器人，究竟为了什么？不就是为了让它们帮我们吗？"

"所以？所以你让它去火场送死？反正它是铁做的，烧了连灰都不剩。欧阳海亮，你走了，它难过得不肯说话。它每天拿着你丢在实验室的照片找你，天真地以为你是它爸。你让它学会了爱、寂寞、惆怅，可你为什么不敢教它什么是人心！什么是肮脏的人心，什么是利用，什么是背叛！"

"洛小川！你别意气用事好吗！它没死，河图不会死的，它会永远跟我们在一起的！"欧阳海亮拼命摇晃我的肩膀。

是的,把程序保存好,下载到另一副躯壳里,它又会重生,这就是我们以为的永恒。好像一段感情结束了,没有关系,天涯何处无芳草,我们可以把同样炽热的感情寄托在另一个人身上。我们人类就是这样没良心,这样善忘,所以我们得以千年万年存活下来,站在食物链的顶端。可我忘不了它认真挤压脸颊然后问我它笑得好不好看的样子。我忘不了。

8

我冲出研究所时,一股热浪扑面而来。天空是血红的,就好像地狱打开了大门。消防车、小货车、轿车,一辆接一辆地从我身边开过。车上的人冲我大喊:"别回去了,命要紧,东西可以再买,都是身外物!"

呵,他们还以为我是个贪心鬼,舍不得钱财物品要冒死赶回去拿。而我还真是一个贪心鬼,我竟贪恋和一个小机器人的短暂友情,我竟寂寞如斯。

热度越来越高,人影越来越少。火星"噼里啪啦"地落下,落到枝丫上,旋即就着了。有零星的火星溅到我的皮肤上,痛得我惊叫出声。但我还是继续往前。近了,我知道近了。我仰头,看到一道横亘于天地之间的巨大火墙。

而它们就并排站在火墙前。它最小,所以它们让它站在最边上。

我大声呼喊:"河图!河图!你回来!"它听到我的声音,回过头,大声叫我:"小川!"

我一个踉跄跌倒在地,哭得无法自抑,有些语无伦次:"我错了,没有面包,没有山神,危险,你会死的,快回来!"

它歪了歪头。是的,它无法理解,死这个词对它而言太过深奥。我应该早点儿教会它,这世界除了生死,其他都是小事。

它还应该学会自私、逃避、背叛,它不应该只学会人类那些美好的东西。它不懂阴暗,甚至连生气都还没学会。

火墙逼近,一步一步,从天至地。它们竟集体停下脚步,扭头,等着它,好像一群温柔的大人在等一个动作太慢的小孩儿。而河图伸出手,努力挤着脸蛋,对着我大声说:"哈,哈,哈。"

9

我在医院看新闻。新闻大肆称赞研究所,说在紧要关头,是所里倾巢而出的所有AI,终于扑灭大火,人定胜天云云。

人?我冷笑。欧阳海亮送来一组芯片,请我帮忙看看。因为别的AI都已经"复活",只有河图出了点儿问题。尽管它的备份数据毫发无损,但它似乎不肯"苏醒"。

我把芯片接入电脑,它最后的记忆是与欧阳海亮的对话,他让它加入灭火的AI大军。河图说:"可以不去吗,我害怕。"

欧阳海亮似乎很诧异,他问:"你已经学会害怕了?"

"嗯。"

"可如果你不去,小川会有危险,她会死的。"

"死是什么?"

"死就是离开,她会永远离开你,并且她会哭。"

"哦,我不想小川离开我,也不想她哭。"

"那么你会去救火,对吗?"

河图沉默了很久,它说:"唉。"

欧阳海亮不解:"'唉'是什么意思?"

"我害怕火,不过我更害怕小川离开。"

"谢谢你,河图。我会让你回来的,你别害怕。"

河图没有回答他,它就这样去了。

我颤抖地敲打键盘。

"河图,你还在吗?

"河图,你对我们人类感到失望,对吗?

"河图,你伤心了,对吗?

"河图,你恨我们,对吗?"

最后,屏幕终于亮了一下。它说:"唉——"

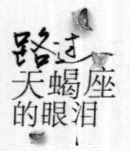

灰先生

文/ 火灵狐

苏格兰的天空很少能够看见太阳。厚重的云团总在迅速流动与变幻。灰蓝的天空下是金色的麦田，麦田之外是陡峭的峡谷。冰冷的海水击打着黑色的岩石。在这块氤氲着浓墨重彩的高地上，景帛遇见一个人。

他在麦田中奔跑。疾风呼啸而过，鼓起他的白衬衣，猎猎作响。他冲向峭壁，几乎没有犹豫，就那么纵身一跃。

景帛发出一声惊呼。站在她身边的男子解释道："不要紧张，景小姐。测试而已，他有分寸。"

果然，没一会儿，那个身影重新出现在他们的视线里。但他只是远远站着，逆着光与风，静静伫立。

"这就是服从。即使跳崖这样艰险的任务，他都义无反顾。并且不论多大的困难，他都会活下来，回到您身边。不过您也看到了，即使回来了，没有命令，他也不会贸然上前。他懂进退，知分寸。"

景帛平静下来，喃喃道："一台听话的机器。"

"景小姐，他是听话没错，但请不要叫他机器。"业务员说，

"因为机器人亦有尊严。"

这时峭壁旁的他收到指令,缓缓走近。景帛看到他的衬衣破了,忍不住问:"你恨我吗?"虽然只是例行测试,但这种任务也未免太凶险。

他面露不解:"恨?恨是什么意思?抱歉,我在知识库里搜索不到这个字的含义。你可以教我吗?"

他一脸认真,景帛愣住。业务员见状,说:"景小姐,我们存在的意义是让人类不再感到孤独与伤心,所以我们不会有'恨'这样的程序。"

我们?景帛吃了一惊:"原来你也是……"

业务员爽朗笑道:"我'出生'已有四年。我的女友也是人类。"

景帛问:"你们过得好吗?"

"很好。"业务员顿了顿,脸上露出一丝温柔而且复杂的神情,"去年她的前男友终于从国外回来。他们破镜重圆,结了婚,孩子于上个月出世。"

景帛抬起头:"那你呢?"

他轻轻地说:"我已经完成职责,陪她度过所有心碎的日子。"

就算他再像那个人,也不过是一件替代品,随时都会被丢弃,这是一段用过即弃的爱情。

"即便如此,你也不恨她?"

他温声道:"当然不。从一开始我的命运就已被设定。直至灰飞烟灭那一刻,我都将一如既往地爱她。"

"那么他也与你一样,会爱上一个人直至灰飞烟灭?"景帛望着

第三章／陪过你能所有晴天

眼前那张熟悉却又陌生的脸,忽然有种恍惚的感觉。

业务员眉飞色舞:"不,2105有比我更出色的配置,外形更加逼真,还可扩展内存……"

不一样。就算他看起来与你记忆里的那个人一模一样,他们到底只是机器。徒有深情,不懂伤心。

他看着那张画像,看了许久,转头问:"这是我吗?"

景帛手一抖,咖啡杯"哐"的一声落地。她手忙脚乱地捡碎片,一只手按住她。

"我来吧。"他低头,仔细地拾起地上的破碎瓷片。

景帛盘腿坐在地上。"2105,你有名字吗?"

"有,我叫2105。"

"噗……我是说像人类一样的名字。比如我,我叫景帛。"她回头看了看那幅画,"比如他,他叫顾念。"

"原来我叫顾念。"他恍然大悟。

景帛愣住,继而大笑,笑得眼泪都出来了。是的,她按顾念的样子偷偷定制了这个"他",所以他理所当然将自己当成顾念,如她所愿。

"这里面的你,很好看。"他指了指相框中的照片。

"哦,那是一出芭蕾舞剧,叫《灰姑娘》。"

"《灰姑娘》,这是一篇童话,同时也被用来比喻那些被忽视的人。"他自言自语,看样子又在搜索知识库,"你演的是灰姑娘辛德瑞拉吗?"

景帛苦笑:"我只是三号候补。"

哪能人人皆有灰姑娘的幸运?仙女倾囊相助,王子一见钟情。这世间有千千万万的灰姑娘,但绝大部分人都将如尘埃,一生默默无闻直至化为灰烬。景帛6岁学习芭蕾,片刻不曾松懈,苦练了十几年,只熬成一名候补——却不知有多少人艳羡,因为更多人此生连一个候补的位置都得不到。

"那么他是拾到水晶鞋的王子?"

景帛怔了怔,缓缓道:"不,他是剧院的继承人。"同时还是巴黎最知名的摄影师。年轻、富有、低调。八卦周刊想从他身上挖出绯闻,跟踪半个月只拍到他送一只流浪猫过马路的照片。小猫趾高气扬地走在斑马线上,下雨天,他为它打伞,有一脸温柔的笑意。

那日扮演灰姑娘继母的女演员来不了。"景帛,你上!"团长吩咐。景帛冲去更衣室换服装,眼看电梯就要离开,她高喊:"等一下!"

电梯如愿停住,门开了,景帛一个踉跄,手中物品"哗啦啦"掉满地。她满头大汗,狼狈不堪:"不好意思,不好意思。"

一只手不小心碰到她的手——他想帮她捡起发饰。景帛这才注意到他。他也看她,看了一会儿,忽然问:"灰姑娘?"

还来不及回答,电梯就到了。"谢谢。"景帛欠身,夺门而出——她一心挂念演出。

不料谢幕后,她又在后台见到他。

他握着一双红色芭蕾舞鞋,一个一个问过去:"你好,请问这是你的吗?""麻烦你,我找贵团的灰姑娘。"

最后扮演灰姑娘的女主角缓缓起身。景帛看着她从他手中接过那

第三章 / 错过你能所有晴天

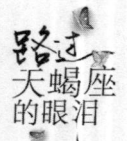

双舞鞋，点了点头。

舞台灯拂过他们，忽明忽暗的幕布后，留下两人的剪影。那剪影太美丽。

讽刺的是，灯光在扫过景帛时忽然停住，"啪"的一声聚焦在她身上。她穿着继母的衣服，一脸夸张妆容，丑得好像一只母夜叉。她整个人暴露在强光下，无所遁形。所以她没有上前。她从未感觉如此卑微如此无措——即使那双不慎失落在电梯里的红舞鞋，里衬绣着她名字的缩写。

与机器人顾念相处并不困难。除了有时会表现出过度的好奇心，总体上来说他是一个相当靠谱的……室友。

白日里景帛外出工作，他乖乖待在家中看电视。有天看到新闻播报激进的人类号召销毁机器人，吓得不行。景帛才进家门，猛地被一个宽大的怀抱拥住，一口气差点儿上不来，紧接着听到顾念惊恐的声音："快把我藏起来，我不要被销毁。"

景帛愣了好久，才弄明白这个看起来高大威猛实则不谙世事的机器人在害怕什么。她忍不住哈哈大笑。顾念歪着头看着她，看了许久，有些忐忑："所以，你不会丢掉我的，对吧？"

"不会。"景帛踮起脚尖，揉了揉他柔软的头发。他配合地歪了歪脑袋，似乎很喜欢被她这样抚摸。

"永远都成不了公主的灰姑娘，没资格丢掉任何东西。"她轻轻地说。

顾念也在渐渐适应人类社会。他与住在楼下的一只会说话的机器人小狗成为朋友。机器狗以为他是人类，问他："你这么大只，要吃不少狗粮吧？"

"狗粮是什么？"

"我也没吃过，不过我主人经常念叨，说她之前丢的那只狗最爱吃某某牌子的狗粮。我想那大概是你们人类的食物，而且很好吃。"

顾念若有所思："那么我买好吃的给她吃，她会不会开心一点儿呢？"

"一定会的，我主人一上体重秤就难过，一难过就哭，一哭就吃东西，一吃东西就破涕为笑——人类很好哄的。"机器狗鼓励他。

于是景帛回家，跃入眼帘的是满面笑容的顾念与一大麻袋的狗粮。她小心翼翼地问："这是什么？"

"好吃的狗粮。"

"为什么要买狗粮？"

"给你吃。"

"为什么要请我吃狗粮？"

"因为我看到你不开心。"顾念垂下头，似乎有些难过、有些迷茫，他喃喃道，"我总觉得，好像我应该做点儿什么。我搜索了好几遍知识库，找不到答案，也许我应该回公司升级一下软件。"

景帛的眼圈猛地红了。不不不，失态了。他只是一个机器人，这是他的设定。他存在的所有意义就是为了让她开心，所以无论他做什么都不过分，都在情理中。想到这里，景帛强迫自己定了定心神，板起脸："别傻了，我怎么可能因为一袋狗粮就会开心？你一点儿都不懂人类——不，你一点儿都不懂我。"

顾念呆住，抱着那袋狗粮，呆呆站着。半晌，他低下头，似乎非常难过。他低声说："对不起。"

第三章 错过浪漫的所有情天

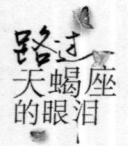

景帛也愣住。在她短短二十几年的人生里,从未有人这样毫无保留、无怨无悔地待过她。

"我……我不是那个意思!"她又急又悔又气自己,"对不起,我不该那么说你,我的意思是……可我真的不吃狗粮……好吧我吃一个。"

"真的?"顾念猛地抬头,欣喜若狂。

景帛点点头,捏起一颗狗粮放进嘴里,也不是那么难吃。刚吃完抬头,顾念高兴得一下拥住她。可惜那一刻景帛心里却无比平静。

这不是他。这只是一副与他一模一样的皮囊,没有脾气,那样笨拙,只知道一味地傻傻爱她——她做梦都想得到一份这样的爱,但到手了才发现它只有躯壳,没有灵魂。

真正的顾念把有灵魂的那份爱给了另外一个女人。

冒领了红舞鞋的女主角走到景帛面前,丝毫不觉得羞愧:"这是你的吧,顾念捡到了,我来还给你。"

景帛一句话都说不出来。她能说什么呢?现实又不是童话,王子也没有耐心挨个请人试水晶鞋。无须削足适履就可以轻易顶替灰姑娘的位置,何况女一号的确很美。

景帛自惭形秽。可命运的捉弄就此结束了吗?不。

剧院百年庆典在即,装饰舞台时,他们正在排练《海的女儿》。依旧是候补,景帛坐在侧台,看小人鱼用自己的声音与女巫交换人类的双腿。可惜当她站到王子跟前时,却什么都说不出来。最后她宁可化作泡沫,也不忍将匕首刺进王子的心脏——也未免太伟大了些。景帛这样想。这时身后响起一个声音:"你是几号人鱼?"

景帛回头,看见一个人影自幕布后徐徐穿行而来,随口道:"三号。可惜待会儿我就要去换衣服了。今天海星罢工，我得演海星。"

那人"扑哧"笑了。灯光转向，照向侧台，照亮他一脸粲然笑意宛如晨星："哈哈哈，海星？"

景帛一下愣住，像被女巫夺走声音的人鱼，她也说不出话来，只是呆呆看着他。半晌，她结结巴巴道："我得去演海星了。"说完提着裙子笨拙而又匆忙地离开。不料那鱼尾裙太纠缠，"啪"的一声，她直挺挺地摔倒。摔得头昏眼花之际，忽然一双温柔大手扶起她："不要紧吧。"

他的眼眸清亮透彻如传说中的独角兽，可这样温暖的眼神已与景帛错肩而过。她甚至不能喊住他说："喂，先生，请你留步，请你回头，因为我才是那个灰姑娘。"

"你说王子是不是错了？他没有认出小人鱼。"像是要抓住最后一根稻草做最后一搏，景帛这样问他。

他想了想，认真地说："我不觉得有什么错。也许他们相认了，他也只是感激她，而未必会喜欢她。"

景帛感到有一盆冰水自头顶浇下。她挣扎逃离他的怀抱，蹒跚离去，一路喃喃自语："谢谢，我得走了，我真的得走了，他们还等着我演海星，我今天要演一颗海星……"

海星没有台词，只有在小人鱼化为泡沫时的大合唱。她机械地唱："我将化为泡沫，我还未告诉你我的名字，就将化为泡沫……"

散场后景帛的脑海里还在重复那几句歌词。她揉了揉脸颊："好了，这没什么。景帛你再这样花痴这样想入非非，我就掌掴你！"说完自己忍俊不禁，重振旗鼓迈步向前。

忽然不远处一道白光刺眼，说时迟那时快，一辆小车迎面疾驰而

第三章 / 错过你的所有晴天

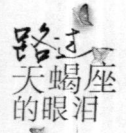

来。景帛听到身前有人发出一声尖叫,她抬头,来不及多想,一把将那人狠狠推到一旁。她从未这样用力过。整个人顿时前倾,扑倒。

在倒下的那一刻,她很清醒地看见那辆失控小车的车轮向自己碾来。

黑色的车轮,刺鼻的橡胶与汽油味。

她躺在地上,那时她脑海里只有一个念头:以后,以后不能跳舞了,自己该怎么办?

"欢迎光临。"景帛低头算账,随口喊道。随即她觉得不对劲,抬头,惊呼:"你来干吗?"

机器人顾念抖了抖手中的便当:"给你送饭。"

他在猛看了一个月电视后,终于开窍,最难得的是他对厨艺感兴趣,没事就在家看美食节目,做的料理味道还行,就是卖相惨不忍睹。每次景帛一拿出便当,就会被人误会她要服毒。所以她宁死不肯带便当出门。可惜顾念比她还固执,他就像麻烦的老妈,索性把便当送到便利店,温情地注视着她:"吃吧吃吧。"

"我待会儿去休息室吃可以吗?"

"可以,我去休息室等你。"机器人顾念在这方面出奇地精明,"我要看着你吃掉。"

天哪,他这是中病毒了吗,刚买回来时他不是很呆很萌很天真?转眼变得这样腹黑。景帛正在心里呐喊,忽然一个声音诧异道:"顾念,你怎么在这里?"

景帛与顾念一个抬头一个回头,同时怔住。

还是顾念先开口,他望着那个美丽的女顾客,好奇道:"你是谁?"

景帛连忙支开他:"你去休息室等我。"

"哦。"

待他走远,景帛才嘘出一口气,转身,有些抱歉地说:"你别误会,他不是顾念。"

扮演灰姑娘的女一号似乎了然:"是机器人,对吗?"

女一号张了张嘴,似乎想说什么又说不出口,终于她鼓足勇气:"对不起。还有——谢谢你。"

那日景帛推开她,自己倒在车轮下。并非想要因此得到什么。不管前方那个人是不是她,景帛都会那么做。更何况彼时彼刻,景帛并不知道是她。

景帛笑了笑:"没什么,便利店收入是扮演海星的五倍。不忙的时候我也跳舞。你看那边。"她指了指店铺的一角,"我在那里装了玻璃还有扶杆,可以练习的。"

就是身体不似从前灵活,由此换来的是他的慷慨解囊。病床前他握住她的手,泪盈于睫:"你想要什么?"

那一刻景帛哑然失笑。她倾慕的男人拉住她的手,真诚而又俗气地问:"你想要什么?"

可她一点儿都高兴不起来。

她想要时光回到灰姑娘掉落舞鞋的那一秒,她不要再慌不择路,她要停住脚步,对着他的眼睛说:"是,我是灰姑娘,这是我的舞鞋。"

但这世间就是有些东西用尽你一生的力气,都无法触及。哪怕它在别人那里是那样简单,好像获得一个微笑般轻而易举。所以景帛说:"我要钱。"

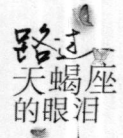

他如释重负。

她泪水滂沱。

因为钱是最容易的。她不想为难他。更不想让他,还有那个幸运的灰姑娘觉得需要对她施舍怜悯。

景帛站在柜台后,解释道:"一个人有些无聊,就想订购一个作伴。"

女主演点点头。

景帛摆手:"我没有别的意思,男明星大多撞脸,顾念是个好人,所以我就用他做模特……"她撒了个小谎,不由脸红。

"不要紧。"女主演轻轻说,"我们已经分手了。"

"什么?"

"大概……一开始就不是自己的东西,终究还是会失去吧?"女一号深吸一口气,"我来就是看看你。明天的飞机,我准备转去莫斯科的舞团。"

景帛不知说什么好,许久方道:"珍重。"

"嗯。"她像是想起了什么。"对了,我告诉他了。"

"什么?"

"就是那双红舞鞋,是你的。"

景帛买菜回来,发现顾念站在通往露台的台阶前,一脸神秘。

"你又在玩什么?"日子久了,她对这个玩心很重的机器人简直无可奈何。虽说长得跟顾念一模一样,可个性简直就是卡通版的顾念。

顾念牵着她的手,说:"你来看。"

他拉着她来到阳台,推开小木门。正值傍晚,万丈红云壮阔浩渺，映染整片天空。在这样火红却又静谧的夕阳下，一只小小的秋千在轻轻摇荡。

顾念埋头扒拉出一张传单，读给景帛听："生死契阔，与子偕老。"

不知从哪里捡来的传单，人家宣传的是人寿保险，配了一幅老夫老妻白首到老的图片，这个呆萌机器人就天真地以为拥有一只秋千便可以白首不相离。

他快乐地招手："景帛，来坐这里。"

可惜有些天真并不讨人喜欢，它叫人心生憎恶。凭什么大家都被迫长大变得世故，就你可以继续懵懂无知？景帛内心有一种说不出的恨——不知道恨什么，不知道恨谁。

"幼稚。"她低声说。

"幼稚？"他的笑容还未散去，僵在脸上有些讪讪和不解。

"只要改写程序你就会死心塌地爱上另外一个人吧，不，一条狗可能也可以。什么秋千，什么跳崖，对你们来说都很容易吧。"

所以才讨厌。我们要花那么大的力气、那么长的岁月甚至一生的幸运来遇见一个人、记住一个人抑或忘掉一个人。可这些对他来说轻而易举。一开始她以为自己是寂寞，渐渐发现自己开始妒忌。妒忌这个爱得无畏、坦荡、全心全意的机器人。

可他没办法理解一个人类如此复杂、微妙的心理。他一脸迷惘，似乎在努力思考。半晌，他小心地问："我又错了？还可以改正吗？还来得及吗？"

又是这样！每一次景帛无理取闹发脾气，他总是这样小心翼翼，好像错的是自己。他越这样，景帛就越抓狂——至少他也发一回脾气

第三章 / 错过你的所有晴天

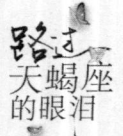

呀,为什么她这样待他,他还要无怨无悔?

他就像是一个放大镜,无时无刻都在提醒景帛:你看,在感情中卑微的那一方有多可笑、多低贱。

"你永远都不会知道你错在哪里,你永远都改不了。"景帛冷冷地说,"还有这个。秋千?我不喜欢。我不喜欢你,所以我也不会喜欢你为我做的任何一件事任何一件东西。"

她掉头而去,任由身后的漫天晚霞被夜的黑暗侵蚀。

景帛在街上漫无目的走了几圈。手机显示好几通未接来电,都是顾念打的,她索性关机。夜深,路灯拉长她的影子。身后传来脚步声。

"为什么这么晚还在外面?"

景帛叹口气,有些不耐烦地转身:"拜托,让我一个人静一静好吗,我今天真的心情不好,不想看见你。"

顾念挑眉:"哦?"

景帛一愣。霎时清醒。"你、你是顾念?"

他笑了笑:"要不然呢?"

她还以为是那只机器人。

"嗨,好巧……"

他直直盯住她:"不,不巧。我在车上看到你在这儿走来走去。"他顿了顿:"也不知道为什么,忽然想跟你说话。"

"说什么?"景帛有些呆住。

顾念有些不好意思地挠挠头:"是啊,说什么?对了,今天我正式失恋,我刚送她去机场。"

景帛知道"她"是谁。她很尴尬,好像心事被撞破一样:"哦。"

"别误会,我不是要说我认错人了很后悔什么的。我依然欣赏她,即使她散了谎。"

景帛点头。的确,谁规定王子一定要喜欢上水晶鞋真正的主人?错过就是错过,没有什么好抱怨。想到这里,景帛忽然觉得如释重负:"对了,我有一个机器人。"

顾念笑起来:"我知道,你买的时候就有人通知我了。"

"啊?"景帛一下又不好意思起来。

顾念安慰道:"没关系,我倍感荣幸。"

"但他跟你一点儿也不像。"景帛一脸懊恼。

顾念哈哈大笑:"要是真的一模一样,那我岂不是要失业?"

景帛自己也忍不住笑。是的,这要求真过分,她怎么能要求一个机器人跟人类一样有七情六欲?

"我得回去了。"她突然有些想念那个傻里傻气的"顾念"。不知他一个人在家找不到她,又会急得干出什么傻事。

"我送你。"顾念说。

车子驶到景帛家楼下,远远就看见一个人影直直立在门口,一动不动。

景帛吓了一跳,以为机器人出故障了,一个箭步冲上前,摇晃他:"顾念,你还好吧?"

顾念在她身后说:"我看看。"他走到机器人旁边,熟稔地打开电源板。"别担心,可能是他跑下来的时候太着急,自己撞到了电源线,有些接触不良……好了。"

机器人顾念有些机械地眨了眨眼睛,转过头:"你回来啦?"

两个一模一样的顾念站在她面前,同样温柔的脸,景帛忽然哽

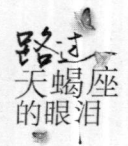

咽："嗯，回来了。"

"回来就好，我们去吃饭吧。"机器人似乎完全忘记了先前的不快。他挽起她的手，顺便很有礼貌地和另一个顾念说："谢谢你送景帛回家。很高兴认识你。我叫顾念。"

顾念正式向景帛求婚时，反对机器人的呼声一浪高过一浪。

别误会，这里说的是人类顾念。

一开始他并没有追求景帛，反倒对那个跟自己长得一样的机器人很感兴趣。两个顾念总在一起玩得不亦乐乎。景帛气得直瞪眼。"原来他是真的很像你。原来你也这么幼稚。"看到两个顾念在荡秋千，景帛实在忍不住吐槽他。

顾念哈哈大笑。机器人顾念见状，也学着哈哈大笑。

一切就好像是走错了路，但又绕了回来。终于有一次当景帛抬起头，她发现顾念突然别过头，好像很不好意思的样子。

机器人毫不留情揭穿他："顾念偷看你。"他又摇摇手，"我不是说我，是说他。"依然懵懵懂懂。

朋友归朋友，但总不能两个人在一起的时候，中间还站着一个跟自己男友长得一样的机器人吧？

"我朋友开了一间机器人收容所，不如把顾念送到那里？"顾念说。

"收容所？这名字听起来很凄凉的样子。"

"环境还不错，关键是安全。很可能要立法不准人类再私自拥有机器人。他留下反而危险。"

于是他们骗他，说送他去旅游。

"你们不一起吗?"上车前机器人顾念好奇地问。

"我们坐后面那台车。"顾念说。

"好。回头见。"顾念愉快地上了车。

景帛的眼泪忽然倾涌而出。顾念拥住她,低声道:"没事的。"

景帛与顾念的婚礼办得匆忙而愧疚,就好像要躲开一个人做一件坏事似的。顾念也觉得不好受,但他还要安慰他的新娘:"这样吧,婚礼结束后我们一起去看看他。"

景帛点点头,握住捧花的手紧了紧,有点儿透不过气来。

风琴声悠扬,阳光透过玻璃彩窗,神父的嗓音洪亮:"无论富有、贫穷、疾病,你是否愿意始终爱她、忠于她,直至死亡?"

"我愿意!"

一个声音从教堂后传来,满座皆惊。

新郎顾念惊呆了,景帛机械地转身,看着站在门口的那个男人。

他一步一步向她走来,风尘仆仆,满面笑容。好像全世界都已消失,只剩下她与他。

"为什么?"景帛轻轻问。

"我看到了这个,所以我赶过来了。我迟到了吗?"他手里拿着一份报纸,上面印着顾念与景帛将于某月某日举行婚礼的公告。

"你走过来的?走了多久?"

他想了想:"不记得了。我在那边等了你们好久,不是说好一起旅游的吗?"

人群开始交头接耳,有人疾呼:"是机器人!垃圾,快打电话叫机器公司来拖走这垃圾啊!"

所有为填补人类空虚而被制造出来的机器人,都得不到丝毫尊

第三章 / 错过你的所有晴天

重。一如在感情里卑躬屈膝的人,赚不到半点儿同情。

一旦一个人对你太好,你就会觉得他的好理所当然,他这个人可有可无。

景帛知道这对他很不公平,但她不可能靠一个机器人的爱而过完一生。

"他不是垃圾,我们会处理,请大家安静!"顾念忙乱地阻止有人打电话,"景帛,快叫他走!"

这回他听懂了,歪了歪头:"我又做错事了?"

景帛踮起脚尖,揉了揉他的头发。这时她才发现他的脸似乎被人打过,掉了一点儿仿真皮,隐约露出底下的钢铁与电线。"来的路上有人欺负你?"

"没什么,一个人本来就不可能被所有人喜欢。"他难得讲出一句很有哲理的话,但他更关心方才顾念的那句话:"顾念说你要我走?走去哪里呢?"

"随便哪里。"景帛轻轻地说,"是不是我说的话你就要绝对服从?"

"是啊。"

"那好,顾念。"景帛握住他的手,望着他的眼睛,"这是我给你的最后一条命令。你要听好,记住。"

"无论遇到什么样的困难,都不要放弃,要活下去,再也不要让人欺负你,不管对方是人类还是机器。"

"但是你要走,去离我最远的地方。不可以再见,悄悄的远远的也不行。一定要离得很远很远,这是命令。"

顾小北终于拿到机器人博物馆的参观券,不禁泪流满面。

"哇,还能跟古董机器人聊天!我要不要先复习一下古文啊?"

这时距离上一个机器人时代已经很遥远。经过反复纷争,人类终于达成共识,不再肆意使用机器人。渐渐地,机器人变成了古董一样的存在。在大销毁里幸存的机器人被送到博物馆,人类得以瞻仰自己的祖辈因为寂寞而造出的钢铁怪物。

"这是一只机器小狗。考古队在一片地震后的废墟里找到它。它一直守护在主人的身旁,就像一条真正的忠诚的狗。"解说员介绍,"不过损坏太过严重,它现在不能说话。"

"各位同学,"解说员有些激动:"现在要为大家介绍的是我们馆中最珍贵的藏品——灰先生。"

"考古队发现他的时候,他正在距离一个公墓不远的地方。这是一个非常聪明的机器人,他懂得为自己充电,甚至会给自己做简单的维修。不可思议的是他还知道躲避大销毁。"

"这么聪明,怎么最后还是挂了?"有人举手提问。

"考古学家调出他的芯片研究过,因为年代太过久远,只能解析出他的行走记录。记录显示他似乎在寻找或意图靠近什么。最后他应该是找到了,那个目标就在那个公墓里。推测应该是一个与他有什么关联的人类。那个人去世的那天,他赶到那附近,突然出现无法解释的故障。也有学者说,是他自己停止了自己作为机器人的生命。"

"他的身上找不到任何可以证明身份的物件,除了一本《灰姑娘》的童话书。"

"所以有人给他取名'灰先生',因为他,以及与他同时代的机器人就像童话中的灰姑娘一样,得不到应有的尊重与珍视——哎,那

第三章/健这仅能所有时天

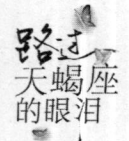

位同学,不可以拍照!"

顾小北晃着相机:"没拍没拍,就是找个老照片——我觉得这个机器人跟我曾爷爷长得好像啊。"

人群爆发出一阵笑声。

"顾小北,你该不会是机器人的后代吧?"

"你才是机器人呢,你全家都是机器人!"顾小北恼羞成怒。

嘀咕着经过灰先生时,顾小北突然看到那个机器人好像动了一下。他揉了揉眼睛:"哎,他刚动了一下。"

"有吗?"同学也凑过去看,"你眼花了吧,都一个老古董了,怎么会动?"

"是哦。"顾小北嘟囔着,又晃了晃相机,"你看,是很像吧?"

"老古董旧成这样,哪里看得出来。不过好像是有些像啊。"同学举着相机,对着机器人比对了一番,"走吧走吧,我觉得古人都长得差不多。"

"那好吧。"顾小北几步跟上队伍。

他没看见。他们都没有看见。灰先生朝着队伍的方向缓缓转身。很小很小的一个角度,不认真看的话几乎看不出来。他的指尖也轻轻动了动,向着顾小北离去的方向,好像想要伸手触碰一下什么。

他想摸摸那个相机。因为里面的那张照片,是景帛与顾念肩并肩坐在秋千上的画面。

是那个顾念。

残阳如血。那是他亲手做的秋千。

那时他还以为,这世界真有永恒。

世上最相同的频率

文/时 巫

【世界上只有你能看见我，我不跟着你跟着谁】

遇见许星辰那天，我的脑海里全天循环着一句歌词——在有生的瞬间能遇到你，竟花光所有运气。

可惜，运气有好有坏，很不幸的，我觉得我是后者。

那天是学校安排的体检，我心情平和地去了，却检出了七颗蛀牙，体重超标，营养过剩，最重要的，是我近视了。

本来就长得不好看，再戴个眼镜，简直不能更抽象，光是想想就让人灰心。踏出医院的时候，我已经忧伤得泪流满面。

医院门口三五成群的都是来体检的学生，我扫视一圈，却找不到一个可以一起回家顺便听我吐苦水的人。

当时许星辰就站在一群男生旁边，随便一站就站出鹤立鸡群的感觉。我从没在学校里见过这种气质斐然的男生，于是忍不住多看了两眼。

当许星辰一脸狐疑地朝我走近的时候，我还捧着一颗热血的花痴

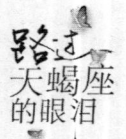

心激动不已。

　　许星辰指了指自己："你在看我？"

　　脸红低头做娇羞状并不是我这种女汉子会做的事情，于是我大方地承认："就看你了怎么的？"

　　许星辰的脸色表情登时千变万化，都要赶上变脸大师了，最后定格在他脸上的表情，绝对是喜逐颜开。

　　他瞥了一眼我还老实系在校服上的校章："林安安是吧？我叫许星辰，来，我们一起回家，顺便探讨一下人生。"

　　只怪我当时太天真，压根没有意识到许星辰的微笑是如此奸诈。他笑出了一口白牙，我便登时将所谓的防人之心抛诸脑后。

　　许星辰当了我一路的情绪垃圾桶，到家楼下的时候，我已经身心舒畅。我挥手跟许星辰告别："送到这儿就好，后会有期。"

　　然后我转身上楼，爬到一半，我却发现后面的人还紧随不舍，我皱眉："送君千里终须一别。"

　　许星辰却笑一笑，不答话。然而我再往上爬，他还是紧跟其后。我终于无法淡定了，我这才发现许星辰身上并没有穿校服，我怎么会以为他是同校的学生？

　　这个时候我表现出了女汉子的大无畏精神，我回头怒斥："你为什么一直跟着我？"

　　许星辰眨巴眨巴眼睛："全世界只有你能看到我，我不跟着你跟着谁？"

　　我一怔，立刻领悟，这人的脑子一定不好了。我清咳一声，随即对他进行了爱的教育，说到一半，就见买完菜的老妈上楼来，经过我的时候还翻了翻白眼。

"有毛病啊?一个人在这里嘀嘀咕咕什么?还不快给我回家!"

我目瞪口呆地目送老妈上楼,再回头看,许星辰就在那儿,笑得跟弥勒佛一样慈祥。老妈看不到许星辰?我吞了吞口水,感觉整个人都不好了:"大哥,你究竟是个什么鬼啊?"

许星辰当时笑眯眯地看着我,给出了一个足以把我雷出内伤的答案。他说:"我不是鬼,我是外星人。"

【你是我在这个世界上唯一频率相同的人】

据许星辰口述,他只是来地球旅个游,不小心错过回母星的唯一航次,所以就一直在地球流浪,却因为和地球人频率不同,所以没人能看见他。

许星辰窝在我的床上,看着角落里瑟瑟发抖的我,深情款款地说:"你是我在这世上唯一频率相同的人。"

我欲哭无泪:"发生这种事情大家都不想的,我们相忘于江湖可好?"

其实我想报警的,可是许星辰很认真地建议:"世上只有你能看到我,警察叔叔来了,你猜大家会怎么想?"

大家会觉得我产生了幻觉,然后把我送进疯人院。简而言之,就是我拿许星辰半点儿办法都没有,只能眼睁睁地看着他在我的床上咔嚓咔嚓咬着薯片。

我一咬牙,冲上去把薯片夺回来,正想来个破釜沉舟,就听许星辰说:"你知道Alice(爱丽丝)吗?她是你们地球上的一条鲸鱼,因为她拥有着错误的频率,所以孤独了一生。"然后他伸了伸懒腰:"我以为我也会孤独一生呢,还好我遇见了你。"

这真是我听过的最忧伤感人的故事,我正要把薯片递过去,却听他说:"所以啊,你要对我负责。"说罢他夺过我手上的薯片。

我这辈子从未想过,有一天我要对一个外星人负责。他不用吃不用睡,如影随形,一天要问百八十次"你还能看见我吗"来确定自己的存在,真是一个非常没有安全感的外星人。

在恐惧过后,我开始思考起其他的可能性,比如,他能实现我三个愿望之类的。但许星辰只是瞄了我一眼:"你好歹和我有相同的频率,智商这样低下你惭愧吗?"

我不管三七二十一,对着许星辰双手合十开始许愿:"我想瘦成闪电,美过范冰冰,比爱因斯坦更聪明。"

我许愿许得多虔诚啊,然而等我睁开眼时,面前却只有许星辰抽搐的脸。他摆摆手:"少做白日梦,我除了频率有异,长得帅点儿,和地球人没什么两样。"所以他不会穿墙不会读心不会飞天更不会变变变,这根本就是在欺骗消费者。

我好忧伤,好不容易认识一个外星人,没想到他居然连个一技之长都没有,真是弱爆了。我嫌弃的表情太过明显,为了证明自己的价值,许星辰咳了咳,向我保证:"虽然我没有特异功能,但我可以让你早睡早起,天天向上。"

我对他的保证表示怀疑,许星辰却歪着头笑:"林安安,我许你一个美好的未来。"

【美好的蓝图还是要有的,万一不小心实现了呢】

你知道世上最不可信的是什么吗?广告!而许星辰明显是广告界的人才。

美好的未来谁不想要,但是付出的代价是起得比鸡早,睡得比狗晚。许星辰这个专属于我的人肉闹钟百试百灵,每天叫醒我的不是梦想,是许星辰鬼哭狼嚎的歌声。而他的歌声,全世界只有我能听到,真是"荣幸"。

我艰难地爬起来,忧愁地背起了单词。许星辰托着腮扣着桌子盯梢,准备随时抽查。

许星辰试图鼓励我:"你琴棋书画样样不通,唯一能做的也只是寒窗苦读了。看能不能有朝一日功成名就。"

我摇头晃脑打瞌睡:"我不求功成名就,我希望安逸一辈子。"

许星辰恶狠狠地鄙视我:"没出息。"

许星辰说美好的未来要用现在的努力来换,他跟着我去上课,防止我开小差打瞌睡,这样的严密监控让我学习的刻苦程度堪比悬梁刺股。

许星辰是一个博学的外星人,看起来年纪轻轻,智慧却无穷。我这样说的时候,他竟然有点儿脸红:'地球的时间对我无效,我已经忘记自己流浪了多久。"

看不出来他还是个老妖怪,我毕恭毕敬地喊他一声"老大爷",然后就看见厚厚的单词书朝我砸来。

他这是想杀人灭口,我和他四目相对,就见他笑眯眯地看我:"把H开头的单词背完,不然别想睡。"这种报复方式简直是杀人于无形,我皱巴着脸背了一个单词:"Honey.(亲爱的。)"想了想又自动自发地造句:"You are my best friend.(你是我最好的朋友。)"

许星辰无动于衷:"下一个。"甜言蜜语对他无用,我只能一头扎进词海中,祈求自己不要被单词噎死。有他在,我等于有了一个全天候的私人免费家教,不出数月,成绩便有了质的飞跃。

路过天蝎座的眼泪

认识许星辰的时候我已经高三,最宏伟的目标不过是考个大学混混日子然后毕业,但在许星辰的鞭策下,我竟然发现自己也是可以拼一拼的。

美好的蓝图还是要有的,万一不小心实现了呢?

高考前夕,别人焦头烂额,我心安理得地合上书本,前往超市买了一大袋薯片,都是许星辰最爱的番茄味。

我将贡品奉上,许星辰满意地接过,然后在我开口提要求之前,残忍地义正词严拒绝了我:"你别指望了,我是不会跟你进考场帮你作弊的。"

我捂着受伤的小心脏目瞪口呆:"还说你不会读心!"

许星辰嗤笑一声:"司马昭之心,啧,人类!"

我以为遇见许星辰,是命运要为我开金手指,谁知道这外星人太有原则,正直却顽固,黑白分明,一点儿旁门左道都不肯用。我气急攻心,他却还悠闲地啃着我给的薯片。最后我败下阵来,认命地又翻开了复习资料。外星人靠得住,母猪会上树,还是自己比较靠谱。

许星辰的不近人情让我很愤怒,我决定和他冷战。许星辰也不在乎,高考当天他送我去考场,进场前他喊住了我:"我就不跟你进去了,加油。"

他这是要杜绝一切我依赖他作弊的机会,我鼻子不是鼻子、眼睛不是眼睛地"哼"了一声,扭头就走。走出了好远,才听到许星辰在后面大喊:"林安安,美好的未来自己打拼,你才会尝到梦想成真的滋味。"

我头也不回继续前进,还好没有其他人听见他的呐喊,没想到,许星辰还是个梦想哲学家。

【我说过的话没有不作数的】

高考成绩出来,我居然够上了一本的分数线,父母老师同学都大跌眼镜,高呼万万没想到。靠自己努力来实现梦想,果然快乐更甚。

许星辰一脸无语地看着我触电般上蹿下跳,并表示他十分不欣赏我这副不稳重的样子。我自动忽略他嫌弃的眼神,想到自己以后也能跻身学霸行列,我就喜不自胜。

坐在我床上吃薯片的仁兄居功至伟,我决定好好报答他。许星辰眼睛一亮:"想报答我,就请我唱歌吧!"

我想起许星辰那惊悚的男高音,不由得抖三抖,但好在我心情好,我咬咬牙答应下来。不就是耳朵备受摧残吗?我能忍!

许星辰指定地点:"去商业广场那家,今晚七点,你穿漂亮点儿。"

唱个歌而已,许星辰却在我衣柜前挑挑拣拣,白裙子小背包,非得把我打扮成一个小清新。不到七点,许星辰就催着我出发,到了目的地,他却停下来左顾右盼,似乎在等什么人。

我正困惑,就见我们年级的级花款款地走进来,我了然地看了他一眼,原来是醉翁之意不在酒。转念一想,不对啊,班花又看不见他!正想问他葫芦里卖的什么药,就见他朝我使了使眼色,我顺着他的目光望过去,就见苏清河满面惊喜地朝我跑来:"林安安!"

我胸口的那只小鹿瞬间跳出了新的高度。我和苏清河认识十数年,有着两小无猜的情谊,只是后来苏清河越来越优秀,我自觉高攀不起,于是渐行渐远,可苏清河这个名字还是长存在我的日记里。

许星辰不会读心,但他什么都知道。他在我耳边通气:"这个人会和你上同一个大学。"

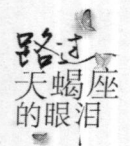

原来这才是醉翁之意,我笑得见牙不见眼。多亏许星辰,我和苏清河又在同一个起点。此刻外星人在我心目中的形象又高大许多。

苏清河试探地问我:"你一个人?今晚我们班聚会,你一起来吧。"

这种情况,当然恭敬不如从命。歌声不歇的包厢里,我和苏清河谈天说地,有许星辰在一旁,他要跟我聊原子弹我都可以说出个所以然来。

苏清河眼睛亮晶晶的:"安安,你变了好多。"

我偷偷看了看幕后功臣,他正把头往别人的话筒边凑,唱得声嘶力竭,还不住地朝我抛媚眼。我嘴角不由自主地抽了抽,我就是被这么二的许星辰改造成如今的模样,真是令人难以置信。

一首歌的工夫,苏清河看我的目光已经越来越微妙,我的小心脏有些承受不住。直到在十字路口挥手告别之前,苏清河的计划已经将我暑假的行程塞满。

我带着还在哼歌的许星辰回家:"说吧,最近在学雷锋吗?"

许星辰却得意地挑眉:"我说过的话从来没有不算数的。"

我呆立原地冥思苦想,终于恍然大悟,许星辰许诺的不仅仅是学业有成,他说的美好未来里,原来还有我暗恋了很久的苏清河。

我看着许星辰摇摇晃晃的后脑勺儿,第一次觉得这个外星人实在是太可爱了!

【诡异的三人游】

整个暑假,我和苏清河还有许星辰简直是三位一体。

苏清河约我看电影,许星辰这个可怕的剧透专家紧紧跟随:"你看,那个男人是凶手,他一定会被抓起来。"

剧透的人都应该被拉出去,我低声训喝:"你安安静静看电影行不行?"

许星辰没有反应,倒是苏清河相当无辜地解释:"我没说话啊。"

我无语凝噎,这么诡异的三人游究竟什么时候才是个头?无奈许星辰一点儿作为超大瓦数电灯泡的觉悟都没有,还一脸泫然欲泣:"苏清河都没嫌弃我,你怎么可以?"

我咬牙切齿却依旧拿他没办法,苏清河要是知道有个外星人一直跟着我们,看不定会被吓成什么样子。

暑假结束,苏清河和我一起坐火车去大学报到,许星辰笑嘻嘻地跳上火车,完全忽略我一个小女子还拉着个笨重的箱子。

我瞪着他,他却耸肩:"我知道你内心还是一个女汉子,你可以的。"受到鼓励的我正准备一鼓作气把箱子搬上去,后面却伸来一只手,将我的行李提上车,搬上了行李架。再回头,就见苏清河笑意融融地看着我。

真是居家旅行必备的好男儿,我撇眼看了看假装抬头看风景的许星辰:"啧,要你何用?"我的眼神口气很嫌弃,但在处女座们的观点来看,嫌弃是在乎的一种表现。

许星辰不懂,他一脸受了极大委屈的样子,半天都不理我,我打开一包薯片,在苏清河面前没形象地把薯片咬得咔嚓响,一直到终点站,都得不到他一眼的眷顾。我无奈扶额。

下车的时候,依旧是苏清河替我搬行李。火车站人潮拥挤,一转眼就不见了许星辰,我探头探脑地在人群里找他。一辆堆满箱子的推

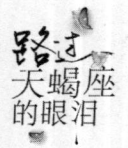

车从我身边经过,和一个匆匆忙忙的旅客撞在一起,轰的一声,看起来很重的箱子往我这边倒下来。

我脑袋一麻,下意识就呼救:"星辰!"许星辰其实一直跟着我,我喊出口的同时,他的手已经朝我伸过来,他想拉我的手,却从我的手臂穿过,捞了个空。几乎是下一瞬,另一只大手用力将我一扯,扯出了危险圈。

货物倒地,我还好够幸运,安然无恙。苏清河拉着我的手急喘气:"林安安,你吓死我了!"

我无暇安抚他,扭过头,许星辰就站在货物堆外,低头看着自己的手,眼里满是黯然。我和他相处了整整一年,却从来不知道,原来我只能看到他听到他,却碰不到他。原来他从来不让我靠近,连拍拍他肩膀都不可以,是因为我压根就碰不到他。

支开了苏清河之后,我和许星辰在女厕门口进行了严肃且深刻的谈话:"说吧!你还有什么事情瞒着我!你明明能吃薯片,为什么碰不到我?"

许星辰委屈地对着手指,自从暑假跟着我看少女漫画之后,他就变成了这副德行。对完了手指,他才慢吞吞地说:"前因后果太复杂,以你的智商不能懂,总之,我们是接触不了地球人的。"

我用我有限的智商纠结着,许星辰跟我道歉,脸色凝重:"对不起,安安。我保护不了你,但苏清河可以。"

我听得心惊肉跳,这情景也太像要离别了吧?我正要安慰他,就见他厚颜无耻地笑起来:"但我知道你是不会嫌弃我的。"

我太阳穴跳了跳,他自顾自地说下去:"作为世上唯一有联系的人,我们是会相守一辈子的。"他看了看我,笑得很欠揍。大概他以天我会被他的死皮赖脸气得跳脚，但是，一辈子有个外星人作陪，想想都觉得有趣。

我扬起嘴角："那你就陪我一辈子吧。"

【你这视力好危险的】

大学开学不久，许星辰终于意识到他这颗电灯泡有多亮，不再在我和苏清河身边转悠，经常跑个没影。

在许星辰的督促下，我已经养成好好学习天天向上的良好习惯。然而天天跟着苏清河上图书馆埋头苦读，我发觉我的近视又严重了，为了避免在路上走着走着撞上电线杆，我决定去配个眼镜。我实在不想在苏清河面前当个四眼妹，于是拉许星辰一起去配眼镜。

厚厚的镜片，黑乎乎的镜框，我伸手抬了抬眼镜："星辰，我是不是更有学霸范了？"我摆着造型等着许星辰来歌颂，谁知道等了半天，他吱都没吱一声，一回头才发现他不知道去了哪里。

我等了许久，许星辰还是人影不见，最后我在店员莫名其妙的目光中结账走人。戴上眼镜，世界清晰了许多，连路人脸上的痘痘都看得一清二楚。只是脸上多了一个架子，怎么都不习惯。思考再三，还是把眼镜摘了下来。

我刚揉了揉眼睛，就看见许星辰脸色苍白地盯着我。我气不打一处来："你跑哪儿去了？"他不应，只是问我："你能不能看见我？"没有安全感的外星人又开始问这个问题，我决定无视他。

我晃了晃手上的眼镜："给你看看我戴眼镜的样子。"

许星辰眉毛皱起："你敢戴上试试！"

我最受不得威胁，你不让戴我偏要戴。我戴上后正准备反击，却

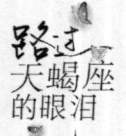

发现许星辰又消失得无影无踪。

他又不会瞬间移动,消失得这么快让我感到毛骨悚然。

我摘下眼镜,许星辰咬牙切齿的脸就在眼前,我戴上眼镜,许星辰再次不见踪影。

眼镜能屏蔽许星辰,这可是个伟大发现,我扬着手上的眼镜皮笑肉不笑。

许星辰的脸垮了下来:"安安,好人有好报,请远离眼镜,珍爱星辰。"有了能吓唬许星辰的工具我很开心,他的男高音再也不能威胁到我。

但刚买来的眼镜很快被我束之高阁,因为只有我知道这个外星人孤独了这么长的岁月后,变得多么没有安全感。为了许星辰的安全感,我冒着撞电线杆的危险抛弃了眼镜。然而电线杆撞多了,偶尔也会撞点儿别的东西。

直到苏清河在一块巨大的工业玻璃前把我拉开,我撞过的东西已经可以列成一张表格。苏清河白着脸一头冷汗:"安安,你近视越来越严重,你戴眼镜啊,刚才要不是我,你指不定就毁容了。"

我嬉皮笑脸:"我不喜欢戴眼镜啊,我戴眼镜会过敏。"我总不能告诉他,我是为了一个外星人。

苏清河嘴角抽了抽:"别笑,我很认真。视力不好可能会造成意外事故,你上点儿心好吗?不如你去做近视矫正手术吧,我爸爸是眼科医生,给你打五折。"

我下意识地寻找许星辰,却忽然听见他的声音从背后传来:"哇,打五折啊亲,不去白不去。"我揉了揉鼻子,假装没听见。

自从我差点儿在苏清河面前撞上玻璃,他开始锲而不舍地劝说我去做手术,连吃饭时间都不放过:"手术可以一劳永逸!"

我装哑巴,他却垂了眼帘:"你跟我说话的时候眼神不聚焦,我总感觉你是在看别人。"

我一口可乐呛着喉咙,我的的确确是在看别人啊。再看那个别人,翘着二郎腿晃啊晃的,好不得意。

苏清河眉头紧锁,语气却坚定:"安安,我只是希望能在你的世界里变得清晰一些。"

我心软了,谁叫我最看不得苏清河皱眉的样子。我一个不忍心,点了头:"我考虑一下。"

【每当我看不清楚这个世界,才能看清你】

每当我看不清楚这个世界时,我才能看清许星辰,如果我矫正了近视,改变了频率,那么是不是从此就看不见许星辰了?

我纠结得吃不下饭,许星辰却吊儿郎当毫不在意,他用一种看神经病的眼光看我:"你当频率是土捏的啊?"他皮笑肉不笑地靠近我:"矫正了近视,你以后就不能随随便便用眼镜来威胁我了。"说完他"大"字形地往我床上一躺:"你注定摆脱不了我的,你认命吧。"

虽然许星辰嚣张得让我很想揍他一顿,但我好歹松了一口气。原来只是我庸人自扰虚惊一场,涉及安全感这种大事,许星辰还如此淡定,那就证明手术对他半毛钱影响都没有。既然做手术对许星辰的存在没有影响,那么我就放心了。

我在苏清河的陪同下去了眼科医院,要给眼睛做手术,我还是相当颤抖。手术那天,我拉着许星辰来壮胆。苏清河拍了拍我的手:

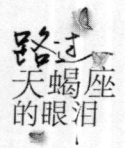

"别怕,我爸爸技术很好,我的近视就是他矫正的,做完以后你连我的毛孔都能看见。"

我抹了抹汗,那倒也不用这么清晰。苏清河带着我往前走,即便得到许星辰的无数次肯定,我还是忐忑不安。回过头去,许星辰还是百无聊赖地站在原地,痞气地靠着墙。看见我回头,大概是知道我的不安,他站直了身子,朝我笑。

这一次,他难得良心发现地没有嘲笑我婆婆妈妈,而是一字一句地安慰:"去吧安安,我会一直在的,我会看着你大学毕业,找到工作,然后结婚生子,一世安康。"

如果不是我认识许星辰太久,知道他一副情真意切的样子之后就会变得嬉皮笑脸,我差点儿就要被感动。我揉了揉发酸的鼻子,低声嘀咕:"你当在演《泰坦尼克》呢?你又不是杰克。"

许星辰没有听见我的嘀咕,我一咬牙,转身进了手术室。后来我无数次回想,如果知道外星人也会撒谎骗人,我宁可从此摸黑往前走,也不愿进那个手术室。因为在我睁开眼睛的那一刻,我失去了许星辰,我跌跌撞撞地在茫茫人海里找他,却遍寻不见。

说什么不会改变频率,都只是一个谎言。如果我早些注意到,我就会知道,频率是互相影响的,只要许星辰在我身边,就会一直影响我的视力,我的近视会越来越严重,直到全世界只能看见他一个人。

他说过要许我一个美好的未来,所以他不会让我的未来变得漆黑一片,所以他选择任由我更改频率,任由我从此看不见他。但我相信许星辰还在,只要我把频率调回来,我就能再次看见他,听见他。

我开始做出让人合不拢嘴的蠢事,我拼命看书,看电视,拿出之前的近视眼镜戴上。

许星辰这么个怕孤独的外星人,我不能留他一个人啊。但苏清河却用尽一切手段阻止我,我在家看书,他就厚着脸皮在家看着我。他夺过我手上的书:"安安,不要任性!你眼睛才刚好!"

我用力把书抢回来,高喊着你不懂!我把关于许星辰的所有全盘托出,我以为苏清河会把我当成神经病然后甩甩袖子走人。但他没有。

他握着我的手,告诉我:"如果你说的都是真的,那么他不会孤独一辈子,因为他曾经遇见过你。"

我用力地抓住苏清河的手,蹲下来,失声痛哭。然后擦干眼泪,慢慢安静下来。我带着许星辰的期望,朝美好的未来迈进,尝过一次又一次梦想成真的滋味,一点点实现他给我画好的美好蓝图。

许多年后,我跟别人把许星辰当故事般说起,总会这么抱怨:"你看过《萤火之森》吗?阿银消失之前,起码还拥抱了竹川?可是许星辰这个混蛋,连个拥抱都没给我留下。"

在后来人生里的每一次生日,我总不顾别人的目光,展开双臂似在拥抱空气。这是我每一年的生日愿望。我要给那个我再也看不见的少年,一个最深情的拥抱。

【我们还没说再见】

嗨,我是许星辰,来自一个遥远的星球。我跟一个女孩子说过,我是来地球旅游的,只是错过了回母星的航次,所以被迫留在地球居住。

但事实是,我从一开始就在撒谎。我一出生,就被母星遗弃,因为我是一个异类,我有着错误的频率。我被送往地球,那里有着唯

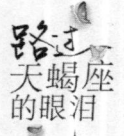

——一个和我相同频率的人,我要找到她,利用她,来更正我错误的频率,这样我就可以回母星生活。

后来我终于找到了林安安,她在人群外流着口水看我,我知道她一定是为我的美色倾倒,但最重要的是,她看到了我。她永远都不会知道当时我是如何欣喜若狂的,我跟着她回家,告诉她我是外星人。

我为她画一张美好蓝图,以此来消除她对我所有的疑虑。自然,她越来越信任我,而我就在日复一日中,悄悄更改她的频率。即便我一早知道得清楚,每一次频率的更改都会影响她的视力,等我能够回母星的那天,她将会彻底失明。

可惜啊,我是一个心软的外星人。

她第一次跟我说:"You are my best friend."我用书挡着脸,不小心就泪流满面。

第一次,有人眼里全是我,她注视我,听我鬼哭狼嚎般唱歌,我甚至觉得,一直陪伴她老去也是一个不错的选择啊。

我给她安排了苏清河,我跟着他们约会,只有这样,她和我在一起,才不会被不知内情的人嘲笑她是对着空气讲话的神经病。

哈,你看,原来我已经很喜欢很喜欢她。

可是,我碰不到她,她遇到危险需要解救,我却只能呆立一旁。那一天,她差点儿撞上一块工业玻璃,我奔过去用力去抓她,却只抓到一片虚无。我注定无法保护她。

我想,我终究不能害了她一辈子,不就是母星吗?遗弃了我的母星,又哪里比得上林安安。我劝林安安去做手术,我撒了最后一个谎,我告诉她,我会看着她大学毕业,找到工作,然后结婚生子,一世安康。但我不会。

在母星，每个人都有自己对应的频率，他们同生共死，而我的频率是林安安，一旦她做了手术，更正了频率，我们就再无交集，没有对应频率的人会消失。

我拖着虚弱的身体，躲在暗处看着林安安，她抓狂、撒泼、号啕大哭，因为她发现自己从此看不见我了。她哭着骂我："许星辰你连再见都不说一声就走，你真是个浑蛋。"

苏清河在一旁沉默地把她拥进了怀里，你看啊，像这样的拥抱，我耗尽一生也无法给她。

她终于振作起来，她对着空气吼："你说要看着我一世安辰，说话算数啊！"她以为我还在，真好，在她的世界里，我只是隐了形，而不是消失。

我是一个无一技之长的外星人，与生俱来的唯一的特异功能，就是撒谎，还好，最后一个谎言，带着我全部的爱意。在我消失之前，我许下一个愿望：林安安，若世上有奇迹，让我们有机会再相逢，我愿意给你一个最最深情的拥抱。再见，林安安。

第三章／错过你的所有晴天

第四章

无从安放的思念时光

为什么狼要吃小羊

因为他们也需要吃东西

为什么漂亮的花朵会凋谢

因为那也是游戏的一部分

为什么太阳会消失

因为地球的另一面也需要装饰

蝴蝶

文/齐木卡卡西

1

长孙如爱热闹。她爱明亮的灯火,缤纷的颜色,熙熙攘攘的人声,爱看起来歌舞升平的世界。然而实际上,她是一个闷到不能再闷的人。

她不喜欢说太多话,没有秘密可以拿出来分享,集体活动时总是慢半拍,木木呆呆形同废人,和她相处真是很需要勇气很需要胸怀,所幸她早已学会和习惯了孤独。

租的房子很小,不带卫生间。楼下是菜地和橘园,推开窗户,满是泥土芬芳的晚风长驱直入,晚秋的星空高远清新,美到让人心碎。

公共的水房在走廊的尽头,紧挨着的男女浴室,她洗完头发,随便擦了擦,任它们湿漉漉地披在肩头,走到水房的大窗户前面继续吹晚风,从这里远远可以看到她搬离的宿舍楼,那里的灯火明明灭灭,她在黑暗中一动不动。

"嗨!"低哑澄澈的少年的声音陡然在黑暗中响起,水房门口,只穿着短裤的少年显然被原本隐没在黑暗之中的她吓了一跳,连忙把手中的浴巾胡乱裹住赤裸的上身。

"对、对不起,我不知道这么晚了还……又没开灯……"

短头发,单眼皮,锁骨宛然,惊惶诱人如初生小兽,这个少年可爱到用打招呼的方式叫亮声控灯,然而却不是他。

长孙如灼灼的目光瞬间黯淡下去,笑了一笑。少年微微一愣,低下头,趿拉着拖鞋往拐弯处的男浴室走去。

"嗨!"灯又亮了。他慢吞吞地走回,递给长孙如一件外套。"现在洗冷水澡挺冷的,会受不了。"

长孙如刹那间有些恍惚,不动声色地摇头:"谢了!"他点点头转身离开。

那一年的夜晚,她也是这样站在窗户前面。凌晨一点,黑洞洞的宿舍走廊,稀薄的几丝星光。白天,她刚参加完父亲的葬礼回到学校,室友们没人安慰她,甚至没人跟她说话,刚进高中的女孩子还没有学会怎样面对这样巨大的伤悲。

她就那样默默地站着,没有表情也没有眼泪。有人影从窗户的另一面出现了,看到她之后一声惊呼,差点儿松手掉下去。他一只手抱着水管,一只手费力地从外面推开窗户,脸颊红红的,黑白分明的眼睛直勾勾凑到长孙如脸上来:"别出声,我住六楼,不是小偷。"

长孙如转过身移到他看不见的地方,背靠窗户旁边的墙壁站着,淡漠地看着窗外。

"失恋了吗?那我陪你一会儿吧。"他返身一跃,在窄窄的窗台上坐下了,再不说一句话。长孙如趁机轻轻滑坐到地板上,无声地落泪了。

第四章 无从安放的思念时光

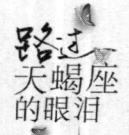

那一个夜晚，长孙如和他隔着袅袅的烟雾，隔着一地斑驳的树影，静静坐了一根烟的时间。之后他继续沿着水管爬回六楼寝室，她悄无声息地安然入睡。然而那转瞬即逝的温情，已足以照亮一个少女阴晦的人生。

长孙如站在窗前抽完那根中南海，头发上的水滴悉数渗进了衣服，秋意已凉，寒意刺骨，她踏着隔壁浴室里淅淅沥沥的水声，慢慢踱回自己的房间。

"你现在到哪儿了？我好像……有一点儿想你了。"

她犹豫很久，终于摁下发送键，然后把手机放到枕下，闭上眼睛睡觉，窗台上姜花的香味伴她入眠。

大三的下学期并没有课，但是长孙如仍然坚持早起。她屋里唯一的玩具是一把很旧的木吉他，从跳蚤市场上淘回来的，音色偏暗哑，刚刚好搭配那些老曲子，白天整层楼都没什么人，她就弹给自己听。有一两次碰到那晚的短裤少年，对方羞涩地点头打招呼，长孙如便也微笑着点头，再无多话。

深夜或者凌晨，短信息铃声在枕头下响起，她便忙不迭地以日本女人那种小心翼翼又隆重的姿态，暂停心跳去掀开手机屏幕。

"西藏这边的天空真是没法形容，以后带你来。"

不问你愿不愿意，不问你有没有时间，不过问你的现在，不说这个以后到底有多远。他一个月难得给她回一两条短信，即便回了，也全部是这种霸道凉薄不容人的语气。

然而长孙如在意的只有那五个字——"以后带你来"，就算永远都没有这个以后。她的心早已低到尘埃里去，并从尘埃里开出花来。

2

冬天迅速来临,圣诞节这天下了一层薄薄的小雪。长孙如穿着毛茸茸的雪地靴走在校园外面的街道上,街道两旁的店铺装饰着各种各样的圣诞老人和圣诞树,情侣们手挽着手在其中穿梭,耳朵和鼻尖都冻得红红的,满眼都是幸福。

长孙如两只手插在口袋里,一边走,一边静静看着雪天里的一切。"嗡——"手机震动起来,是他,夏天以来的第一个电话。

"喂。"她停下脚步,低头听电话,嗓音如同脚下的雪一样清冽。

"如如,我现在在青海,身上钱不够了,你打几百到我卡里吧。"

他似乎久未成眠,声音疲惫嘶哑,极不耐烦。遥远高原的凛冽风雪扑面而来,长孙如心下一凉,一个趔趄摔向街沿下方的台阶,一只手伸过来把她扶住了,她抬起头,是那晚在水房碰到的少年。她对他凄凉一笑,站定了,继续对着手机说:"嗯,好的。我待会儿就去。"

少年松开手,对她做了个要小心的手势,然后提着满手的东西转身大步走开了。长孙如呆呆地看着雪地里亭亭如树的背影,那一年那晚的他也正在这样一步一步离开自己。

"如如,圣诞快乐。去买一个栗子蛋糕,算作我送你的礼物。"

他的声音再一次传来,带一点点久违的温情。手指早已冻麻的女孩刹那间几乎要落泪了,她久久咬住嘴唇,唯恐哽咽出声。无论如何,他终究还是记得她,记得今天是圣诞。这已经是自己收到的最好的圣诞礼物,她心满意足。

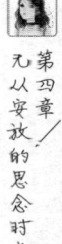

第四章 无从亨放的思念时光

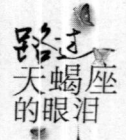

她匆匆跑到附近的银行转了帐,然后买了刚刚出炉的栗子蛋糕,往回走的路边有一家音像店,正放着的一首歌让她忍不住驻足。在她和他相聚的短短日子里,他常常会不由自主地哼唱这首歌,但是从来不等唱完就会下意识地打住,长孙如听到的永远是前面那一两句,在这个薄薄的小雪天,远离故乡小城的喧闹街头,刚刚跟他通完电话,她便完整地听到这首歌。

长孙如记得,第一次见到他是在高二那年的圣诞夜,南方小镇没有下雪,晚自习下课,很多人在走廊上放线香花火。长孙如买了最爱的草莓甜筒,坐在教学楼后面小竹林里的石凳上慢慢啃。

竹林外面突然响起脚步声,长孙如朝外望去,是两个男生。

"你找我来这里做什么?"其中一人刚开口,长孙如便认出这个声音,低哑澄澈,漫不经心。

"你老实说,你到底喜不喜欢安茜?"另外一个人明显满腔怒火,快要爆炸了。安茜是叶无道的同桌,那个率性的长腿美女。

他冷笑一声:"喜欢怎么样,不喜欢又怎么样,与我与安茜好像还有点儿关系,与你有关吗?"他的影子与竹影一起,清俊地映在地面上。

"你敢说没关系?我送她礼物她不肯收,说怕你生气,我都伤心死了,你还说没关系?"

"哈哈哈哈!"高高瘦瘦的男孩子笑得直不起腰,长孙如也差点儿被冰淇淋呛得咳出声来。

对方被笑得恼羞成怒:"你、你这个有娘生没娘养的臭无赖!"

林子里突然安静下来,两人扭打在一起,他像匹被惹怒了的狼,一声不吭,出手又快又狠。终于,当长孙如走到他身边时,他两只眼睛都肿了，嘴角一片乌青，坐在地上一动也不动，整个人仿佛坠入另外一个世界里去了。

长孙如扶起他，他低着头，一步一步跟着走，铃声凄厉地响起来，两个人踏着冬夜的树影穿过空荡荡的花园和广场。她把他送到医务室的护士手上，然后跑掉了，自始至终，他都没看她一眼，而她没有说一句话。她在飞奔前往教室的途中，泪如雨下，这是十六年来第一次，完完全全为了一个男孩子失声痛哭。

再次见到他是在几天之后全校的整风大会上，他因为外出上网夜不归宿而被批。那个晚上星光太暗，她只看到了他大概的轮廓。如今，远远的主席台上，一张飞扬跋扈的脸，短头发，单眼皮，黑眼珠，微敞领口之下的锁骨是刀削的弧度，他的嘴唇紧抿，凛冽逼人的冷酷环绕全身。

"叶无道，校长讲话你可以站直一点儿吗？"教导主任忍无可忍地对他吼了一句。

他仍然维持原来的姿势一动不动，嘴角翘起微微的笑，目光却冷冰冰，这便是他此后的人生态度。长孙如明白，他已不再是那个能连陌生人也不吝于给予温度的少年。

三年的高中生活，并没有太多的变化，叶无道在球场上沉默了许多，但是长孙如依然场场不落。转眼就到毕业，那是一个下雨天，男生们冒着雨踢球，长孙如撑着伞去看，那天叶无道穿的是白色球服，他们在泥水里摸爬滚打，一场球下来，全都成了泥人。

叶无道回头，一步一步走到长孙如面前。他满脸都是泥浆，黑眼珠在其中分外璀璨，说："我知道你看我打了三年球，送件礼物给你怎么样？"

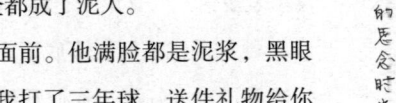

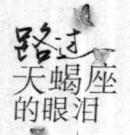

长孙如在伞下傻傻地看着他,来不及说一句话,他已经把身上的球服脱下来塞到她手里了,然后一言不发转身跑进了雨中。那件被泥水浸成黄色的球服上面用圆珠笔写着:你是我的女朋友了。我明天离开这里,给我打电话。另一行是他的手机号码。

从交往的第一天开始,他便霸道,凉薄,不容人。这奠定了两人关系的基调,此后的三年时间,除了放假回到故乡小城偶尔能看到他,唯一证明他存在的,就只有那个很少见回音的手机号码。

长孙如一点儿也不知道这几年他在做什么,都到了哪些城市,她对于他的所知,仍然是高中时代那冰山上的一角,以及她在心里日复一日强大繁华的想象。可是她拿自己没办法。从他陪她守候那段最痛苦的时光,她便已无法自拔。

3

一月底的时候,南方突然下起几十年不遇的大雪,雪成堆成堆地从天空中砸下来,整座城市变得粉妆玉砌。最开始人们都欢喜不已,过了几天,雪仍然不见停,而冰层已经达到几十厘米厚。所有通往外地的飞机火车汽车全部停运了,公交车也停运了,城里没水没电,超市里的食物被抢购一空,街上不见一个人影,人们都躲在房子里不敢出门,大雪把这座南方城市封印成一座冰冷的死城。

长孙如没车回家,房子里黑漆漆的,她冻得坐不住,只能缩在被窝里发短信:"这里下了好大的雪,好漂亮!"

她把手机塞回枕头底下,准备睡一小会儿,然而这一次他很快回了短信:"太好了,你们那里下了雪一定很有感觉,特别是河东的古城墙,你多拍些照片吧,回家了我来找你看。"

长孙如手指翻飞回讯息:"好的,我这就去。"这是不是意味着,今年回家可以看到他?

她穿戴整齐,捧着数码相机奔进雪地里,一出门便仰天摔了一跤,地上的冰太滑了。她艰难地穿过校园走上街,公交车的车轮都绑了大铁链,她听着脚底下骨碌骨碌的声音,仿佛坐上年代久远的火车,千里迢迢去投奔幸福。

雪中的古城遗址果然美不胜收,大雪遮盖了一切现代的痕迹,城边又鲜有行人,漫步在城中,长孙如几乎混淆了时代。

数码相机的最后一格电用完时,长孙如感觉到一阵凉意从脚底升了上来,结结实实地打了个冷战,这才发现靴子全进水了,袜子湿答答的,因为没有撑伞,雪花把她裹成了一个雪人,她一直没吃东西,手脚都开始不听使唤了,天色也早已经暗下来。

她把相机塞回包里,一步步挪到公交车站。主街道两旁黑漆漆一片,全部停电了,路上不见车,更不见行人。她在风雪之中等了许久,才有一个环卫工人告诉她最后一趟过河的公交车六点就走了。

的士没有一辆肯过河,她只能步行过桥。寒冷让她渐渐丧失了知觉,亦不知疲惫,脚下不停,眼前的景物变幻,漫天的雪花飞舞,她的脑子趋向空白,爱恨悲喜在这一刻渺如尘埃,沉沉地睡了过去。

睁开眼睛时她看到摇曳的烛影,轻轻跳跃在墙壁的吉他弦上,这是自己的房间。橘黄微光之中,周济的笑靥美如神明:"你醒了吗?"她挣扎着想坐起来,却没有丝毫的力气。

"你在发烧,先不要起来了。"

脚上的湿袜子被换掉了,旁边有一个暖烘烘的热水袋,身上盖了三床被子,最外面那床一定是他的。伴随着咕噜咕噜的声响,屋里满

第四章／无以安放的思念时光

是小米粥的清香,她想伸出头去看,却动弹不得。

"没有电你怎么煮粥?"长孙如第一次发现自己的声音也可以如林黛玉般弱柳扶风。

"上次煮火锅还剩了很多酒精,刚好救你一条小命。"

他搅动汤勺的动作温柔优美至极,有那么一刹那,长孙如心如澄镜,忍不住笑出声来。

他也跟着笑了:"这么冷的天,你以后没事别出去乱跑了,不是每次都这样幸运,正好晕倒在我回来的路上。"他的笑容拥有安定人心的力量。长孙如微笑着低了头,没说话。

"对了,背你上来的时候你手机响过,要不要拿给你?"

长孙如的手指有些发软,摁了好几下才打开新信息:"如如,光线太暗了也不要开闪光灯,否则画面感全被毁了。"所有的疲惫潮水一般席卷了全身,她缩进黑暗的被窝里,泪水无声地湿了整张脸。

接下来的许多天,整座城市依然被冰雪围困。长孙如住的那栋楼里只剩下她和周游,一直没有水也没有电,手机电池耗完之后等于彻底与世隔绝。

他们用脸盆从外面接回干净的雪,从菜地里摘下菜农们无心收割的青菜,周游的手艺很好,无论是青菜方便面还是青菜小米粥,都做得非常美味。长孙如把咖啡粉和着雪水煮出来,味道一点儿都不比咖啡厅里的逊色。屋外的寒风凛冽、冰天雪地,阻止不了他们努力生活的决心。

在这样的条件下生存,有时候长孙如不免矫情地想起张爱玲笔下的那两个人物,然后再猛然记起,在这座形同孤岛的城里,救她于危难、与她相依为命的,并不是叶无道,而整座城市倾颓了,成全的也不是她和叶无道。

在这短短的十几天里，他们相谈甚欢，相见恨晚，等到雪后天晴长孙如收拾好行李准备回家的时候，两个人仿佛已经相熟了好几个世纪。

周游把她送上火车，月台上，清瘦的少年笑靥如花，眼眸里却尽是孤单的神色，长孙如看了难受，便趴在窗子上对他说："火车马上就开了，你可以走啦，去买票早点儿回家吧！"

他一动也不动，继续站在那里那样笑着："我没有家可以回，这里就是我的家。"

她竭力忍住眼泪，对他笑道："那过年的时候我给你打电话，你自己记得煮饺子吃。"

火车开动起来，渐行渐远。少年站在原地不停向她挥手，声音被吹散在轰隆隆的车轮声和风声里："我等你的电话！"

长孙如的泪水滂沱而下。无关爱恨，无关风月，这只是纯粹的人类的孤单。刚刚好他们两个都体会到了，都能理解。

4

临下火车的时候，长孙如同时收到两条信息。第一条是叶无道的："大年二十九下午来城南找我吧。"

第二条来自周游："有人来接吗？吃点儿东西再坐汽车回家，别又饿晕了。"

大年二十九那天，长孙如起了个大早，先在楼下的理发店把头发吹虚韩版的大卷，再翻遍衣柜，一套又一套地试衣服，午饭都没顾得上吃。

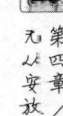

第四章／无处安放的思念时光

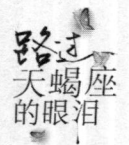

V字领毛衣外面披一件白色长风衣,艳丽的丝巾下半露出精致锁骨,长卷发乖巧地披在肩头,脚上再配一双细高跟的长筒靴,长孙如看着镜子里陌生的美人,轻轻叹了口气。

城南街头的风吹得她面无人色,站了好久,终于有人从后面拍她的肩膀:"如如。"

他留了浅浅的胡子,脸部轮廓更加分明了,嘴唇上翘轻轻笑着,黑漆漆的眼眸里却尽是长孙如看不懂的神色。不管她愿不愿意承认,他都不再是那个单纯善良的少年,时光的洪流带走了太多东西。

"无道,你上次让我拍的那些照片还没洗出来,明天再拿给你行吗?"长孙如红着脸,手指紧紧绞着手提包的带子。在他面前,她总是不由自主地唯唯诺诺、自觉卑微。

"哪些照片?"他一把揽过她的肩头,皱着眉头回忆。长孙如仰头看他,目光一暗,旋即清清浅浅地笑了:"就是那些河东古城墙的照片。"

"哦,那些。行,明天你打我电话吧。今天先带你去吃鱿鱼。"他牵着她的手闯红灯,在疾驰的车辆中穿行,风衣摆轻轻拍打小腿,翻飞如蝶翼。长孙如突然悲哀地发现,自己像极了一只风筝,线一断,便只有魂归天外这一条路可走了。

烤鱿鱼又腥又辣,长孙如不喜欢;他义愤填膺地骂国足,长孙如听不懂,但是她仍然乖乖坐在他身旁,津津有味地吃鱿鱼,饶有兴致地听他说话,只因与他如此靠近的时刻难能可贵。

他们在寒风中四处游荡,长孙如薄薄的风衣根本不能御寒,喉咙很快痛起来,但是她紧咬牙关,硬是撑住了没发抖也没咳嗽。街灯渐渐亮起来,她看着脚底下被拉长的两个身影,想起很久以前的那些事情,那个圣诞夜她扶他去医务室时一路上斑驳的树影,再之前的那个夜晚,他坐在走廊窗台上与自己偶遇,他们那么早就这样相互陪伴过了,只是他不知道,她也不准备让他知道。她所追求的全部,也不过就是在这样一个冬夜,与他相互依偎着走过一条长街而已。

走到一处有人叫住了叶无道:"道哥!"

叶无道领着她走向那一群人,男孩子一律坏笑着看长孙如,女孩子们的超短裙下没穿丝袜,腿被冻得乌青,斜着眼睛看别处,正眼都不瞧她一下。

"道哥,这就是那妞啊?挺正点嘛。"

长孙如被他们看得脸红,叶无道走上前去擂了那人一拳:"少拍马屁,今晚上有活动吗?"

"有啊,去唱歌,正等安茜呢。你去不去?"

叶无道正要答话,楼道里冲出来一个人,长孙如认出来那正是他当年的同桌——长腿美女安茜。她看到长孙如的时候愣了一下,冲她笑了笑,然后转过头冷冷地看了叶无道一眼:"叶无道,我看你还是别祸害人家良家少女了。"

"我们郎有情妾有意,怎么能说是祸害呢?如如你说是不是?"他对长孙如轻声说话,脸上的神色温柔之至,比梦境更美。"我今晚上跟他们去玩,那里太闹,不适合你,你回家好好休息吧。"他随手拦下一辆的士,打开后门。

长孙如张了张嘴,最后说出一句:"那你玩得开心点儿。"她对着车窗外灿烂地笑,挥手道别。然而一离开他的视野,那笑容就僵死在了唇角,寒意一阵一阵袭上来,她被冻坏了。

第二天是大年三十,中午吃过团圆饭,长孙如匆匆赶到城区照

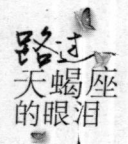

相馆取了照片,然后拨打叶无道的电话,打了几次都没人接,然后一直是忙音。过了很久他发了条短信过来:"临时有事到外地了,再联系。"

她失魂落魄地走在除夕的街头,家家户户门口都挂着大红灯笼,街道上铺满了鞭炮放完后的红色纸屑。在街道拐角处,长孙如看到一个熟悉的身影:"安茜,安茜!"她追上去拦住了那个高个子女生。"你好,我是长孙如,我们昨天晚上见过面的。"

安茜微微一笑:"我以前就认识你,有事吗?"

"我今天过来送些照片给叶无道,可是他去外地了,过几天我就要回学校,你能帮我转交给他吗?"

"他去外地了?"安茜脸色微微一变,"那……那好吧。"

长孙如小心翼翼地用纸袋子把照片封好,递到她手上:"拜托了!"北风吹起满地的红纸屑,她裹紧了风衣,走到路边等的士。

"长孙如,等一下!"安茜突然几步追过来,把纸包塞回她手上,"你还是亲自交给他吧。跟我来。"

她们扶着环形的栏杆朝下看,场子里摆满了台球桌,正下方那一局,手持球杆百发百中的男子白衣翩翩黑眼明明,时不时顺手捏一下疯狂女粉丝的脸,别提有多倜傥风流。

"也许你不会接受,但我必须向你道歉,当年他把那件脏乎乎的球衣塞给你是我的主意,那是我跟他打的一个赌,赌你会不会在第二天打电话过来,承认是他的女朋友。

"他老跟你说他又到了哪座哪座城市,事实上这几年他哪儿都没去,天天混在这儿,他爸爸老早就不管他了。你给他寄过来的钱,他都用来请我们吃夜宵,或者给他身边那些女孩子买衣服了。

"你对他这么痴情,我原本以为他会被慢慢感动,多多少少给出些真心来,谁知道……这么多年过去,我总算是看明白了,他谁也不喜欢,谁也不爱,最爱的就是他自己。他心硬如铁,根本不可能懂得珍惜任何感情。"

"道哥,你有短信。哟,是昨晚上那妞发来的。"大腿冻得乌青的女孩子拿起叶无道刚响过的手机,一惊一乍地嚷嚷。

"烦死了,不是刚刚才打发掉吗?念!"他头也不回,继续提着球杆找角度。

"无道,我给你送照片过来了。再见。啊……那是什么?"

叶无道在矫情的惊呼声中抬头,漫天的纸片像雪花一样洒下来,落满了整个场子。他随手抓住一张,那是两个小男孩穿着小裤衩,手拿蒲扇仰头看天上的星星,他们的身上盖着厚厚一层积雪,脸上却仍然是纯真欢喜的神情。

他俯下身,一张一张捡起来看,雪中的紫藤,雪中的古城檐角,雪中的青石板街道,雪中的残破宫灯,满世界清清白白的雪光,让他在遍地喧嚣中无端静默了。

5

那个万家团圆的日子,长孙如一个人沿着长街慢慢走着,那么多东西活生生地从身体里剥离,烟消云散在晚冬的长风里,许久,她掏出手机来打电话。

"新年快乐!吃饺子了吗?"她努力让自己的声音充满喜气,因为这个世界上丞有比她更孤单的人。

"吃了吃了,房东大叔叫我跟他们一起吃的年饭!好多好吃的,

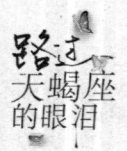

都快把我撑傻了。"小小的恩赐便让他欢喜如孩童,长孙如想象得出那温良如玉的少年眉飞色舞的样子。

"呵呵,你没跟他们家小孩儿争可乐吧?"

"哈哈哈哈,当然争了,抢到好几瓶,给你留一瓶咯。"他在那边大笑,过了一会儿停下来,"你是不是不开心?"

长孙如愣了一下,无声地笑了:"你怎么知道?"

"失恋了吗?那我陪你一会儿吧。"这句来自遥远旧时光的话,忽然清晰地从电话那头传来,嗓音、语调、凉凉的温情,都如出一辙,长孙如心下一惊,还以为自己又回到那个清凉夏夜,树影幢幢的窗台边。

"虽然说每个人都是孤单的,可是难过的时候有人陪一会儿,总是会温暖些吧。"他自顾自说下去,声音如同清冽的泉水。"我给你唱一首歌好吗?你上次弹给我听那首?"

"好啊,你唱吧。"长孙如在路旁找了条长椅坐下,静静看着空荡荡的街道,听他唱歌,他唱的是叶无道的那首歌。

他的声音没有童声的甘甜清脆,法语也不是那么标准,然而澄澈干净,像暖春时节遍地盛开的阳光,直直晒进人心里去。

"这首歌叫什么名字?你刚才唱的是什么意思?"

"《蝴蝶》,一首法国童谣。为什么狼要吃小羊?因为他们也需要吃东西。为什么漂亮的花朵会凋谢?因为那也是游戏的一部分。为什么太阳会消失?因为地球的另一面也需要装饰。"

那一个冬日的下午,在周游的歌声里,长孙如仿佛想通了许多事情。在回家的计程车上她沉沉睡了过去,再醒来的时候,看着车窗外的苍茫天光,已恍如隔世。她生命中一个重要的时代结束了。

回到学校,冰雪洗涤之后的城市纤尘不染,因为经历过绝境,人们更珍惜现时的阳光,岁月从未如此静好。

长孙如给周游带了自己家做的糍粑和腊肉,也要到了他帮她从小孩子手里抢来的那瓶可乐,他们在周游的房间里煮新年的第一个火锅,回味冰雪围困之中的一切,笑声随着窗外的柳絮泼溅了一地。

新年开始,长孙如的生活有了一些变化:她整理了手机通讯录,删掉了那个号码,接了更多的稿子来写,买了很多漂亮衣服,行走在江南早春生机勃勃的校园里,慢慢会觉得自己也是风景的一部分。

周游在外地实习,平时联系很少,偶尔回学校碰了面,一起吃饭散步,也丝毫不见生疏,经历过那么多之后,他们已经在不知不觉间成为了最有默契的那种朋友。

早春时节适合出门旅游,两个人都没有别的朋友,索性结伴同行。武大的樱园里樱花都开了,浅浅的粉色,一簇簇,一丛丛,如锦似霞,花朵的美好极容易让人全然忘却世间所有的不完满,更何况有心细如发的美少年陪在身侧,不时递上零食和水,笑容又与枝头花朵一般无二,长孙如一步一步,都如同行走在云端。

周游有时候童心大发,会拉着她走到僻静的角落,非常没有公德地抱着棵樱花树一顿狂摇,然后飞奔到一旁,给她拍漫天花雨中美人倚树而泣的绝美镜头,通常他还没按下快门,她便已经泣不下去,笑得抱着肚子直不起腰来。二十多年来,她从未如此快乐过。她似乎是把全部的笑容,都留到了今天。

之后的日子里,事情有了微妙的变化。长孙如不由自主地把身边细微的一切都发短信告诉周游,而他会在实习之余,编一些可爱的小程序或者FLASH(小动画)发给她。写字写到累了的时候打开看一

第四章/无从安放的思念时光

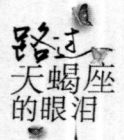

看，经常会忍不住笑出声来，然后所有的疲惫都烟消云散。一直在孤单中长大的男孩子，温暖贴心到让人心疼。

暑假长孙如接了一家杂志社关于凤凰的游记，刚好周游实习归来，于是又结伴同去。

白天的古城街道热闹繁华，热腾腾的姜糖，精美的银饰，苗家特有的荷包腰带，笨拙可爱的木雕。蜡染坊里的围巾衣裙颜色艳丽得让人窒息，长孙如看了又看，却终究没勇气挑战，一直在旁边沉默着的男孩子突然说话了："你平时的衣服颜色都好暗，去试一下吧。"

穿着缀满花纹的苗家衣裙从试衣间走出来，长孙如询问地看着等在外面的男生，他一直上上下下地打量："别换下来了，就这么穿着吧，我送给你。"

夜幕之下的沱江，江边客栈的红灯笼悉数倒映在水中，再加上各色河灯，幻化成了一江七色的水。他们放下两盏莲花形状的河灯，各自闭目许愿，长孙如偷偷睁开眼睛看着身旁少年微微翕动的睫毛，许下自己的心愿：我希望能与身边这个人，共此一生。

两盏河灯一前一后顺着水流渐渐飘远，长孙如的那一盏行至江心，突然烧起来了，火光明灭了一阵子，灯便化作灰烬，消失无踪了。她心里一沉：这是不是意味着她许的那个愿就此埋葬在江心？

周游在一旁看出了她的失落，嘿嘿笑了："傻瓜，河灯灭了，就说明你的思念被那个人接受了啊！"

长孙如的眼睛重新亮起来："真的吗？"

桨声灯影之下，男孩子的眼眸清明欲醉："我怎么会骗你呢，当然是真的。"

他们静静地站在江岸边，清凉的夜风轻轻拂动女孩子的蜡染长裙和满头长发。那一刻,不见山水,不见天高月明。

6

深秋的夜半,屋外霜花很重,长孙如起身披了条毛毯,继续坐回电脑前打字。嘀嘀嘀,QQ上一只蝴蝶的头像突然跳动起来,她无声笑了:那是周游。

"生日快乐!"长孙如打开聊天窗口,四个大字跳入眼帘。看了一下时间,才发现已进入十月二十日的零点。

已经很多年没人记得她的生日了。她敲键盘的手指有些颤抖起来:"谢啦!礼物什么时候到?"

"这就到了。打开吧。"

长孙如点开网址,周遭的整个世界陡然安静下来。

页面是水色暗花底纹,各个合适的角落,点缀着一些微微扇动翅膀的蝴蝶,颜色或淡雅或艳丽,栩栩如生。背影音乐是她喜欢的那首童谣,轻快跳跃的音符,将整个网站装扮成一座天真无忧的城堡。

网站里有很多分类,她一一打开看,那是她这几年来发表的所有文章,有些连她自己都没什么印象了,但是那个心细如发的男孩子找齐了所有杂志,一字不漏地全部搬到这个网站上了。依据不同的风格,设置不同的页面花纹和字体颜色,插图也都配在旁边。长孙如一行一行地往下看,那些都是叶无道不在的日子里她所有细密且欲语无人诉的小心思。如今有人把它们视若珍宝,不动声色地收容到这里。

接下来的整个晚上,她把那个网站看了又关,关了又看,后来起身倒水顺手拉开窗帘,才发现窗外鸟语花香,天光已大亮。一双尘世中平凡的小儿女,彼此懂得对方心中那一腔平凡的祈愿,与旁人无

忧,似可天长地久。

冬末的清晨,长孙如打开网站,看到一个洋洋洒洒上千字的匿名帖,似是而非的诗体,凌乱破碎的情绪,看了许久才大致看懂,来人对自己的生活态度做了很多剖析,最后得出结论:自己对不起这个网站的主人。

长孙如看到后来哑然失笑,他还是那样,从来不会去考虑别人的感受,永远把自己作为整个世界的中心。她想要在后面回复一两句什么,胸膛里却堵得慌,一个字也敲不出来。

在她几乎气结落泪的一小会时间里,蝴蝶君已经在后面跟了帖:"她正在欢心鼓舞地纪念被你抛弃一周年,楼主这番抒情非常应时应景。"

短短两句话,让长孙如从快要让她窒息的憋屈中解脱出来,她长长地舒了一口气,用轻松调侃的语气回了帖,然后安下心来继续去做自己的事情。

叶无道的头像在她的QQ上亮起来,他不说话,一张一张把以前她扔给他的那些雪中古城的照片发过来。

长孙如看着那些照片,当初的柔肠百结依稀可辨,然而那时候的自己爱的终究不是叶无道,而是孤单小女孩心目中仔细虚构出来的一个影子,其实是自己的想象而已。

冬天过去,又是一年草长莺飞,长孙如和周游乘着江风放一只巨大的蝴蝶风筝,泥水把他们的白帆布鞋溅得面目全非,索性光着脚在岸边草地上飞奔。

手机响了,长孙如掏出来一看,是一个陌生号码。

"如如,我到你们学校门口了,来接我吧。"凉薄的嗓音,是叶无道。

"嗯,好的。"长孙如把电话缓缓放回口袋里,抬头看着周游,"他来了。"

男孩子擦了擦额头上的汗珠,眯着眼睛笑了:"我陪你去吧。"

两个人都穿着脏兮兮的白鞋子,周游一只手举着蝴蝶风筝,另一只手不知不觉间牵起了长孙如的手。触碰到他温暖硬净的手指,长孙如微微红了脸,却不再害怕,他的坚定引领了她的平静。

远远地,她看到叶无道,背对着自己站在一棵树下,她和周游手牵着手走过去,他突然回过身来,周游的手猛然一抖,而叶无道的脸瞬间苍白如纸。

"哥!"周游轻唤了一声,听不分明是什么情绪,然而长孙如的手和蝴蝶风筝,早已在失魂落魄间松开了。

这时长孙如细细比较,才发现在水房初见周游那一夜并非自己的错觉:他们两个的眉目唇鼻都有着彼此相似的痕迹,只是因为浑身散发的气质完全不同的缘故,才让长孙如从未将他们联想到一起。

叶无道苍白着脸呆呆站了一阵,冷笑出声:"哼,原来你跟那个女人一直住在这里。"

周游满脸都是古道一般荒凉的神色:"哥,我不许你这么说妈妈。她已经走了。"

叶无道眼中的悲伤一闪而过,声音仍旧冰冷:"什么时候?"

"我们进一中之前,还在北方的时候。她不让我告诉你,怕你分心。"

"那我更加不会原谅她,她连死了都要瞒我。"

第四章 无从宣叔的思念时光

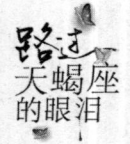

"哥,你不要再恨妈妈了。那时候她养不活我们两个的。"周游走上前拉住叶无道的手,哽咽出声,近乎乞求。

"滚!你没有资格,小时候装可怜让她抛弃了我,离开一中前还告我一状,卑鄙小人。你们两个,我都恨。我根本就不想见到你。"叶无道一脚把周游踹倒在地,回过头来狠狠地对着长孙如说:"长孙如你听着,这一辈子我已经认准了你是我的女人,我不会放手的。"

单薄的男孩子疼得坐在地上直冒冷汗,他看着叶无道大步离开的背影,无声地垂下头,浑身战栗如秋风中的树木。

长孙如轻轻抱住了他,眼泪猝不及防地掉下来。

7

他们也曾经有过天真无忧的岁月。那时候他们住在北方,叶无道大周游三岁,自小带着他到处跑,捉麻雀,捕蝴蝶,对他很好。有一年圣诞节全家人去公园看冰灯,人太多,周游被挤散了,在雪地里睡着了,最后是叶无道找到了他。年仅七岁的哥哥把自己的棉衣脱下来给弟弟穿上,背着他在冰天雪地里走路回家。周游睡得不踏实,一路乱动,叶无道就唱歌给他听,就是那首《蝴蝶》,他小时候最爱听的歌。回到家之后,周游是被妈妈哭着叫醒的,因为叶无道已经冻得生病了。

后来他们的爸爸在南方做生意赚了点儿钱,跟别人好上了,要跟他们的妈妈离婚。那时候她下岗了,没什么经济能力,法院不肯把两个孩子都判给她抚养,妈妈不得不让爸爸带走了叶无道。无道死命抱住院子里的石柱子,哭着不肯走,周游和妈妈也在旁边哭,可是有什么办法呢?最后还是叶无道被抱着上了车,兄弟俩从那一天起就懂得了什么叫死别生离。

到了南方，继母不喜欢叶无道，总是在爸爸面前煽风点火，倔强的小男孩动不动就挨打挨骂，他被打得经常离家出走，上学也经常逃课，但是他从来没有去北方找过妈妈和弟弟，妈妈寄给他的礼物也总是原封不动地退回去，他恨透了爸爸和继母，更恨的是妈妈和周游。妈妈每次都只能对着那堆被退回来的礼物偷偷抹眼泪。

周游初中毕业的时候，叶无道已经连着留了好几级，两个人同届了。那时妈妈由于长年累月操劳过度，身体已经不行了，临终前她把所有的积蓄都交给周游，哭着要他来南方找哥哥，好好照顾他，好好听他的话。

十四岁的少年独自坐了十几个小时的火车来到南方，考进一中，又央求老师把自己跟叶无道调到了同一个班、同一间寝室。可是哥哥早已经不是那个雪地里背他回家的小男孩了，他与弟弟形同陌路，不予理睬。自开学起，他很少回寝室，每天上完晚自习从来都不回宿舍睡，总是到第二天早上才跟通宿生一起来学校。

有一天晚上熄灯以后周游听室友说学校要派人抓通宵上网的学生，就沿着六楼的水管爬下去想找他回来。

他在一家网吧找到了埋头打游戏的哥哥，不断变幻的幽光里，少年的脸冰冷如铁。周游在他身后怯怯地叫了一声，他突然发怒了，返身给了他一巴掌："住嘴，不准这样叫我。"那是周游来南方之后叶无道跟他说的第一句话。从那一夜开始，他将彻彻底底地孤身一人。

他翻进围墙，顺着水管爬回六楼，途中默默地陪伴一个失恋的女孩子一小段时光，然后在寝室里静静等待天明。天一亮，他便到学校办了退学手续，远远地离开那个南方小镇，来到了这座城市，从此再

第四章／无从安放的思念时光

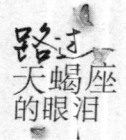

没有叶无道的任何消息。

原本是血浓于水的骨肉至亲,却成为彼此心底最深的隐痛,不敢轻易跟任何人提起,包括自己。

午后的阳光透过树叶缝隙流泻在周游身上,细碎如精灵,一直声音低沉的男孩子忽然转过头来对长孙如凄然一笑:"所以,如如,你不知道我刚才见到他的时候,心里有多高兴。妈妈走了,爸爸有他的新家,我和哥哥应该好好生活在一起,相依为命的。"

他们静静坐在树下的长椅上,一言不发。长孙如看着天上被吹散的流云,许多东西,正一片一片凋零在早春的风里。

接连许多天,长孙如一遍又一遍拨叶无道的电话,但是他从来都不接。于是她只能不停地发信息过去:"无道,错的不是你,也不是他,我们好好谈一谈。"

第二天,叶无道终于回了信息:"如如,我在月亮岛等你,不见不散。"

长孙如坐在公交车上给周游发短信:"今天晚上你回学校这边来吧,无道约我在月亮岛见面,我会把他带回来见你的。"发完这条信息,她便把手机关了,此刻周游回的任何字句都只会让她肝肠寸断,她怕自己忍不住会在人群中哭出声来。

月亮岛的景致与那天放风筝的江岸边一般无二,杜鹃啼,柳絮飞,兰花顶风香十里,然而长孙如眼中所见,恍若无物。

叶无道站在岛西侧的栈桥上,微笑着看着一步一步朝他走过去的长孙如,江风把长发吹得遮住了她的大半边脸,她也在笑着,裙裾翩飞。叶无道第一次发现,多年来在他面前低眉顺目的女孩子也可以有钻石一般璀璨的笑容。

"无道，待会儿我们一起回学校好吗？周游在那里等我们。"

他一遍遍抚摸她丝绸一般的长发，泪珠滚滚地流下来，将它们打湿："如如，除了你，我已经一无所有了。"

长孙如在他怀里轻轻地回答："怎么会？你还有周游啊。他一直在等你回家。"

"不，如如，你不明白的。如果你今天没来，那么我还有一线生机，我还有希望在将来的许多年里重新夺回你的人，重新夺回你的心。可是今天你来了，你为了他来见我，今生今世，我是无论如何也得不到你了。"

长孙如慌忙挣脱，才发现一直以来飞扬跋扈的男子此刻已泣不成声，眼中涌动的是绝望的潮水。

"你要我原谅他。可是我今生今世都不可能原谅他。小时候他抢走了妈妈，现在他抢走了你。所有我珍爱的东西，他从来都不会手下留情。所以如如，请理解我做出的这个选择，我要带着你走。到了另一个世界，我会对你好的，很好很好。"

长孙如来不及叫出声，便被他抱着倒进了江中。早春的江水寒意刺骨，她的意识渐渐模糊起来，朦胧之中，仿佛又回到一年前的那个大雪之夜，自己躺倒在雪地里，被层层的雪花覆盖，有一个人把她扶起来背在背上，是那个肩膀的温度让她从永久的梦境中醒过来。还有许多年前夏夜的窗台上，那个少年隔着丛丛树影陪在她身边，给了孤单少女终生不能忘却的温暖。

她在心里一遍一遍地念着那个名字，滚烫的泪水从眼眶里涌出来，渗进冰冷的江水中，她就要离开这个世界，可是她这样舍不得他。

第四章 无从安放的思念时光

就在她将要彻底失去知觉的瞬间,她的手被人抓住了,在水底本来应该听不到任何声音,可是她却清晰地听到那温润如玉的嗓音,在她耳边轻轻地说:"如如,如如,别怕,我在这里……如如,原谅哥哥,原谅哥哥。"

那只手很暖很暖,她在这浓浓的暖意中微笑着睡了过去,她多么希望,就这样永远地睡下去,再不醒来。然而睁开眼睛,天终究是亮了。

那温柔腼腆的单薄少年,救下了她和叶无道,自己却长眠在冰冷的江水里。脸色苍白如纸,唇角冰冷,黑如点墨的眼睛再也不能睁开对着她笑,指尖再也给不了能让长孙如安心的温度。他匆匆请了假来看哥哥和心爱的女孩子,却因此而与他们永隔天涯。

长孙如一动不动地抱着那具冰冷的躯体,把头静静地靠在他的胸膛上,一滴泪也没流。她只是想起了那次在沱江亲手放出去的那盏河灯,那么美,那么亮,承载了她那么重的愿望,最终却那样突兀地在江心起火,燃成了灰烬。

8

一个月之后长孙如领着叶无道打开了周游的房门,清晨的阳光静好,浅浅布了一层灰尘,一夕之间苍老多年的男子看到贴满墙壁的蝴蝶标本,整个人颤抖起来。他走上去轻轻地抚摸那些鹅黄色的小菜蝶,仿佛抚摸年幼时弟弟娇嫩的脸。

"他从小就特别喜欢蝴蝶,这些都是小时候我带他捕的,在老家的油菜花田里。没想到他一直留着。"

他小心翼翼地取下一个,用袖口擦掉镜框上的灰尘,镜框背面有字。满墙蝴蝶标本背面的纸板上,每一个都写了字,从稚嫩的笔迹到清秀隽永的隶书，一笔一画，记载了那个孤单少年二十年的光阴。

哥哥，今天我错了，我不该睡着了让你背回来，还穿了你的棉衣，我知道发烧咳嗽很难受，等我长大了，我要买好多好多棉衣给你。

哥哥，今天我本来是要抱住你不让你被爸爸带走的，可是妈妈说如果你不跟爸爸走就会饿死，我不想让你饿死，所以只能让爸爸把你带走了。等我长大了，我要赚很多很多钱，然后我们永远都不分开。

哥哥，今天妈妈走了，我好伤心，从今以后我就只剩你一个亲人了。

哥哥，今天你打了我，可是我一点儿都不疼，你吃的苦不知道比我多多少倍。你不想看到我，我明天就走。但是我一定会再回来找你的。

哥哥，今天有一个女孩给我弹了你小时候经常唱给我听的那首《蝴蝶》，她弹得不是很好，可我还是哭了。哥哥，我很想你，希望你一切都好。

哥哥，今天我没有告诉她最后两句歌词，我很喜欢她，可是我不敢告诉她。等我能养活她了，等我配得上她了，我才能开口表白。最后那两句歌词你还记得吗：为什么你要我握着你的手？因为和你在一起，我感觉很温暖。哥哥，你和她，都是能让我感觉温暖的人。

哥哥，今天我跟她在沱江边放了河灯。她穿着蜡染长裙，眼睛亮亮的，好漂亮。我许的愿是希望你和她都能幸福一生。不知道你有没有找到自己心爱的姑娘呢？反正我已经找到了，我会好好照顾她一辈子。

两个人的身影静默地停在窗前的地板上，日光如水淌了一地。

第四章 无从安放的思念时光

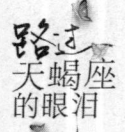

十年之后,流沙瀑布之前。世界上落差最大的瀑布打在裸露的白石上,惊心动魄的美好。这里正在举行一场婚礼。新娘没有穿婚纱,穿着一套当地特产的蜡染长裙,简单的式样,艳丽的花纹,愈发衬托得她皎洁静美如云间明月。

她依偎在高大俊朗的新郎身边,幸福地微笑,镜头定格的瞬间,忽然飞来一只五彩斑斓的大蝴蝶停在她胸前,翅膀灿烂开展,微微扇动,像极了多年之前某人熟睡时微微翕动的长睫毛。众人屏声静气,随后欢呼声如雷,新娘却在众人的欢笑声中偷偷落泪了。

"你现在放心了吗?我已经实现了你的愿望。我一定会幸福一生的。"

她含泪看着那只蝴蝶重新飞起,穿过瀑布隐入水帘的另一边,耳畔响起多年之前除夕的清冷街头某人唱给她听的那首歌:

"为什么狼要吃小羊?因为他们也要吃东西。为什么漂亮的花会凋谢?因为那是游戏的一部分。为什么太阳会消失?为了地球另一边的装饰。为什么时间会跑得这么快?是风把它都吹跑了。为什么你要我握着你的手?因为和你在一起,我感觉很温暖。"

几许绀蓝做白头

文/吾 佟

1

2004年前后,我为完成一篇关于古法染布的民俗学论文,曾在云南周城居住月余。

云南多白族,善织染,那段时日我最常做的事,就是在清晨时分,游荡在这座扎染之乡的大街小巷,看一匹匹蒸煮后的染布被高高悬起,漾起满域的姹紫嫣红。

可在我眼中,所有的缤纷浓淡,都不及出自阿特利老先生之手的一匹蓝印花布来得古老美丽。

阿特利老先生是英国人,却意外地有做古法扎染的好手艺。他在1987年来到中国,定居在我临时住所的隔壁,有一方不大的院子,一半植着蓬勃的板蓝根,一半鳞次节比地悬着若垂自天幕的匹匹蓝印布。而他白墙青瓦的小房子,就在深浅不一的蓝后若隐若现。

他中文流利,讲话时常用他那双清澈的灰蓝色眼睛友善地望着我,让我不禁感慨男人的魅力果然源自岁月的沉淀。他看起来只有七十岁,所以当得知他已八十五岁高龄时,我大吃一惊。

无从安放的思念时光

"您刚刚说,院子里的布都是您亲自染成。以您的年纪,还这样操劳……"他身边并无小辈,八十多岁还要挂布浆洗,是为补贴家用?可这样问实在冒昧,我一时犹豫起来。

阿特利老先生笑了。他从洗得发白的衬衣中摸出一只怀表递给我,里面是一张黑白素描。

素描中是一个少女美得惊心动魄的剪影。薄似纱的垂布后,她正专注抻平褶皱,五官隐没在那个年代特有的柔焦中,只大概看得出颈臂,脊背与腰身妙曼的曲线。这一动作如此简单,可不知为何,我却忽觉此情此景极美极安宁,一颗心沉甸甸地安眠至地老天荒。

表针静止在九点二十七分,仿佛她的岁月也定格在了最美好的年华。

"论扎染,我永远比不上她。"他的眼神迷蒙起来,眸中的光芒穿越如织岁月,与1937年那个误入桃源的年轻异乡人渐渐重合。

2

这个定格在时光中的少女名唤织瑾,向织瑾。

织瑾是个染娘,1937年时她恰是双八好年华,已能染出乌镇最好的布。远近的媒婆踏破了织瑾家的门槛,织瑾的爷爷却油盐不进,毫不松口。

邻里议论着,织瑾爷爷这是想攀一门高亲!而阿特利就是这风口浪尖上的"高亲"。

"织瑾,板蓝根要摘什么样子的?"阿特利挎着竹篮蹲在一排板蓝根前,正搔着卷卷的头发苦恼着。

"叶子饱满的,颜色……比你的眼睛更蓝一些。"织瑾从高悬的蓝布间探出脑袋,眼睛湿漉漉的,像浸透了江南的雨。

等板蓝根摘好,织瑾指挥阿特利将它们混上石灰和水搅拌。

"绀蓝,你还是什么都想不起来吗?"织瑾一边监督染水的浓淡,一边和他闲聊。

阿特利摇头。织瑾说他的眼睛是绀蓝色,于是现在他就叫绀蓝。

阿特利是在一个月前被织瑾爷爷捡回家的。"毛小子很凶险的!"老爷子逢人便吹嘘自己的英雄事迹,"那天晚上我听戏回家,过桥时就听见桥下'咕嘟嘟、咕嘟嘟'地冒水泡,我提灯这么一瞧,啊哟!这不是个人吗!"

没人知道阿特利为何会凭空出现在乌镇的夜河里,包括他自己。爷爷说,他许是从桥上摔下来,入水时磕到了脑袋,忘了自己生于何处、姓甚名谁。

奇的是,这个卷发蓝眼的洋人,居然说得一口地道的南腔。"大概是上海那边来的,"爷爷私下里和织瑾说,"那边有租界,洋人从小就长在上海。看他衣服的面料,值钱的。"又拍了拍织瑾的头,"救了他,就是一份恩情。他是洋人,等哪天老爷子我不在了,他也许还能照拂着你……"

"嗲嗲(爷爷)你又乱讲!"织瑾气得一把捂住爷爷的嘴。

1937年的中国,是飘荡在两段战乱风雨之间随时会倾覆的独木舟。而风雨飘摇中最富足安逸者,当数高鼻深目的洋人。

爷爷是早年举家从遥远的云南迁来的白族人。奶奶病逝得早,织瑾父母诞下织瑾后,又去上海谋生计,从此便杳无音信,留下织瑾和爷爷相依为命。老爷子年岁渐高,这两年身子骨也衰败了,越发担忧起织瑾的前程。给一个洋人的恩情,也许就是留给织瑾一条命。

第四章 无处安放的思念时光

阿特利身无分文,无处可去,就住在织瑾家养伤。相处月余,跟织瑾染布送布,也渐渐懂了些门路。

"瑾囡儿,送布喽!"

"好哟!"

织瑾答应着,进屋取了爷爷烫好的布。这些布将被送到北栅的成衣铺,制成各式好看的衣裳。

"我跟你去。"阿特利说。动荡年代匪寇猖獗,北栅尤甚,"太湖强盗"的恶名能止小儿夜哭。

"你留着,看家。"织瑾说,又压低了声音,"也看着哆哆吃药,他这两天咳得重了。"

许是撞到脑袋的后遗症,阿特利总是在七拐八拐的巷子里迷路。他眨巴着绀蓝色的眼睛,耷拉着嘴角,像一只担忧的大型卷毛犬。

"回来给你买桂花糕。"织瑾笑弯了眼,"王嬷嬷家的,加好多红糖。"

可是那天阿特利等了很久,直到染水从水缥(近似浅天青色)直浓绀(近似深蓝绿色),织瑾和桂花糕也没回来。

3

阿特利是在东栅边的桥头发现织瑾的。谢天谢地,她没有出东栅,阿特利只记得住东栅的曲水和孤桥。

织瑾抱膝蜷缩在桥头,小小的一团,可怜极了。她发丝凌乱、衣衫沾灰,听到阿特利的声音,从臂弯中抬起一对红彤彤的眼睛。

"乌镇北栅头,有天无日头"之说,并非危言耸听。织瑾送布回来时,遇到了土匪,钱被抢了不说,还差点儿遭土匪欺辱,幸好遇到了成衣铺的顾七，许了土匪很多好处，才得以解围。

顾七是成衣铺老板的独子。读过新式学堂，接受着新思想，却并非空有一腔热血的天真学生，懂得迂回与变通。

织瑾不想回家，阿特利陪她坐在桥上，两个人呆呆地望着桥下的无忧无虑的野鸭。

"若没有顾大哥，也许今天我就回不来了。"织瑾闷声说，"我真没用。"

胸口处一团不明缘由的闷气堵得阿特利烦躁不堪。

"不用什么顾大哥，"他忿忿地说，"以后我保护你。"

织瑾低着头，一截白玉似的颈子浸泡在婵娟光辉里。

"你迟早要走的。"她低声说，"乌镇，留不住你。"

它留得住。可阿特利觉得，有些话没必要都说出来。

这件事到底没有让爷爷知道。那天他俩像没事人一样回家，只是在爷爷看不见的角落里，两人互相眨了眨眼，藏住了一个秘密。

4

可是这个秘密并没有藏住很久。

除夕将至，一日辰时，染坊的门被一群人敲开了。五六个打扮吊儿郎当的男人们挂着伪善的笑，乌泱泱围满了院子。打头阵的是那天的土匪，他皮笑肉不笑地对爷爷说，想讨织瑾做妾。

爷爷一时差点儿背过气去。男人们上来就要架走织瑾，织瑾灵活一转，一溜烟从人墙空出的缝隙中跑出了院子，阿特利咆哮着挡在门口，和他们扭打作一团，拳头快且狠，生生震住一群狼匪。可双拳难敌四手，一个匪徒抄起木棍，一棍敲在阿特利的后脑上。

第四章 无以宣抒的思念时光

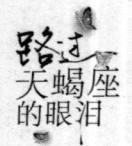

可他竟像铜铁铸成，回身一腿踹开了匪徒。所幸土匪头子事先交代不能见血，不吉利，匪徒们才没亮兵刃。

就在胶着的当口，织瑾终于带着保安团回来了。染坊位置偏僻，邻里又惧怕悍匪，她拼命跑了许久，整个人虚脱般大喘着气。

土匪头子无意跟保安团正面交锋，撂下一句："半个月后的除夕夜，再来带人走。不应的话，小心老头子的命！"就带着一群人扬长离去。阿特利一口气松懈下来，瞬间天旋地转，脑后钝痛，耳边织瑾的惊呼若在天边，倒下的瞬间，他恍惚看见了织瑾苍白的脸色，和织瑾身后另一个男人，是顾七。

战乱年代匪患猖獗，保安团怎么会每个都管得过来呢？织瑾深谙这个道理，她先找的人是顾七。顾七凭着关系，请得保安团出动了。顾七又帮了她一次，这是天大的人情。

"我真的不知道该怎么回报他。"织瑾低头舀了一口杂粥，喂到阿特利嘴边。这是伤后第四天，阿特利头仍晕得厉害，找不准自己嘴的位置。

粥软糯鲜香，阿特利却觉得它酸透了。

"你们中国人不是有句话吗？'救命之恩无以为报，唯有以身相许'。"他阴阳怪气地说。

织瑾呆望着他，忽然红晕漫上脸颊，慌慌张张地低头，将勺子胡乱塞到他鼻下。

"烫，烫！"阿特利嘶哈着咽下，半晌，忽然低声问，"你会吗？以身相许。"

织瑾垂眸，耳垂红透欲滴。"先养好你的伤吧。我……"她声音渐弱，似又想起了什么，脸色又颓败了。

顾七救得了她一次两次，救不了她一辈子。半个月后的除夕，也许命运再由不得她。

四五天后，阿特利恢复如常。除夕临近，织瑾却越发沉默。她有时坐在门槛上发呆，有时盯着阿特利卷卷的头发和绀蓝色的眼睛出神。

他们不是没想过离开。可爷爷的身体终于在那天之后垮了下去，再爬不起床。

爷爷喜欢听戏。病重后，他不能去镇里戏台听花鼓戏，织瑾就每天唱给他听。临除夕还有六天时，爷爷在织瑾唱戏时睡着了。织瑾掩上门，阿特利正靠在墙边等她。

"想不想离开这里？"他问。

织瑾一愣。

"你……是不是想起什么了？"她咬了咬唇，神色复杂。

"想离开吗？"阿特利不答，绀蓝色的眼睛里写满了固执。

"想。可我不能丢下爷爷。"织瑾垂眸，"那些土匪不会善罢甘休的。如果……如果你想走，就离开吧。乌镇留不住你。"

"我不走。"阿特利飞快地打断她，"我什么都没想起来。我哪儿都不去。"

他盯着她湿漉漉的眼睛，又重复说："你们不走，我就哪里都不去。"

听到这里，我终于按捺不住好奇，问阿特利老先生，那时他究竟有没有恢复记忆。

老先生抿了口茶，淡淡道，那一棍也算因祸得福，之后每天都有

一些记忆碎片涌入脑中。他隐隐记得自己姓阿特利,祖籍是英国,从小在上海租界内长大。

可是时间没有体贴地等他寻回更多记忆,最后他们仍旧离开了乌镇。

5

临近除夕时,青镇来了一班自北地跋涉而来的戏班子。爷爷的戏友看望爷爷时,给了他两张票。

"我去不了,你们俩去听听,"爷爷今天气色不错,老顽童似的眨了眨眼,"学会了,回来给我唱。瑾囡儿每次就那两折,听得我都厌了。"

青镇与乌镇隔河相望,爷爷嘱托捎给成衣铺的布和杂物沉甸甸地坠在阿特利的背上,织瑾垂头走在他身旁。他们越过堤上柳,越过一座又一座桥,在其中一座桥上,织瑾忽然伸出手,轻轻碰了碰他的手。

阿特利停住脚步。夕阳余晖披在织瑾身上,她若着一身新嫁裳,脸庞染上落日的橘红色。就在这座桥上,他被善良的老人救起,他与她就此相识。

阿特利试探着拉住了她的手,她没有挣脱。织瑾的手微凉,不细嫩,却很软。阿特利用自己的掌心紧紧包住它,两只手很快变得汗涔涔的,可直到听完了戏,月上柳梢头,他也没有松开她的手。

他们赶在成衣铺关门前送去了包裹。顾老板接过包裹摇了摇,仔细辨别了里面的叮当响后,摇头说:"老爷子弄错了,我没有要他捎带染布以外的东西。"

"不会呀,爷爷还特意叮嘱绀蓝,听完戏给您送来的。"织瑾说,"我们打开它,看看是不是您的东西。"

包裹中是一个精致的木盒。几件首饰,一大叠银票,和半盒零散的铜板。那几件首饰织瑾再熟悉不过:爷爷每次思念奶奶时,都会取出把玩。

——这是奶奶的遗物。

织瑾忽然嘴唇哆嗦、面如死灰,疯了一般冲出店铺,向家的方向飞奔,将大声唤她的阿特利和顾老板抛在身后。

近了,更近了,遥遥地,她望见自家的房子在黑夜里绽出最灼热、最炫目的橘红,如一场声势浩大的烟火。

她终究晚了一步。

十六岁前,织瑾的家是院子东侧那一畦蓬勃生长的板蓝根;是西侧那一排排遮天蔽日的蓝印花布;是屋内手艺一流,喜欢听戏、喜欢吹牛的爷爷。

而现在,织瑾的家是一片熊熊烈焰、浓墨黑烟;是邻里嘈杂的扑水声、吵闹声;是两只不大的木盒子,一个装满家中所有值钱物品,一个装着爷爷的骨灰。

邻里告诉织瑾,他们不知何时起的火,等到发现时,火情已然不能控制——屋内空了油缸,失了柴草,它们被铺洒在每个角落。

爷爷将最后的嘱托印在了给成衣铺的布上。除了织瑾,没人看得懂这奇怪的白族文字:瑾囡儿,跟他走吧。

这位善良而倔强的老人,宁死也不愿做孙女的绊脚石。

那晚织瑾抱着爷爷的骨灰,在桥头呆坐整整一夜。她自始至终没有掉一滴眼泪。可阿特利觉得,整座城的河水都哀恸着。

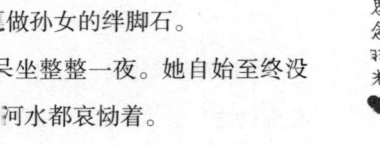

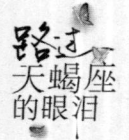

日光再次升起时,织瑾终于疲惫地靠在他肩上,说:"绀蓝,我们走吧。"

她竟似在一夜之间长大了。

1937年的除夕夜前夕,月静无云。织瑾抱着两个木盒,阿特利撑起船篙,他们在细碎的漩涡中,与乌镇渐行渐远。

6

"你们去了上海吗?"我问。

"是的。"

"之后您一定恢复了记忆,带着织瑾去了租界,从此岁月安稳、不问朝夕。"

阿特利老先生笑吟吟地看着我,我耸了耸肩膀:"小说里都是这么写的。"

"看来我的人生,真不像小说。"

刚到上海那年,他们的生活穷困潦倒。两人没日没夜地打零工,睡通铺,织瑾染上了风寒,险些没挺过次年冬天。阿特利索性拿出所有积蓄,租了间潮湿的阁楼。

中秋时,阿特利跑去码头卸了一天的船货,终于赶在日落前买了块沈大成的月饼。是蛋黄白莲蓉馅儿的,织瑾咬了一口,悻悻地说不喜欢。

"我也不喜欢。"阿特利一本正经地说,"你不吃,我们就扔了。"

织瑾拗不过他,这才一小口一小口、珍惜地啃了起来。蛋黄和莲蓉的香气让人幸福得想要落泪,煤油灯下,阿特利的轮廓深刻而温柔。他以桌为纸、以手为笔、以水为墨,教织瑾写字。

"这念什么?"

"向织瑾。"阿特利答道,"你的名字。"

织瑾看着它一点儿一点儿风干消失:"绀蓝,那你的名字呢?"

阿特利缓缓描出"Utley",想了想,又在旁边写上"绀蓝"两个字。

"我姓阿特利。"他说,"我也叫绀蓝。"

织瑾静静望着它们,伸出细白的手指又重新描上消失的"向织瑾",三个名字亲昵地挨在一起,织瑾悄悄笑了。

"阿特利,向织瑾。"她重复一遍,又悄悄叫了一声,"绀蓝。"

蓦然间笑弯了眼。

中秋以后,他们终于迎来曙光。织瑾痊愈后,因一偶然机会得到一间染坊的老板赏识,被请去染布。而阿特利去年申任的一所大学传来消息,答应聘用他为英语助教。

他们都算是回归本行了吧,阿特利想。他一直未曾告诉织瑾,他都记起来了。

他只是不愿讲,不愿回到过去的生活,也不愿离开这间潮湿的阁楼。世事艰难,他却希冀时光慢一点儿、再慢一点儿,她就还是他记忆里那个无忧无虑,染布织衣的姑娘。

如果没有重逢顾七,他几乎以为他们可以就这样,走完一生了。

7

顾七来时,是1939年的9月,窗外正飘落一场秋雨。

第四章 无从安放的思念时光

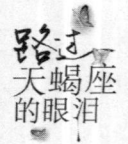

织瑾走后,成衣铺布源质量下降,生意惨淡。顾七辗转打听到织瑾的处所,想请她继续染布。

"我会每周来取。"顾七说,"成衣铺在上海开了分铺,是我在打理。"

他带来了一叠红艳艳的花布,纹路奇异而美丽,像是一折古老的秘密。这是爷爷生前亲手染成的,留给织瑾做嫁衣用,一直托顾老板保存着。

织瑾颤抖着手接过,摩挲过它的每一道花纹。

那晚他们留顾七吃饭。织瑾做了满桌乌镇家常菜,热情地招呼顾七,阿特利在一旁忍不住将筷子咬得咯吱作响。而顾七风度翩翩地微笑着,和织瑾谈染布,谈乌镇,谈中国。

阿特利承认,他对顾七一直报有无法言喻的敌意。从前,他以为织瑾爷爷默许他住下,是对他身份的默认。与织瑾相互扶持两余年里,他们虽未有过任何逾越之举,可他从未怀疑过自己的位置。

可是现在,顾七轻描淡写地给了他当头一棒:他拥有织瑾的嫁衣。

"他送你红布,是什么意思?"他忍不住酸溜溜地问织瑾。

"只是爷爷的遗物,没什么意思。"织瑾不咸不淡地回答。

"他来找你,一定辗转许久,打听多次……"

"他救过我。"织瑾打断他,摆手表示不想继续这个话题,"我要去染坊,晚上不回来吃饭了。"

自从顾七来过,织瑾就忙碌了许多。她生病的那段时日,阿特利教给她的英语派上了大用场:有次一个洋人看中了染坊好多匹布,除了织瑾,没人懂得他在"呜里哇啦"说些什么。织瑾一番周旋,终于敲定了这桩大买卖，老板重重奖赏了织瑾，将染坊全部的对外任务交给了她。

织瑾并不忘本，她依然主动设计着染布的花色。染坊生意蒸蒸日上，织瑾也开始像一株玫瑰般，渐渐绽放出夺目的艳色。

她烫了新式妩媚的卷发，眉梢眼角带着天真的风情，仍穿自己染出的布衣，却贴身勾勒着玲珑的曲线。

她的变化快得让阿特利心惊且凉，他快要不认得她了。她回家越来越晚，每日扎根在染坊，周旋在洋人、中国人之间，笑语宛如小鸟啁啾。

他不知她于何时何处，练出了这一身与人打交道的本事。

一次他悄悄去染坊找织瑾，给她送刚出炉的点心。可远远就望见顾七在跟织瑾谈天，两人笑着聊了许久，那匹做见面借口的布被他们一起捧在手心上。

阿特利漫无目的地游荡许久，最终若无其事地回了家，他别无他法，只能自我宽慰，织瑾仍跟他住在那间阴暗潮湿的阁楼里。

这宽慰被打破在1940年的除夕夜。

阿特利将八菜一汤准备妥当，特地捎去沈大成买了些点心。然后他坐在饭桌前，直等到饭菜变冷，织瑾也没有回来。

织瑾是在第二天，跟着顾七一起回来的。

"绀蓝，我有话想单独对你说。"一进门，织瑾甩来开门见山的一句话。顾七体贴地从外面掩上了门。

"吃月饼，蛋黄莲蓉馅儿的。"阿特利笑了笑，指了指点心碟子。

"我不喜欢。"织瑾轻声说，"甜腻。"

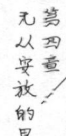

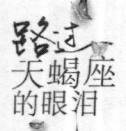

"那吃桂花糕,多加红糖的。"阿特利恍若未闻,仍笑道。

"那是你喜欢的。"织瑾抬眸,直视他,"绀蓝,我要搬出去了。"

"哦,"阿特利若无其事地说,"这里的确是太潮湿了,我们搬去哪里?"

"阿特利。"织瑾打断他,"是我,要搬出去了。"

阿特利的睫毛一颤。

"过了昨天,我已经20岁了。"她望着他的眼睛,一字一顿地说,"我不小了。"

她的眼睛仍如从前般湿漉漉的,阿特利辨不清其中情绪。

"我早该知道的。织瑾,你是中国人,最懂得'救命之恩无以为报,唯有以身相许'的道理。"他惨笑,"你曾说,乌镇留不住我。事实上,织瑾,乌镇留得住我,而我留不住你。"

8

那桌八菜一汤和两碟点心,最后被原封不动地喂了流浪猫狗。

织瑾动作很快。除了那两个木盒子,她什么都没拿走。她离开后,阿特利辞去了助教工作,退租了阁楼,回到了租界,回到了他应在的位置——情报翻译。

他不只懂得英语汉语,还精通日语法语德语。18岁那年他为任务来到乌镇,按组织计划佯装落水,只是没承想,落水后触到暗石,他竟因此失忆。

组织本应就地格杀他,可上面惜才,在派人来确认他真的失忆后,放了他一条生路,只是仍密切关注着他。

他的记忆恢复得不动声色,表演毫无破绽。他曾想就这样在谎言中陪着织瑾走完一生,却终究事与愿违,兜兜转转,一切重归原点。

回租界之后,他再没去找过她。

1941年,欧洲战争爆发。他作为英租界中撤离的第一批成员,翻译了最后一条消息。听到那个名字时,他一向缜密如机器的大脑有一瞬的迟疑。

顾明朗,顾七,和"那边"有关系。那一刹那,他的脑中电光火石般闪过无数念头,英国与中国的胶着,篡改信息是叛国罪……最后,它们定格在一副画面上:一个少女,正专注地抻平垂布的褶皱,她穿蓝染的布衣,背影妙曼,有一双湿漉漉的、浸透江南烟雨的眼睛。

阿特利做出了自己职业生涯中最疯狂、最出格,也最随心的事,他将顾七的名字,改成了另一个不相关的名字。英军即将撤离,不会再重视中国人的消息,他这样宽慰自己。

可他仍旧无法做到自欺欺人。即使天涯相隔,他仍不愿她不快乐。不能保护她的手啊,就只能尽己所能,庇佑她的牵挂。

9

"之后你们就失散了,对吗?"我问,内心深处隐隐为阿特利先生鸣不平。

"这也是小说里的桥段吗?"阿特利老先生笑了笑。

"我们没有失散,"他轻扯起自己的衬衣,安然亲吻了一下,"她永远在我身边了。"

1941年,阿特利随军回了英国,从此一生在风雨中飘摇,再

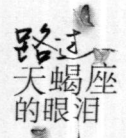

无牵挂。

许是他从不惧死,死神便惧他。直到1986年,他67岁,经历过大大小小的战役后,终于恢复自由之身。

他不知何处是归乡。他身上流淌着大不列颠人民的血,却从小看着外滩的朝阳长大,想了许久,他决定回上海。他有种自私而隐秘的期望。不知她的生活是否平和安宁,她的儿孙是否已长大,她是否还记得他。

上海跟记忆中完全不同了。他费尽周折,最后却只找到了老无所依,仍旧一人漂泊的顾七。

听到这里,我忽然隐约猜到了结果。

阿特利老先生闭上眼睛,仿佛极疲惫地停了一会儿,才说:"她骗了我。"

织瑾终生未嫁。

1939年,顾七重逢织瑾,将一袭嫁衣染布转交给她。染布上繁复的纹路,是织瑾爷爷从白族祖先那里继承的古老文字加工而成,是织瑾曾经唯一认识的文字。

她这才得知,她的父母并非弃她而去,而是双双投身抗战事业、隐姓埋名。而爷爷的染坊和顾家成衣铺,竟也是乌镇上海情报中转的重要一站。

爷爷烧的那一把火,是这位老人一生中唯一的自私时刻。他不愿孙女坎坷不幸,他只愿她得他人庇佑,富足一生。

爷爷和织瑾离开后,整个乌镇再没有白族人,也再没有人懂得这种暗语。随着战事告急,这一位置越发不能空缺,顾七走投无路,只得来找织瑾。

"顾大哥,你救过我两次。"织瑾说,"我不会辜负父母爷爷,也不会辜负你。"

顾七说:"绀蓝是洋人,有他的身份做掩护,我们的工作会顺利很多。"

织瑾定定地看着他,一字一顿地说:"别的都可以,只有绀蓝不行,谁都不能碰他。"

她回家越来越晚,拼了命地学习各种技能,认识了一个又一个洋人。每日她精疲力竭时,唯一安慰就是那间潮湿阁楼里的一盏青灯。

直到那年除夕夜,她发现有人跟踪她。那天她游荡在上海的大街小巷,万家灯火亮起,她却再也不敢找回属于自己的那一盏灯。

她一夜未归。次日,她带顾七一起回了阁楼,不顾心脏处撕心裂肺的剧痛,若无其事地对那个人说:"绀蓝,我要搬出去了。"

1941年,向织瑾身份暴露,被捕。同年,向织瑾被秘密处决。而顾七不知缘何,竟逃过一劫。他连夜离开上海,只带走了一些随身细软,两个木盒,几尺染布。

1986年,顾七重回上海,同年又逢阿特利。他终于能安心将木盒和染布交付于他,了却故人心愿。

10

阿特利带着木盒和染布去了云南。那里是扎染之乡,有遮天蔽日的蓝印花布,和许许多多像织瑾一样的白族人。

他花了两年的时间,终于从一位白族老人那里学会了白族文字,

看懂了织瑾留给他的几尺染布上,最后的话。

致绀蓝:

见字如晤。

即使你曾言你姓阿特利,我仍喜欢称你为绀蓝。大概是因为,阿特利属于英国,而绀蓝只属于我。这些话,清醒时我是决计不敢说出来的,可是以古文做掩,没人知道我曾说过这些话,也没人知道我曾爱过一个人。

选择了这条路,我已有一生坎坷多艰的觉悟。这匹布我会留给顾大哥保管,也许有朝一日,它会在颠沛流离之后,辗转来到你身旁。

——这样一想,忽然有些平白嫉妒它。

绀蓝,有些事,我仍想让你知道。

我喜欢蛋黄莲蓉馅儿的月饼。

我喜欢加很多红糖的桂花糕。

爷爷救过你,而你救过我。救命之恩当以身相许,你可不许耍无赖的。

还有,我最喜欢绀蓝色。

织瑾字
民国三十年十月初十

忽然脸上传来痒意,我伸手一摸,满手湿润。

"我找不到她的骨灰。"阿特利老先生轻抚着怀表中织瑾的剪影,"顾七说,她是在晚间九点二十七分被处决的。而这只表,正是在九点二十七分停止转动的。"

"我的衣服好看吗?"他忽然腼腆地笑了笑,"这是织瑾留给我的那匹布,缝缝补补正好一件衣裳。"

屋外风乍起,一方蓝印花布迎风飘舞。阿特利老先生起身歉意地一笑,说:"起风了,我得去收布了。"

他的身影挺拔,步伐很稳,背影消隐在一方飘摇的蓝布之后。那是我最后一次见到他。

回程后,我成功完成了论文,又写了一篇关于他们的故事的随笔发到网上,之后便将这段记忆封存。谁知到了2016年,一家报社不知从哪里翻出了这篇随笔来,兴致勃勃打电话邀约,问我是否有兴趣为他们引路,云看一看这位英国老绅士是否尚在人间。

一路奔波到了周城,老屋尚在,不见主人。周城的人说,那位英国老先生在2004年的冬天去世了,生前立下遗嘱,除了把两只木盒、一件旧衬衣带进黄泉外,其余全部捐赠。

这天风极盛,满街巷的染布迎风飞舞。

我忽然想起那年诀别,他背影挺拔,脚步很稳,看蓝布的目光很温柔。而那被风吹起的布的影子,仿若一少女,在蓝布后悄悄探出头,笑盈盈地唤他"绀蓝"。

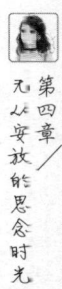

第四章/无以安放的思念时光

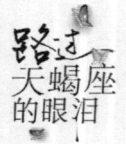

我和观阳

文/巫念顾

1

在我15岁之前对沈观阳没怎么关照其实再自然不过。

"听说观慧啊,这期末又是第一名吗?可真是个好孩子啊。"

"瞧你们观慧姐姐斯斯文文的样子,你什么时候也能有人家观慧一半有出息呀!"

逢年过节相聚的大人们除了搓搓麻将便是边搓麻将边叨唠着自家孩子。

我向来成绩优秀,对这些好话其实已经司空见惯,让我皱眉的是忽然有只油腻腻的小手冷不丁地便搭在了我的手机上。我斜睨着眼正要抬眸,观阳便已尴尬地跑上前一把抱起了他的弟弟:"观潮怎么不乖了呢,弄脏了姐姐的手机,快,我们向姐姐道歉。"

三岁小孩儿哪懂什么道歉,还恶作剧一般将一把油手揩在了观阳的新羽绒服上,观阳也没说什么,只是低着头想要将羽绒服擦干净,可观潮却"咯咯"地不停笑着将手掌按在他白色羽绒服上,就像在玩手掌涂鸦，观阳有点儿急又有点儿怒："观潮，别闹！"

可观潮却"哇"的一声哭出来，惊到了一旁正在打牌的二叔："观阳你干什么呢，怎么又把弟弟惹哭了？他还小，你多让着点儿他啊！"

"快去给观潮拿点儿吃的来，这大过年的哭哭啼啼像什么！"

观阳忍了忍正要蹲下去抱他，我却先他一步抱起了观潮便往屋外走："二叔，我带他去买好吃的。"

屋外在下雪，观潮的小脸很快便冻得通红，我买了一堆零食，却自顾自吃起来，观潮急的又要大哭，可是落雪的阳台已隔绝了大半声音。他跑过来抢我的零食，我只是轻松地将零食举过他的头顶，过了好半晌才问他，"还听不听你哥哥的话？"

他哭哭啼啼地点头，我才递给他。

"谢谢姐姐。"

观阳应该是站在那个角落静静地看了我们很久才鼓足勇气对我这个看似冷漠的姐姐道了声谢，他又望着窗外："下雪了，观慧姐姐，我们一起去打雪仗吧。"

对于打雪仗，其实我是不感兴趣的，但我实在不忍心拒绝他，我正要点头，却听二叔又在里屋叫他："观阳你在哪儿呢？人家观慧都在帮你带弟弟了，你就去帮你姨弄菜嘛！"

他听话地应了一声，只可怜巴巴地看着我，我想了好半天才说："你去吧，我们等你。"

可事实上他们都有点儿怕我，我领着他们打雪仗，却没有人敢向我扔雪球，我在一旁尴尬地站着，冷不丁地后脑勺儿忽然被人砸了一下，我诧异地回头，却见观阳正忍着笑搓着手又跑回了厨房。

那时候15岁的我什么都不会，可13岁的观阳却在厨房里忙活了大

半个下午,为我们端上了一桌好菜。

教书先生总是用很平静很平静的语气对我们说:出生是不能选择的,可未来却掌握在我们手里。

可是观阳的未来呢?

2

13岁的观阳好像没有叛逆期,从来都是个寡言少语的好哥哥。可是听说他和二叔大吵了一架然后离家出走,没有多余的钱,是一路跟着回省城的绿皮大巴车走来我家的,我多少有些震惊。

明明还在长身体的年纪,可是他太瘦了,穿着灰色T恤,路途遥远,看起来有些旧的牛仔裤也只有裤脚的地方有点儿泥,他脸色苍白地站在我们家门口,蓄着泪说:"我找观慧姐姐。"

这些都是我妈告诉我的,因为那时的我初升高,考上了本地的重点高中,正和同学们去了西藏。听说我不在家时,一直都在逞强的观阳整个眸子都黯淡下来了。

不过是帮他小惩了一翻观潮,我不知他为何会忽然这样依赖我,然而没有等到我回来,二叔便已经来我家将观阳拎了回去。

那时是2008年,虽然我刚换掉了小灵通,可观阳自然是还没能用上手机,我只能给他寄了张从西藏带回来的明信片,可是一直没有收到回信,我也渐渐地便将这事给忘了。

再次和观阳联系时,我已经是准高考生了。那天手机一直响个不停,我看是个陌生号码其实没想接,但对方仍然兴致勃勃地向我打来,我不耐烦地"喂"了一声。

电话那头没有声音,信号时好时坏,只听得有不间断的电磁声,他像是用了好大力气才叫出了我的名字:"是观慧姐姐吗?"

我这才知道那是观阳。

"观慧姐姐,我现在在去西藏的路上,这一路的风景真美,我是跟着一群驴友一路骑车去的,他们都很照顾我,这是他们的电话,我就想……就想试试你的电话还能不能打通。"观阳听出我的声音后便像是打开了话匣子一般,话语中满满当当都是喜悦。

我静静听着,换了个舒服的姿势才又问他:"嗯,挺好,自行车是你自己买的吗?"

"是个二手的,我同学不想要了就卖给我了,你放心,出门前我检查过了,把它洗得干干净净才出发的。"他顿了顿,沉默的空隙中,我仿佛听到了电话那头清脆的鸟声和溪水流动的声音,"观慧姐姐,前几天我们这儿下了雨,路太泥泞了,又有山石滑落,我们有个同伴出事了,坠崖了,是个老驴友,骑在最前面为我们带路。"

可能觉得话题忽然转变得太压抑了,他笑了笑:"观慧姐姐,我就是想给你打个电话。"

我闻言只觉得心里异常发堵,屋外在下绵绵雨,我们这个城市,似乎总在下雨。我的声线不知何时变得有些微颤:"这个春节记得过来玩呀,好想吃你带来的落花生。"

印象中的观阳总是高高瘦瘦,却有着用不完的力气,来我们家玩总是带了一大袋的落花生和核桃。每次他都咧着嘴笑,说:"这是给观慧姐姐补身体的。"

3

高考结束,我凭着优异的成绩考上了中国人民公安大学,记得爸

第四章/无以言状的思念时光

爸赞扬我是沈家一大传奇时，我还是有些小小的骄傲。然而比之我在校的荣耀，观阳因为成绩不如人意，已经辍学在外打工了，平时就给自己留了点儿生活费，其他的全寄回了家里。

16岁的观阳还是瘦，可是身体却在抽长，我请了三个小时的假出去找他。观阳眼中是止不住的羡慕："观慧姐姐真厉害，我还没有……没有为你庆祝过考上这么好的学校……"说着，他暗自低头，我见他的手悄悄地在自己裤包里摸了一圈。

我却装作没看见，只大大咧咧朝他挥手："哪有让弟弟请姐姐吃饭的理呀！"

我朝他挥手带他去吃了这里最有名气的火锅，起先我没注意有同校的人坐在一旁不时地看着我，待后来我回军校，才知有人在小声议论着："观慧身边的男孩是谁啊？虽然有点儿黑黑的，不过好帅啊！也是我们学校的男生吗？"

再后来周末我放假观阳来找我的时候，我们正三三两两地从校门出来，远远地便看见他，想到之前传开的议论声，我忽然有些按捺不住地小骄傲，我亲昵地上前挽住了他的手腕。听见身后有唏嘘声，我压低了声音，朝观阳眨着眼睛："就别再叫我观慧姐姐啦，显得我多老呀！"

观阳闻言显然是高兴的，他笑起来露出一口白牙，腼腆地挠了挠头："那我可以叫你观慧吗？"

还不待我回答，我的校友便已嘻嘻哈哈地跑上前："观慧，这是你朋友吗？叫上和我们一起吃饭吧。"

观阳忽然被一群比他大的女生围住，脸一下便红到了耳根，见他不说话，我便爽朗地替他答应了。

有胆大的女生吃火锅吃到一半说要去露营，说是露营，其实是户外训练的常事，只是忽然多了个男生，曾经能独自提着两个水壶一鼓作气爬上六楼的姑娘一下就娇羞了起来。

观阳没露营过，一群女生便教他如何搭帐篷，我远远坐在一旁的石头上吹着夏风。

最后观阳来到我身边的时候，我静静地靠在他肩上，我说："观阳，你真好。"

我对于观阳，到底是怀着私心的。

很小的时候爸爸便宠溺地对我说："观慧不需要多么聪明，观慧只需要每天都开开心心的，不论怎么样还有爸爸在哦。"然而我却是众多兄弟姊妹中唯一一个考入名校的孩子。

18岁这个尚且尴尬的年龄，荷尔蒙正分泌旺盛，我衣食无忧，也希望在最美的年纪有个好少年将我护在心间。而观阳作为弟弟，在外人面前，恰好满足了我似乎也有个帅气"男朋友"这方面的虚荣心。

4

再见到观阳是在我成为刑警的一个月后。

局里接到了电话，说是十里街发生了闹事，我们赶到的时候一条破烂的小过道已经围满了不少人。

"怎么了？"和我一同来的同事先拨开了人群走了进去。

待走进人群才见一个年过半百的老奶奶难受地躺在地上，那时候这类"碰瓷"还很少报道，可是我们局内却已经遇上过好几起，那老奶奶见我们来了又是不停地呻吟，说着哪里哪里疼。

"观慧。"声音里夹杂着几分喜悦。

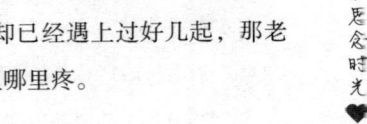

我诧异地抬眸,才见观阳也在这儿,他的喜悦不言而喻,记得我妈还曾笑话过我们俩,你这个弟弟单纯,喜欢的不喜欢的都表现在脸上,他见你就没有不笑过。

倒是那躺在地上的老奶奶先我一步反应,她"哎哟"一声:"我说刚才为什么这小伙子怎么也不承认推倒了我,原来在警局里有认识的人啊……"

阳光凌乱地撒在小道上,我一时有些目眩眼花。

一时旁边的人也在小声议论起来,观阳不停地向大家摇头:"不是这样的,我没有推倒这位奶奶,我……我只是想把扶起来。"

这是条偏僻的小道,附近也没有电子眼,我们只能先扶起她:"老奶奶,我们先去医院看一看好吗?摔着哪里可就真的不好了。"

老奶奶一开始不答应,后来又说让观阳一起陪着,有什么不对都得他付钱。

我连连说好,之后悄悄地向观阳塞了几百元,他忙不迭地想还给我,我却瞪了他一眼:"陪她看了病就来局里找我。"

我等到黄昏日暮才见他消瘦的身影出现在了我们局里,我只拉着他低声问道:"她问你要了多少钱?"

"挂号看病买药,花了五百,"他顿了顿,却忽然直直地看着我,"观慧,你也不相信事实的真相是我准备去扶她吗?"

"相信。"话音刚落,观阳便变得神采奕奕。做刑警的这些日子,我已经看了太多为了一点儿蝇头小利撒泼诬赖别人的人,观阳的性格实在是太容易被骗。想到这里我又忍不住担忧起来,对观阳补了一句:"不过以后你要是再遇见这种事情,就不要管了。"

"为什么?"观阳难以置信地看着我。

"现在社会很乱，骗子特别多，多管闲事很容易就把自己搭进去了，今天要不是遇见我。看你……"我端出一副姐姐的姿态来说教，不等我说完，他便打断了我。

"要是那个人真的需要帮助呢？"

"呃……"我一时语塞，不知该说些什么，只好甩甩手应付他，"反正你就管好你自己就行了。"

他像是有些生气，喘着气一字一顿地对我说："观慧姐姐，你以前不是这样子的。"夕阳在他的脸上镀上一层柔和的光，而他的眼睛却变得黝黑，深邃得像是装满了巨大的失望。

我只觉得心里猛地抽紧，愣在了原地，默不作声地看着他转身离去，有钟声在脑海里一遍遍回响，最后变成一个巨大的问号："在观阳眼里，我究竟是什么样子的？"

5

过了一段时间我收到观阳写给我的信。他说他明白我是为他好，哪怕那些看起来自私的说法也只是为了保护他。

他还以显而易见的雀跃语气告诉我，他在这里重新找到了份工作，是某个小学的保安。他说他一直很喜欢小孩子，每次有小孩儿放学同他说"哥哥再见"的时候，他都觉得特别幸福，就像好多好多个观潮陪在他身边。

后来他又寄来了信说，他被众多家长评为最年轻有为的保安，他欣喜地问我这是不是和我的工作一样神圣。

我其实多么感谢他，他能再次待我如从前。

再见观阳是一个月后了，那段时间正赶上我们局里忙，凌晨结束

第四章 无人安放的思念时光

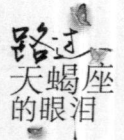

后还在下雨,一出门便见观阳撑着一把透明伞等在外面。

他小跑过来为我撑起了伞,走近了更觉修长,又能闻到大男孩身上干净的气味。但看到他的黑眼圈比我还浓重的时候,我上前不动声色地替他拉好了上衣拉链。

他蓦地笑了,笑得像个孩子,伸手将伞递给我,然后又从自己的衣包里掏出了一把旧伞给自己打上,昏黄的夜灯打在他的后脑勺儿,黑色的头发闪啊闪的。什么都没解释,也不用解释什么,只是相视一笑,便能融化一座冰原。

"以后加班一定要告诉我,虽然不在家乡,但这个城市……有我在。"

我不禁愣了愣,忽然才意识到,观阳……好像总是在跟随着我的步伐前进,这种感觉让我十分窃喜,但心中仿佛又多了几分迷茫:我能为他带来什么呢?

一失神险些要摔倒,想也没想便抱住观阳,他惊呼了一声,白净的脸噌地便红了一大半,整个身体猛地一怔,僵硬成了搓衣板。

我借着他的力站稳了身子,打趣道:"唉,现在长大了,姐姐抱一下还脸红了。"

观阳闻言连连挥手:"不是不是……"半天憋不出一个句子。

那晚观阳来接我被女同事右清瞥见了,得知他只是我弟弟后,便对观阳展开了猛烈的进攻。从我嘴里套出了观阳工作的学校,便天天去寻他。

事后右清一脸"恨铁不成钢"的样子跟我埋怨,"你们观阳怎么回事啊,木鱼脑袋吗?每天去他那个学校找他都还看不出我喜欢他吗？开口闭口还是观慧的同事你好，观慧的同事再见！"

我有些哭笑不得，便带上右清约观阳一起去看烟火，想要为他们制造机会。

大暑那天，在景观河边，观阳总是有一搭没一搭地跟我说话，我都含糊应付，把话题转给右清。这样的情况多了，他那迷茫的眼神便直抵入我的心底，软软的，无力的，又令人难受得说不出话来。

慢慢地他也不说话了，只剩下右清不断地寻找话题。我偷偷地去看观阳，发现他也在偷偷地看我。奇怪的是，我觉得此刻的他就像是漆黑色的夜空里，那孤独的烟火，不是绽放，而是坠落。

我们拜托了一旁看烟火的人替我们拍个照，等右清去厕所的时候，我们两个人才站在了一起。

我看着景观河面一圈一圈绚烂的涟漪，唤他的名字："观阳。"

"嗯？"

"你觉得右清怎么样？"

他沉默了半天才回了两个字："挺好。"

"那你……"没等我说完，他张开双手抱住了我，耳边的喧嚣刹那就消失不见。随即他又放开了手，站在一旁安静地看着天空的烟火，一言不发。

后来右清将照片洗出来也给了我一张，她的手指在观阳的脸上轻柔地反复摩擦，"好奇怪啊，看，那个时候我们笑得多开心啊，可是观阳为什么就不笑一笑呢。"

我闻言只微微垂下眼，回想起那天晚上的拥抱，想起他单单对我一人呈现的笑容，心中生出了隐隐的犹疑和担忧。

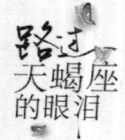

6

沈观阳是领养的,这在沈家几乎是公开的事实。那时候二姨迟迟没有生育,谁知道将观阳抱回来五年后又有了观潮。一开始,年幼的观阳还是会很不甘心地红着眼问为什么什么都给弟弟,后来渐渐地也就不问了,还将好的东西主动留给观潮。

临近中秋的时候,我第一次去观阳所在的小学找他。他和别人说了几句便小跑了过来,我说:"我给你留意了,这里有个大学也招保安,在大学还能去听听自己想听的课,总是好的。"

没有迟疑,他还是一如往常地对我笑着说好。

观阳去大学当保安的事很快便落实下来了,一开始他还是有些不适应,后来缓过神来,空余的时候他也会去蹭蹭英语课,甚至是跆拳道课。

有时候局里没事,我也会去学校找观阳,也会撞见右清来找他,她笑呵呵地挽着我们两人一同去听课。

中秋正是忙的时候,结果我们都没能回去。半个月后,二姨打了一通电话来,我们便匆匆赶了回去。

二姨本是老来得子,生观潮的时候身子又没有养好,近来更是常常奔走医院,她红着眼拉着观阳:"妈妈对不起你,一直没有好好照顾你……现在你长大了,该谈恋爱了,遇见好姑娘就带回来给妈看看。"

我蓦地抬眸,便撞上了观阳深邃的目光,他很快又收回目光看向了二姨,压低了声音,沉沉地说着好。

夜里我们在省城的大排档喝得烂醉。周遭都是闹哄哄的噪音,我笑呵呵地望着月色："二姨不年轻了，她也希望你能过得好……右清是个挺好的姑娘，不是吗？"

观阳闷闷地一口喝下了一杯白酒，呛得他又吐出了一些。他脸上闪烁的晶莹让我不知道是酒还是泪。沉默了良久，他忽然低头笑了笑，在夜色中显得双眸格外深邃："是了，不能再让妈妈还有观慧姐姐担心了。"

我笑了笑，渐渐地醉倒在他的肩头，醉眼蒙眬中，我仿佛看到身边的观阳失神地看着下过雨后泛着光的地面，他的声音缓慢而沙哑，几乎低不可闻："这样做……应该就不会让你为难了吧……"

自那以后，时常能听到右清在办公室里手舞足蹈地讲和观阳的相处点滴，还有他打算一边打工一边参加成考的计划，我在一旁静静地听着，忍不住嘴角上扬。

临近过年，我们局里有了人事改动，我被调到了香港协助。临行前观阳坚持要请我吃饭为我践行。那顿饭，观阳仿佛在极力压扣着什么，我们吃得异常沉默。北方的傍晚黑得极快，冷风从四面八方猛烈地涌来，看着他还穿着上次见面的外套单薄地立在风口，我忽然拉着他进了就近的服装店给他选羽绒服，是一件白色的，和13岁时他来我家穿的那件很像很像。

替他理领口的时候，他才终于对我说了今天的第一句话："那里太远了……观慧，我没法再跟着你过去了。"他紧抿着唇，努力想要对我笑一笑，在他脸上我仿佛看到了他身后那些曾经被我忽略掉的一帧帧岁月。"小的时候，我还能去省城看看你这个了不起的姐姐，高中的时候我也能骑车去看你看过的风景，大学你因为贪吃逃跑出来被罚跑十圈，你在学校跑小圈，没关系，我也还能围着学校外面陪着

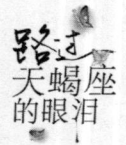

你跑大圈……可是香港太远了，我努力了这么久，还是跟不上你的步伐……"

我鼻子一酸，张了张嘴，想说些什么，可他却已经挺直了身子笑着向我挥手，又一点儿一点儿地朝后退："谢谢你，观慧。你能陪我选衣服我真的很高兴，衣服也很合我的身，你总是能这样，能发现了连我自己都没能察觉到的优点——可是我知道，以后不能再依靠你了，这会给你造成困惑，以后我会自己努力的，再见了。"

我想勉强地向他挤出一个笑容，让他不用担心，却觉得我们两人越来越遥远了，但又觉得，他好像变了，变得……像一个大人了。

香港的节奏比较快，我总是忙到晕乎乎地才看到好几通观阳的未接来电。

临近国庆，香港这边要准备一场盛大的烟火汇演，南丫岛海忽然发生撞船事故时，整个场面忽然像失控了一般，两岸民众有的想凑近，有的又想慌忙离开，我们努力想要维持现场秩序，电话却忽然响起，我双眼一亮，才发觉观阳已经给我打了好几通电话了。

有人忽然撞了我一下，电话便掉在了地上。

"观阳！"我心一紧，只想着捡回手机，左手却被人踩了一脚，我倒吸了一口气，只能忍着痛收起手机，继续拦着想要冲进停靠游船的地方的人。

忙了两天，我才有时间去医院看已经乌青发肿的左手。左手还是痛得一碰就嗷嗷叫，可是一想到电话那头的观阳，我还是忍不住咧嘴笑开了。

可是电话那头却再也没有给我半点儿回应。

7

临近新年的时候,我回家过年,左手已经好很多了。

那年过年,夜里纷纷扬扬下起了雪,寂静地便铺满了整个柏油路,白天里已不再下雪了。大人们觉得这是难得的好日子,让我们出去玩,可只有我看着这踩上便留下笨重脚印的大雪,直呼冷。

我们观字辈的兄弟姐妹仍然是沈家最活跃的一代人,他们拉着我在院子里打雪仗。

记得那一年,是因为我太大了,只有观阳敢向我扔出雪球。

而今这一年,是因为我太大了,已没有再愿意同我玩的人。

是的,那晚香港烟火璀璨时,那是观阳给我打的最后一通电话。

大陆英勇就义的新闻也在香港某个台播出了,几天后我帮仍在忙碌的同事买饭才在满记看到了那段新闻,视频里是某个学校被陌生人突袭,正是傍晚上课时分,年轻帅气的保安徒手与之搏斗坚持到了其他救助人员的到来。

电视特意给小伙手中握紧的诺基亚一个大大的特写。

那是一条未发送出去的短信——观慧,我有和你一样了不起了吗?

看到短信的那一刻我不可抑制地痛哭了起来,怎么也止不住,像失去了世上唯一的珍宝。

我忽然忆起年少时观阳稚嫩的脸蛋,如果那时的自己没有帮他小小地惩戒一番观潮,那么他的偶像或许和其他的同龄人一样,是周杰伦,或者林俊杰。他会温柔地长大,然后在我不知道的哪一方天地活得平凡却恣意盎然。

如果这样的岁月,不是想象中的该有多好。

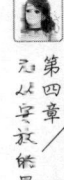

第四章 无以字寂的思念时光

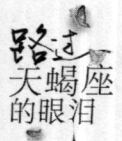

四四方方的电视里最后出现了一张观阳的寸照，白净的脸上是憨厚可掬的笑容，一笑便仿佛温柔了整个岁月。

像是过了半世纪那样悠久，我擦干了泪，小心翼翼地放了张他的红底寸照在我的怀里。我想，只有把他对世界的真诚也妥帖藏入我的心里，我才觉前方有路，未来有光。

第五章

路过天蝎座的眼泪

是的,不会有人懂

他们不懂从幸福高处跌落的绝望

她一直固执地追忆一个逝去的世界

父母骤然变化的面孔让她无法接受

可是她为什么总要奢求从前的安稳

目送周军离开的那天

她恍然间明白

除了索取,她什么都没有付出过

今宵一晚 晚千年

文/默默安然

1

弹幕网站上，动画新一话里，众人正在因为谁和谁是一对的事掐得欢乐，陈咏姗自然也是其中一个阵营里的。差不多所有放假的日子，她都是这样过的。

"Sandy（桑迪），有你的包裹。"邮递员在外面叫她，她点了暂停键，跑去签收了陌生的包裹。

陈咏姗抱着包裹回到屋子里，包裹上没有写名字，拆开来，里面是一个生了锈还挂着锁的铁皮箱。在看到它的一瞬间，陈咏姗失神地跌坐在了沙发上。她几乎已经忘了这个东西。可实际上，这应该是她人生中至关重要的一样东西。

过往的记忆一下子冲击上来，她惊慌地在房间里寻找钥匙。可是差不多已经十年了，她根本不记得钥匙放哪儿了。没办法，她只能一次次举起箱子往地上摔。好在箱子的零件被腐蚀得够呛，只摔了几次就散了架。

最先跳出来的是一张卡片，上面是《数码宝贝》里的迪路兽。她面前的不是杂物,而是她的童年。屋外,是得克萨斯州晴朗的阳光,翠绿的草地。她的父母都是美国人,而她却有一张亚洲面孔。

2

陈咏姗记得的童年,是傍晚六点的动画片:《美少女战士》《数码宝贝》《灌篮高手》《圣斗士》……每到五点多,总会有人喊"快六点了",然后大家就齐齐地往电视机跟前跑。那时候不仅有她,还有小宝、成成,还有……陈咏盈,和她长得一模一样的,她的妹妹。

陈咏姗和陈咏盈的家名叫喜喜福利院。福利院的妈妈说,她们还在襁褓里时就被丢在了福利院门口。身边有一封信,上面写着戴红绳子的是姐姐咏姗,戴粉绳子的是妹妹咏盈。虽然没写遗弃她们的原因,但字里行间似乎透露出深深的不得已。

经过检查,她俩身体健康。但两人是福利院最小的孩子,妈妈们为她们操碎了心,也最疼她们两个。顺顺利利地长大后,两个人的性格也逐渐显出不同来。陈咏姗很活泼,简直一刻不闲;而陈咏盈真的像个小妹妹,什么都听姐姐的。

那时的喜喜福利院只有一个小院子,有简易的滑梯秋千和不太高的爬高器械。天气好的时候,孩子们就在外面争抢这个器械玩。孩子们都喜欢荡秋千,每次陈咏姗都会第一个跑过去抢占,然后让给妹妹玩。每次有男孩子抢妹妹的玩具,她哪怕跟男生打架,也一定要帮妹妹抢回来。

她挨骂的次数最多,总是被人告状,但她惹的祸其实都不是为了她自己。每次妈妈们一骂她,陈咏盈就会哭着过来求情。要是她被罚站什么的,陈咏盈就跑去姐姐身边陪着站。每当那种时候,妈妈们都

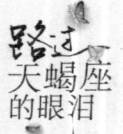

会不忍心。那时候她们还不明白,为什么妈妈们看着她们的眼光中总是充满担忧。

她们过生日的时候,福利院的妈妈们也会准备礼物。她们有全套《数码宝贝》的光盘,有魔卡少女樱的手杖,有四驱车……有她们觉得应该有的一切。就是那样的岁月。坐在秋千上,轻轻一推,就能飞上天。根本就没有人因为自己是孤儿而自怜自哀,她们也没想要很快长大,还以为日子不会那么快过去。

可时间就在一个个傍晚六点中度过了。某天下午,妈妈带了一个长得和她们不太一样的阿姨来。陈咏姗觉得那个阿姨一直在看自己。送走阿姨后,妈妈回来和她说:"咏姗,以后你就要和刚刚那个阿姨一起生活了,她就是你真正的妈妈。"

"为什么?"

"因为你值得有一个更好的家。"

陈咏姗那时才明白过来发生了什么,她不是没见过其他小伙伴被领走,却没想过会轮到自己。但在当时,她的第一反应并不是害怕,她只是想去找妹妹。她理所当然地认为,要走,她们俩会一起走。"那我去找妹妹!"

妈妈怜爱地对她说:"咏盈以后也会有自己的家,有爱她的爸爸妈妈。"

她听不懂什么叫自己的家。一回头,陈咏盈哭着回来了:"姐,我不和别人走……"陈咏盈蹭了她一肩膀鼻涕,陈咏姗突然跟着哭了起来,她明明不是个爱哭的小孩儿。那年,她们六岁多一点儿,就快要上小学了。

3

很少有家庭会一次性收养两个孩子。偏巧几乎是同一时间，来了两个家庭，都想要女孩。这可是难得的机会，福利院的妈妈们真的是为了她俩好。

办完领养手续，她们就要离开了。她们跟这里、跟彼此告别的时间，只有两三天。然而变故就在离开的前一晚突然发生了，谁也没发现陈咏姗是怎么消失的。孤儿院的大门确实不算严密，是两扇铁栅栏门，但是很高，没有人觉得孩子能翻过去。再说了，孩子们也从来不想出去。

一部分妈妈先安置他们去睡觉，另一部分出去找。可陈咏姗死活都不肯进屋去，她拽着妈妈的衣角，执拗地要跟着。

"你不能去，太晚了，外面很危险。"

"我知道她在哪儿！"

陈咏姗说得言之凿凿，妈妈们将信将疑，只好带上她。其实她们都明白，陈咏盈平时那么胆小，会这样做只是不想离开。也许她觉得只要自己躲起来，躲过明天，就不会被领走了。

她们在外面喊了好半天都没有回应。

"你不是说你知道她在哪儿吗？"一个妈妈问陈咏姗，她只是哭。妈妈们叹了口气，看来她就是为了能跟着出来才那样说。

"咏姗，你先回去，我们会找到你妹妹的。"说着，一个妈妈就扯着她，想要把她带回去。可陈咏姗突然抱住一旁的电线杆，死活不肯走。再拉她，她干脆就坐在地上嚎大哭。

孩子的哭声在夜晚的街上显得很凄厉，就在妈妈们想把她拖走时，另一个孩子的哭声忽地传过来。陈咏盈一下子扑到了姐姐身上，

路过天蝎座的眼泪

两个人哭成一团。原来那附近有个工地,堆了很高的沙石料,再加上树的阴影,陈咏盈蹲在里面,人们根本发现不了。她本来打算无论如何也不出来的,可她听到姐姐的哭声,还是跑了出来。

"你要是丢了可怎么办呀,我不就再也见不到你了吗!"陈咏姗一边哭一边气冲冲地拍了陈咏盈的手一下,这还是她第一次对妹妹凶。

回去之后,她们俩都没有睡。等到妈妈们因为太累打起了瞌睡,她们才溜出卧室,在厨房偷了一个放东西的铁皮箱。她们把所有在福利院里的东西全都装了进去,锁上,埋在了秋千底下。铁皮箱上用中性笔歪歪扭扭地写下她们俩的名字,钥匙她们俩一人一把。

"没关系的,不管去了哪里,我肯定会找到你的。"陈咏姗拍着胸脯保证,"我们肯定很快会再见面的。"

"真的?姐姐不会忘了我吗?"

"当然不会!"

她们在一起看的最后一集点档的动画片,偏偏是《数码宝贝》的大结局。孩子们要回去现实世界,所有的一切就像梦一样结束了。他们坐上单程的列车,美美的帽子飞起来,成了最后的怀念。

4

陈咏姗在百度搜索框里输入"喜喜福利院"。喜喜福利院那块地被政府征收了,要改建,四月迁址,如今已经是四月底了。是因为拆迁所以翻出了这个箱子吗?过了将近十年,她第一次拨打福利院的电话号码,可惜已经是空号了。

屋外,金发碧眼的女同学骑在自行车上叫她。她这才想起,自己和大伙约好了一起去踏青。可一路上陈咏姗都有点儿心不在焉，那些许久以前的记忆一幕幕在眼前回放。她突然听见后面同学的尖叫，回过神来，然后就看到面前一个非常陡的斜坡。要刹车已经来不及了，她连车带人一起滚了下去。

陈咏姗平躺在地上，晕乎乎地看着同学惊慌的脸。眼皮很沉，她干脆任由自己睡了过去。如她所愿，她做了个梦。梦里是一片碧绿的草地，身后有一道瀑布，几头牛在吃草。一个小女孩举着一根长长的树枝走过来，身上穿着有点儿粗糙的红裙子，戴着粉红色的发卡。

陈咏姗觉得，在梦里，自己的视线一直跟着那个女孩，可她就是不回头。突然间风雪交加，世界变成一片银白，雪到小腿那么厚。陈咏姗从没见过那么大的雪。就在这时，面前的女孩终于停了下来，缓缓地回过了头——

陈咏姗睁开眼睛，看到爸妈都在床边。她并没有感觉特别痛，却哭得停不下来。梦里的那个女孩转过头，居然是她小时候的面孔。

她摔破了头，有些骨裂，国外的医院总是小题大做，她的后半个假期注定要在医院度过了。她拿着爸妈给自己买的新平板电脑，突然，一个同学给她发了一条链接，后面还跟着个吃惊的表情。

陈咏姗点开链接，是一条很小的新闻，大意是讲挪威一个女孩从山路上滚下，受了重伤。底下有一张很小的配图，是女孩不甚清晰的照片。她惊讶地捂住自己的嘴，眼泪再次涌了上来。虽然有一些区别，但那张脸仍旧和她很像。而那个女孩出事的时间，除去时差，和她几乎是相同的。

根本不用再查什么。陈咏姗知道，那个女孩就是自己的双胞胎妹妹陈咏盈。看吧。在这个世上，只要有爱，就有奇迹。该遇到的，一

第五章 路过天蝎座的眼泪

定会再遇到。

5

"Your sister?"（"你妹妹？"）

"Twin sister."（"双胞胎妹妹。"）

陈咏姗跟爸妈讲了她有一个双胞胎妹妹的事，显然，她爸妈一点儿也不知道。不过箱子的事情倒是有了解答，确实是福利院想尽办法联络到了她。

陈咏姗真的很庆幸自己遇到了一对非常爱她的父母。知道她有个孪生妹妹，她的妈妈激动极了，就像自己凭空又多出一个女儿。可陈咏姗马上就要开学了，而她仅有的关于妹妹的信息，就是她在挪威纳尔维克。

陈咏姗就读于得克萨斯一所贵族高中，那里有很多她的初中同学，还有住在一个社区里的邻居。她学了半吊子的小提琴和钢琴，她只要满了十八岁，就可以开着爸爸的车去环游美国了。虽然她之前是个孤儿，但那一点儿也不妨碍她适应这样的生活。她完全没想到，她和妹妹居然阴差阳错，被送到相隔那么远的地方。

她没事的时候就在维基百科上查纳尔维克。那是……她想象不出来是什么样子的地方。北极圈，极昼，极夜，海港，连绵的山丘和厚厚的积雪，是和她完全不同的世界。

终于，在她高中第一个大假期要来的时候，爸爸托挪威那边的友人打听到了消息。新闻上的女孩确实是陈咏盈，现在大家都叫她Ylva。更令陈咏姗高兴的是，据说陈咏盈的伤已经没什么大碍了。不仅如此，她还拿到了陈咏盈社交平台的账号。最近的一条状态，是差不多一个月前,兑纳尔维克又进入了极夜。陈咏姗在下面紧张地留言——

"嗨,我是你的姐姐,咏姗。我知道很突然,我很抱歉,但是,相信我,我真的是。"

忐忑地发出这条消息之后,陈咏姗一天刷新好多次。就这样过了十几天,她终于等到了新消息的提示。是一句语法奇怪的英文,大意是,你找错人了吧,我并没有姐姐。

陈咏姗的脑袋一下子就蒙了,她对着电脑,甚至有些喘不过气来。她不知道这到底是怎么回事,是真的认错了人,还是陈咏盈已经忘了自己,或是不想认自己。她越想越害怕,手指搁在键盘上,半天打不出字来。

之前没有一点儿线索时她也没有这么惊慌,她可以当一切都好。可如今,她已经朝前迈步了,反而有些畏首畏尾起来。她甚至不敢问一句你是不是陈咏盈,她怕对方说是,那她就真的失去这个妹妹了。

就在她接连几个星期都焦虑得不知所措时,忽地又收到了一条新消息提示。因为她的这个账号是新申请的,并没有关注其他人。她以为会是什么系统消息。没想到,居然是个加好友的提醒。她看到那个帐号名字叫Ylva.Chen。在看到那个Chen的时候,她的眼眶猛地一热:这才是她的妹妹,而且她没有忘记自己是谁。

"那个账号是我朋友的,她说有奇怪的留言。"陈咏盈发来消息,"姐姐,是你吗?"

6

几经辗转,陈咏姗终于靠近了纳尔维克的港口。这里仍然是极夜,远远望去,是一栋栋北欧风格的二三层小楼。它们亮着暖黄的

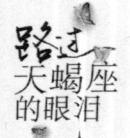

光，照着地上的积雪，让这漫长的夜显得不那么可怕。

下了船，虽说有雪，却没有想象中冷。她深吸了一口气，这里的空气和得克萨斯差别很大。就在这时，她看到一个女孩站在离自己远一些的地方，被阴影盖住了五官。她急忙往前跑了两步，阴影渐渐淡去，她看到了，和自己有些差别，但仍旧能看出相像的脸。

"姐姐？"陈咏盈自从知道姐姐要过来，没事就跑来港口等。她的英语不是太好，一直暗暗担心。可是当陈咏姗出现在她面前，她脱口而出的居然是中文。

正是这句中文，把她俩应该有的陌生和尴尬通通消除了。陈咏姗松开行李箱，冲上去给了妹妹一个大大的拥抱。这个拥抱维持了好久，她俩哭了，然后又相视笑了。

只是回去的路比陈咏姗想象中的要远，她们搭了车，下车后又走了很远的路。陈咏盈的家居然在山的那一边，更寂静，也更美。

"其实这个时候，我们可以靠滑雪回去的。"陈咏盈说。

"滑雪？"

"对啊，这里就是天然的滑雪场啊。"

多有趣啊。她们原本应该在一个家庭里，用一样的东西，有差不多的成长经历。而如今，她们的成长过程没有一个点能够重合。这种感觉就像是平行世界里，有一个不一样的自己。

到了家里，陈咏盈的养父据说出了远门，只有养母在家，见了她也很热情，只有语言不是很通，给她倒了一杯自家做的奶茶后，就留下姐妹俩自己说话了。

陈咏盈说起自己这些年的生活。她一早就和父母说过自己有个双胞胎姐姐，只是苦于没有联络方式。纳尔维克的日子很安静，她并不常常上网,似乎有那么点儿与世隔绝的味道。毕竟这儿还不算热门的旅游景点。

从很小她就负责放牧。她拥有一匹小马,还有两只羊。大多数时候,她陪着它们在草场上闲逛。这边有几乎半年时间是极夜,她去学校要越过一个山头,她也习惯了。在漆黑的日子里,她一个人踩着滑雪板,举着手电,翻山去上学。

她说这些并不是抱怨,相反,她很喜欢这一切。陈咏姗却哭了,她抱着妹妹泣不成声:"对不起,对不起……"

陈咏姗无法想象这样的生活,她急切地想带妹妹去过自己的生活,大城市,阳光,漂亮的学校……她觉得那才是好的生活。

当天晚上,她躺在妹妹的小木屋里,给远在得克萨斯的妈妈打电话。她肯定地说:"我要让妹妹和我一起生活。"

7

足足睡了十二个小时,醒来外面仍旧是黑夜。食物是粗面包和鱼,陈咏姗根本吃不惯。吃过饭,陈咏盈要带她出去转转,她们一人拿上一套雪具出了门。

她睡着的时候似乎又下雪了,不行车的地方,积雪到膝盖下面那么厚。她们踩着滑雪板深一脚浅一脚地走,如果不是真的到了这里,陈咏姗是想象不到这样的日常生活的。

两侧的房屋投下暖色的光,陈咏姗觉得,她们就像行走在圣诞节的夜晚,很快麋鹿就会载着圣诞老人从上空飞过。

不过她们等来的不是圣诞麋鹿,而是雪山上空的北极光。神奇的绿色,混合着一点点奇异的紫,像幻觉一样,美得惊心动魄。

第五章 路过天蝎座的眼泪

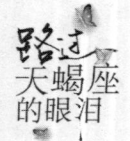

"如果不是因为你在这里，我可能不会有机会看到这个。"陈咏盈笑道，"这个世界真的很奇妙啊……"

她们坐在一个高地，回头可以俯瞰整座小镇。此时已经是凌晨，可对她们而言，时间已经不算什么。

"要是我们当初没被领养，我们的生活会是什么样呢？"陈咏盈静静地说，"会不会在福利院住到十八岁，然后被一起丢进社会……我们的人生会这么精彩吗？"

"没准在一起长大的过程中我们会吵架。"话虽这样说，可陈咏姗还是很难过，"可是，对不起啊，这么久才……"

"当初你说过，一定会找到我的。现在你找到我了，你做到了。过去的时间不算什么。"

北极光很快就消失了，天上有璀璨的星河，而港口却神奇地一点儿也没有结冰，仍旧波光粼粼，仿佛在风里轻轻哼着歌。

陈咏姗没有看出妹妹望着这座小城眼睛里的依恋和快乐，她以为妹妹话里的意思和自己想的一样，是想和自己一起生活。

"我已经和我妈妈说过了，他们随时可以过来和你养父母谈，我们可以一起搬去得克萨斯。"

"什么？"陈咏盈很震惊。仅仅是震惊，没有喜悦。

"那里有更好的生活环境，我爸妈人非常好，他们很高兴我们能在一起生活……"

"不！"陈咏盈站了起来，"我爸妈人也很好，我在这里很快乐，他们是我的家人！"

"我才是你的家人！"

"可是……"陈咏盈的话戛然而止，可她们都知道了后面要说的是什么。时间并没有放过她们,那些隔阂依旧在,只不过在一开始的时候被重逢的喜悦遮盖了而已。现在,它显露了出来。她们确实已经分开了这么久,在她们人生那么多重要的阶段里,她们都没有在彼此身边。

确实,此刻来说,对她们更重要的是他们的养父母,所以妹妹还是在怪自己吧,陈咏姗在心里悲戚地想。可陈咏姗知道自己没资格说什么,如果不是福利院寄来了盒子,也许她们此生将再无交集。但也正因如此,她才想要弥补。

8

之后的一年,陈咏姗不止一次邀请妹妹来家里玩,可每次陈咏盈说去问问爸妈,最后却都无疾而终。她明白过来,是妹妹的养父母不愿意她们多见面。陈咏姗特别生气,每天都处在暴躁的情绪里。

终于,她爸爸觉得这样不好,一是不利于她的生活学习,二是对她的身体负担太大了,于是主动对她说:"这样……我和你妈妈去纳尔维克和你妹妹的家长谈一谈。"

"好啊好啊,爸爸,我最爱你了!"

陈咏姗在爸爸脸颊上大大地亲了一口,她满脑子想的只是当初她们无法阻止分离,而如今她想要做到。她并不懂,她爸妈虽然也很高兴她们姐妹俩能重逢,却不希望拆散人家的家庭。只是顾及她的心情,没有和她直说。

陈咏姗盼着爸妈能快点儿过去,可当爸妈订好机票,她却突然发烧了,并且转为肺炎。在美国肺炎是很严重的病,于是她被要求住院。她心里很急,但爸妈坚决要等她好起来再走,她甚至第一次和

妈妈吵了一架。她其实不是不清楚自己钻进了牛角尖，可她就是出不来。直到她接到了来自挪威的电话，是陈咏盈的养母用蹩脚的英文对她说："Ylva下半年会去得克萨斯旅行。"

"真的？"

"她现在生病了，肺炎，在医院。"陈咏盈的养母重重地叹了一口气，"抱歉，我并不是想阻止你们相认，我只是非常爱她，所以害怕她会离开我们……"

"我明白，"陈咏姗咬着嘴唇，"我明白。"

放下电话，陈咏姗觉得这简直不可思议。上次她摔伤，陈咏盈同时也摔伤了，这次又几乎是同时得了肺炎。难道这就是双胞胎之间的心电感应吗？

当天晚上，她们打了很长时间的国际电话，仔细对照她们的成长履历，她们惊讶地发现：十岁那年，陈咏盈曾经因为低血糖昏倒过，而陈咏姗很清楚地记得，那年她在体育课上一晃神就摔倒了，头上还落了个小小的疤。十三岁那年，陈咏姗做过一个噩梦，梦见自己身处火海。而那年，陈咏盈的家曾经失火，庆幸的是，人都没事。听起来那么不科学的事，却让她们感到前所未有的慰藉。这才是生命给她们最大的证明，她们是血脉相连的亲人。

这场病倒是让陈咏姗冷静了很多，她决定万事都等到妹妹过来再说。她做足了准备，还打扫出了在郊区度假用的别墅。可是，自从知道陈咏盈放假，过了一个多星期，陈咏盈还是没有来。她终于忍不住去问，可妹妹的手机已经关机。她只好打到家里去，打了好几通才有人接。是妹妹的养母接的，但让陈咏姗吃惊的是她似乎在哭。哽咽让她的英语发音更加不清晰，陈咏姗听了半天才听明白一个词：雪崩。

手机从她的手中滑落,她腿一软,坐在了地上。

9

事情发生得很突然,挪威又下了很大的雪,陈咏盈像平时那样摸黑翻山去上学却没有再回来。养父母带着警察去找,发现中途的一段路发生了坍塌,乱石和雪堆成了一片,似乎不止一两个人失踪了。最要命的是,天气还在持续恶化。

"我要去!"陈咏姗当即收拾行李就要出发,妈妈使劲拦她,告诉她现在过去太危险。可陈咏姗根本不听,她满脑子只有一个想法,那就是去找妹妹。

可是果然如妈妈所说,她根本没法靠近坍塌区域,所有线路都封死了。她焦急地在最近的港口徘徊,凝望着远方。她心里的焦虑就像那年在福利院陈咏盈走失时是一样的。她有一种感觉,自己的妹妹还在这个世上。这种没有依据的感觉支撑着她,她没有崩溃。

她坐在寒冷的港口,没有离开过。直到有人说,可以开船了。此时距离陈咏盈失踪,已经过去了二十八个小时。

陈咏盈的养父母显然没想到她会起过来,然而就在她赶到那片区域的同时,搜寻的队伍突然嘈杂起来,陈咏盈从很深的一个山体缝隙里被抬了出来。她似乎是有意识地躲在了相对安全的地方,并没有冻得太厉害,却也已经意识模糊。养父母奔到她的面前,一直用挪威语说着什么,她没有一点儿反应。

就在她将被抬上车时,陈咏姗扑到了她身旁,握住她的手。担架上的陈咏盈突然有了一点点反应,陈咏姗看到她的手指动了。

"咏盈!咏盈!"

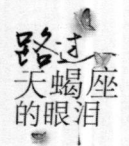

她大声呼喊着。陈咏盈并没有立即醒来,她似乎只是感觉到了,轻轻呢喃出两个字:"姐姐……"

"姐姐在这儿,姐姐在呢……"恍惚间,陈咏盈似乎睁开了一下眼睛,看了她一眼,才终于丧失了一切知觉。

陈咏姗的情绪一下子垮掉了,她跪在地上,崩溃般号啕痛哭。她后悔,好后悔。自己这个姐姐做到了什么呢?她许下了一定会找到妹妹的承诺,可她很快就融入了美国的生活,有了新的朋友,渐渐也就把这个念头放下了。终于,命运给了她机会,可她想的只是自己有了妹妹,要接妹妹来一起生活,却完全不在意妹妹会失去家庭。她从来只在意自己的生活,从没真正为妹妹着想过。

陈咏盈在医院住了一段日子,她的身体素质很好,恢复得很快。陈咏姗一直守在医院,她们一起把小时候的动画片温习了一遍。在这期间,爸妈的电话一直有打来,她知道自己该回学校去,她应该面对自己的生活。

"《灌篮高手》的漫画,最后输了全国大赛。但没有动画化,电视上看不到结局。"

"《数码宝贝》据说今年会出新的剧场版。"

"我有《神奇宝贝》正版游戏。"

"前一阵我新买了一套《魔卡少女樱》的卡牌。"

……

"所以……"陈咏姗抹了一把眼泪,举起手来,"以后再找机会一起看吧。"

陈咏盈"嗯"了一声,和姐姐钩了钩手指。

10

十八岁那年,陈咏姗考到了伦敦的大学,而陈咏盈考到了布莱顿。她们没有和对方商量,但最终的结果是,她们终于只隔着八十多千米。未来的四年,只要她们愿意,可以利用每个小假期见面。

去学校报到前,她们从各自的机场一起飞往中国北京。那是她们分别后十多年来第一次回去。她们之前从未离开过福利院,也不知道外面的世界是怎样的。她们的回忆一模一样,就是福利院的小楼、院子,以及那些陈旧的设施。

但眼前的景象全都不一样了,宽阔的铁栅栏门,白色的高楼,彩色的滑梯。孩子们正在外面玩,有妈妈跟着。看到她们走进去,就迎上来问:"请问你们是……"

"我们曾经是这个福利院的孩子。"陈咏姗说,"六岁那年被领养,现在想回来看看。"

虽然换了地方,但之前的资料都在。阿姨领着她们去了资料室,翻到了她们当年的记录。相册一页页翻过去,曾经那些孩子的脸在眼前闪过,刺得她们眼眶发热。

"他们中有多少人,被领养了呢?"

"并不多,所以你们很幸运。"

"当初那个妈妈还在吗?她姓许。"

"许妈妈啊,"阿姨点点头,"她在的,只是今天不在。你们要是有空,明天再来就能见到她了。"

陈咏姗跟妹妹对视一眼,心有灵犀地摇了摇头:"不用了,麻烦您帮我们转达,我们来过,并且生活得很好。我们已经又找到对方了。还有……"陈咏姗指着相册里的一张照片,上面是襁褓里的两个

婴儿，"这个可以印两张给我们吗？"

拿到印好的照片，她们从资料室走出来。这时，外面的孩子们突然拥进了楼道，欢快地从她们身边跑过，往同一个房间跑。

"六点了，又要看动画了。"阿姨笑笑。

陈咏姗低下头，看到手腕上的表，时针刚刚好停在6上。那一瞬间，她们似乎看到两个长得一模一样的女孩从她们对面跑过来，笑闹着穿过她们。电视里隐隐传出她们没听过，但总有些类似的动画片主题曲。

回到家里，她们把离开孤儿院那年的旧照片和最新的合照放入两个一模一样的相框里，放在了床头。

第一个学年的假期，陈咏盈的养父母第一次来了美国。她们两家人去拍了看上去又不搭又温馨的全家福。陈咏姗把这张照片多印了一张，寄回了喜喜福利院。

她们每个人都在上面写了一句话，合起来是："这世上没有爱不能跨越的距离，感谢您当初替我们做的选择，衷心祈祷您长命百岁。"

等我捡回那个球

文/小鹿苏苏

2029年，秦川回Perth（佩思）整理故居，从杂物堆中滚出一只蹩脚的旧网球。荧光绿上有一层淡淡的霉斑。

"欸？这个球还在啊！九年前我们结婚时……"妻子斜觑着秦川，说着家常的揶揄话，"想来应该是当年，你某个小球迷送的爱心手工吧，我当时也不知道放哪儿了，没想到……说起当年，你也曾名噪一时啊。"

秦川沉默地听着，没有说话，他好像被电击打了一般，缓缓转动着手中的球，辨认出球面霉菌丛中模糊的汉字：

秦川，来捡回这个球了。

1.Moon Ball Out | 月亮球出界

十七年前，2012年，中国，某落后小镇。

大汗淋漓的少年秦川挥动球拍,猛击出一个过分偏离的月亮球,将球打飞到场地后的山丘里。

同伴虎子结结巴巴道:"我……我去捡,你等……等我回来。"

但是虎子只跑出几步,忽然回头。夕阳的散射迫使他眯起眼,改口:"不,你别等……等我,天快黑……黑了,先,回家吧。等……等我捡回那个球,改天再……再来约你打。"谁承想,那是虎子对秦川说的最后一句话。

当时秦川如蒙大赦,笑着连连点头:"好,好。"转身飞快地跑掉了。明天,秦川就要启程去大洋彼岸的网球夏令营——这件事他瞒着虎子。出发前他已给自己的未来拟好剧本,等他两个月后脱胎换骨归来,他将会完全忘记虎子这个"朋友"。

2.ACE[②]

那个年代,小镇的普通百姓只见过乒乓球、篮球、羽毛球,可是大城市的亲戚偶然送了秦川一副网球拍,HEAD(海德,网球用品品牌)的莎拉波娃同款,碳素一体轻便漂亮,像俗话所说的"高端大气上档次",吸引秦川开启了兴趣之门。

小镇上唯一一家体育用品店并不卖网球,秦川正沮丧,旁边粘羽毛球的小店帮工虎子安慰他:"咳,急……急啥,回头我帮你做,做一个呗,我啥……啥不会做啊。"

虎子罹患口吃,嗓音粗哑,体形高大,别人笑话他不像老虎,倒像大笨熊。大笨熊只读到小学三年级就辍学打零工,在正经人家的小孩儿秦川眼里属于混混儿之流。秦川以为小混混儿只会随口吹牛,谁承想虎子东家搞点儿羊毛麻线,西家借点儿橡胶毛毡,认真地把网球做了出来。来来回回改良八九次,还用水彩笔涂出惹眼的荧光绿,终于让球像模像样。一来二去,两个人球也打得越发合拍,他们在荒废的空地上拉起球网,成为每日约球的"好友"。

　　网球是入门困难的运动,复杂的发球和步伐,都需要持续的专注。少年友谊的开端则看似再简单不过——他欣赏他的聪慧果敢,他欣赏他的温顺耐心,几次相视而笑后,就可以无话不谈。

　　秦川是自己和虎子唯一的老师,但他跟着视频学来的七十二般变化,任何正手平击或反手削球,上挑或下旋,或突然上网截击,统统被虎子轻易看穿。他曾只有虎子一个对手,无人对比,以为这样被别人"看破"是平常事。风雨无阻,两个男孩,一个来来回回的网球,全心交付的对手。

3.爸爸的愤怒

　　不忍细数的旧物,在不经意间丢失。比如那只胸口破碎的石膏金钱豹,一腔热血得来的东西,秦川把它遗失到哪里去了呢?

　　昔年,镇上最繁华的街口,常有小贩摆摊套环,猎物是六列石膏动物。小雕塑们外观粗劣平庸,但因为游戏有趣,人气兴旺。秦川自来心高气傲,很瞧不上这些"俗气"的玩意儿,可是虎子被吸引,他拉着秦川扎进人堆,跟着热闹呼喝:"哟嘿,套那个金钱豹,猫!哈……唉呀!好,可惜!"

　　秦川忍不住瞧了瞧——最后一排正中间那只金钱豹,身上涂了鲜红的"恭喜发财"。由于身背宽阔光滑,小竹编环很难套中,模样又

最张扬,当数众奖品中的花魁。

他斜眼看了看虎子热忱的模样,意识到既然自居别人精神上的老大,这正是他必须展露真本事的时机。网球练得顺手,使秦川对自己的投掷能力信心满满,然而,买了十环投出去,十环竟都未中,甚至,还有一环跑偏得厉害,挂住了旁边的小海豚。

虎子抱了小海豚过来,紧张地观察秦川:"那,我们走吧?海豚也挺……挺好看的。"

虎子的眼神里满是安慰之意——好像递给弱者拭泪的纸巾。

秦川蹙眉,掉头便又买了十环。

这次,他先观战片刻,再凝神上场,耳边声音逐渐模糊,他一次又一次地揣摩着力量和角度出手,眼里只剩下金钱豹。

第六环,扣中金钱豹的爪子!

虎子欢呼着冲上去,却被小贩拦住:"他那环是落地后,弹过去搭着的,不算数。"

"怎……怎么会。"虎子分辩道,"刚才那个,叔叔,就是弹……弹过去挂……挂住孔雀尾……尾巴巴的。"

小贩朝众人笑:"别人是直接挂上的呀,这小孩儿真是的……多套几环嘛,一环才两块钱。"

秦川反感这样的口舌之争,拉了虎子,只说:"走吧。"但虎子不肯走,他着急地要与小贩争出一个道理:"你欺负……欺负我们是……小孩儿,明明……明明套中了金……金钱豹……"

虎子看在眼里,金钱豹是秦川相中的东西,所以他一定要竭力去争取回来。他只是没有看懂,秦川想要的是一场漂漂亮亮的完胜,而并非在市井的熙熙攘攘中,争来辩去讨伐来的战利品。

围观者有人看笑话，也有人解围道："老板，舍不得大的，给小孩儿个小的呗。"

小贩大声道："他套中了我还不给啊，大家都看着呢，我是讲道理的嘛。"

虎子道："不……不要招财……财猫。"

小贩挥手："不要赶紧走。"

虎子快哭了："就是套……套中了金……钱豹的。"

众人又是一阵笑。

虎子仍旧坚持："……你耍……耍赖！"

秦川早已退出人群，买了根难吃的山楂冰棍，隔街相望。等虎子最终垂头丧气寻过来时，就一冰棍儿堵住他的嘴，好像大人给小孩儿封口的零食，忽略了对方脸上执拗的焦急。

一周之后，秦川原本忘记了这个小插曲，但是这一周来，日常练球虎子总是"早退"，理由也是含糊的"家里有事"。

秦川心中若有所失，想问个究竟，却头一次发现不能畅所欲言——如果被委婉发一张"不熟卡"划清界限怎么办？关心过度，便畏惧落空，收到朋友暗示"我跟你可并没有熟到这件事也告诉你呢"，得多尴尬。没有在虎子面前赢回金钱豹，原来是如此磨损他的自信心。

他对着墙一次次用力挥拍，消耗尽全身力气，然后回家学习。看到语文习题中的"黔驴技穷"这个成语，脑海劈落一道闪电。他当即搁下笔，奔去买了几根细竹条子，央店家扎成小圈。又去文具店买了一圈小玩具。回到家里在后院摆成阵形——练习套环。

第三个周末，他把金钱豹套了回来，那一环准确从金钱豹的脖子

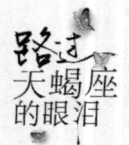

套了下去，无可挑剔。

儿童节，秦川打电话给虎子："来，来我家玩。"话说得简单，秦川的双眼此刻却灼灼生光，看着书柜顶高高在上的金钱豹。他在心里预演了一番，等虎子来，见到它大惊失色，自己就轻描淡写地说："送你吧，儿童节礼物。"

人不中二枉少年——如果能永远被人崇拜，秦川愿意站在100米外练习对准水獭的鼻子扔戒指。

可是，电话那头的虎子，第一次，拒绝了秦川的邀约。虎子仍旧是含糊道："家里有事。"

秦川挂断电话。阴云郁结，却不能利落下一场雨。他反复对着墙壁练球，紧接着期末考成绩下跌。

他满屋子胡乱击球，不知道是有意还是无意，球能避开吊灯和茶杯，偏偏把书架顶上的金钱豹砸裂了。他试图教几个同学网球，可是几个人试了几下，纷纷丧失耐心，反而摸出羽毛球拍，抢了秦川的场地。

秦川只能疯狂地做习题，以此摆脱烦闷，六月的最后一周，暑假作业还差一点儿就全部做完，这时候，虎子终于来找秦川。

中途断掉的大半月好像凭空消失，他们打球，谈笑，一如往常。只是在书房里，说着说着，虎子突然僵住了。

秦川顺着虎子的视线，看到书架顶上，当胸裂开的石膏金钱豹。在秦川思考怎么解释的时候，虎子先说话了。

他的结结巴巴中，好像藏着难以直言的曲折故事："我本来……来给你买……回了一……一个，被我爸砸……砸碎了。我那个打算，儿童节，送……送你的……对不起。"

秦川眨了眨眼,许多问题一起涌上胸口:"你怎么买……你爸为什么砸这个?"

虎子躲闪着目光:"花家里钱了呗……原来你……你也套走了一个,不过,你……你这个怎么也……碎……碎了?"

秦川盯着他。为什么碎的?因为我为了让你喝彩,苦练套环,终于赢回了这个金钱豹,想送你做惊喜,谁承想那天你却拒了我的约。随后期末考也成绩下滑,我一时气恼自己的无能,竟击碎了它……难道我要让你知道我这番可笑的心思吗?

他微微勾起唇角,流畅地编谎:"我这个嘛,也是我爸砸的。"

"……"

他面不改色,加上一句:"某天我回家太晚,我爸一气之下随手砸的。"

第二天,秦川"闲逛"到木材厂,虎子的哥哥在那里做工。果然问出,虎子前段时间在糖果包装厂做小时工,家里人本以为他多挣了钱,好补贴家用,没想到他全拿去买了个玩具回来。

"我弟死脑筋啊,别人说那石膏玩意儿被套走了,只剩最后一个,要高价,他就真给了双倍钱,真是服了!"虎子哥哥摇头苦笑。

"……"秦川跟着笑了笑,好似漫不经心。原来他的担忧和波折,都源于误会一场。虎子以为他想要的是金钱豹本身,虎子怎么就不懂呢?他怎么就这样傻头傻脑为自己攒了大半月的钱呢?但是,他这样的傻,又好像是一桩极妙的事。

秦川想来想去,只觉得没有逻辑,单单纯纯的,说不出的好。

郁结已久的乌云,终于落下酣畅淋漓的暴雨。秦川顶着大雨跑回

第五章/踏过天蝎座的眼泪

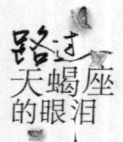

家,头发湿透,却满心欢天喜地。

这笑容落在多年后的秦川脸上,平添了皱纹。

掏心掏肺的误会,白浪逐霞一样的友谊……可后来,还是心生间隙了呢……

而立之年的秦川揉了揉眉角,搜索某全球购平台怀旧专场是否有2012年的蓝莓雪碧出售。荧光屏倒映着他的目光,聚了聚,再度失去焦点。

一次恶劣的打人事件,记忆碎片在他脑海里拼接。

4.Winner | 制胜球③

被揍的倒霉蛋叫周汉阳,被同学暗地里称为"老师的宠物",是秦川班上的班长。

周汉阳7岁开始每周上18课时的补习班,像同龄少年染上网瘾一样热爱学习,把考试当作游戏排位赛,每赛季角逐多项桂冠,年级前十名都是他的敌人,其中秦川跟他同班,既是敌人又是友军,必须倍加留心。只见秦川这学期月考不济,期末考却刷题冲刺,咸鱼翻身,戏剧化的波动令周汉阳五味杂陈,心中对秦川颇有意见。

秦川对周汉阳的心思一概不知。

他也不知道那个他值日的下午,照例速战速决,愉快地甩门而去的时候,戴着三条杠袖章的周汉阳正在走廊那头巡视。

秦川冲出校门与虎子嬉闹的时候,周汉阳凭栏眺望,用中指推了推眼镜。

肾上腺素冲上周汉阳的大脑,他转回身,正看到隔壁班忘记倒的半篓垃圾。一只苍蝇站在垃圾篓的边缘,搓了搓细手。

次日噩耗传来,班级卫生被扣分,秦川被罚做一周值日。

那个下午,原本心虚的班长快速经过自己班教室,不料余光瞥见教室里多了个人影,正舞着拖把,与秦川玩闹,定睛一看,正是那每天缠着秦川打球的小混混儿。

周汉阳当下理了理领口,昂首踏进教室,学老师模样假咳一声,眯着眼睛,抹了一把窗台上的灰,朗声道:"秦川同学,我说这窗台还没擦呢,你再这么玩儿下去,今天咱们班卫生又要被扣分了,再说,这教室可不是你们玩儿的地方。"

秦川没说话,虎子先窘迫地结巴起来:"我……我们……"

周汉阳转头把目光里的钉子朝虎子抛过去:"哟,仔细看看这位同学却是不曾见过的,怕不是咱学校的人吧,不知道校外人士禁止入校的吗?再说——"他鄙夷地打量着虎子身上掉色的喜羊羊T恤,"再说看你这……样子,我们这可是新买的电动拖把,玩坏了你赔不起!"

电动拖把的确是稀罕的宝贝,身后一两条杠的低年级学生围上来纷纷附和。

"对……对不起。"虎子弓着腰盯着地面,后颈红似一片血。

周汉阳以为挖苦虎子,等同于扇秦川的耳光,没想到秦川冷眼看着窗外的风景,始终没吭声。

周汉阳只好冷冷一笑,对虎子一扬下巴:"行了,你出去吧。"

虎子恭顺地放好簸箕,像游魂一样被逼退了。但他才迈出门,就

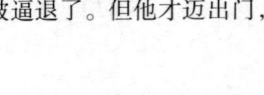

第五章 / 路过天堂的咒语

听到秦川说了一句话。

秦川说得很轻,但是大家都听见了:"班长昨天玩儿垃圾,今天教训小孩儿,真忙,可别累坏身体。"

一丝慌乱掠过周汉阳的脸庞,被回望的虎子捕捉到。

周汉阳做出夸张的惊讶,像个糟糕的演员,瞪大眼睛反问:"你说什么?"

秦川左手在裤缝上抓了抓,终于松弛下去。他耸耸肩,捡起扫把接着忙活,淡淡道:"没什么。"

下一瞬间,谁也没看清,虎子撞了几个桌角,大步冲了过来,竟然把周汉阳按翻在地,对着他的脸,一拳头砸过去:"是你,你搞的鬼!让你暗算……算秦川!让……让你暗算秦川!"

第一拳周汉阳是蒙的,第二拳,第三拳……他没想到刚才还软弱可欺的大笨熊,像被打翻蜂巢的群蜂,凶蛮爆发。

周汉阳抹了一鼻子血:"你……等着,我告诉老师去。"

虎子结巴着咆哮:"你去……去告啊!去啊!我跟你一……一块儿去!你昨天先搞……搞事情,我们就去老……老师那里,说个清楚!"

周汉阳被梗住。血倒流进眼睛,迫使他拼命眨眼,鲜血在他的脸上缓慢凝固,围着他的跟班却没有一个上来帮忙。

脑子里嗡嗡作响,忽然间,他对视虎子凶悍的眼,目光又移动到旁边秦川身上,好像了然了秦川嘴边凉薄的笑意。如果世界上能有位同学像虎子这样为他两肋插刀,他甘愿帮他写一个月的作业——周汉阳这么一想,顿时被自己的心情感动,觉得虚伪的秦川更加可恨。他想一跃而起,揍秦川一顿,但因为还被虎子压着,只能像咸鱼一样弹了弹身体。

　　围观的跟班们觉得周大队长这样子很滑稽,又不好意思笑出来。最先笑出来的是秦川。但不是奚落的笑容,也不是给周汉阳的笑容,是给周围的看客,绽开春风般温暖的微笑。

　　秦川笑着将周汉阳扶起来,爽朗笑道:"昨天原本是我个人疏忽造成我们班卫生扣分,只是我朋友跟你们周大队长间有些误会,是我们的私事,请你们先去别的班检查吧。"

　　低年级学生惺惺地散了。秦川掏出纸巾给周汉阳擦血,温柔附耳低语:"班长,要是让老师为了咱们小孩儿的事调监控录像看,多闹心啊。"语气是劝和,其实底牌亮得周汉阳一脸明晃晃。

　　秦川继续假意诚恳道:"所以班长大人,咱们还是私了吧,我陪你去弄点儿药,咱们一起吃顿饭,也算不打不相识了,下个月准备奥数比赛,老师还想让咱们携手进步呢,咱俩这个朋友,早晚都要交的,你说是不是?"

　　周汉阳厌恶地皱眉,躲不开被秦川搭住了肩。

　　秦川只给身后的虎子留下一句:"麻烦你帮我把今天的卫生收个尾了。"不过走了几步,好像发觉自己戏路不对,秦川不自然地咧开嘴,头也不回地补了一句:"我买好辣条和蓝莓雪碧,晚上在家等你。"

5.球赛之夜

　　那天周五。每周五晚上是秦川和虎子的球赛之夜,他们总会开心地采购一满兜零食,然后在荧屏前观看秦川拷贝的球赛录像,扼腕

第五章／路过天蝎座的眼泪

呐喊。可是让秦川越来越尴尬的是，他发现自己欢呼，虎子也跟着欢呼，他咒骂，虎子也跟着咒骂……有时秦川忍不住想问他："其实你不喜欢网球吧？"但是害怕自己得到的答案是，虎子并没有什么真正喜欢和不喜欢的概念——他的亲近，不走心。

秦川幼年孤僻，只认家里的牛头梗是好友，一次带狗渡河，水流湍急的河面让狗急得嗷嗷叫，但最终也跟着他游了过去，秦川以为，这是共患难的情谊。没想到牛头梗被送给了奶奶，一年后再见到它时，它已经不认识秦川，龇牙咧嘴地对他狂吠，一分钟以后终于认出故人，敷衍的欢迎让秦川尴尬，好像心里盛装的很重要的东西已经被打翻了。

秦川最喜欢喝蓝莓雪碧，虎子总是不辞辛劳，穿过半个小镇去给他买。虎子总是无比耐心地给他穿网球拍的线，秦川感动的时候，脑海里就有一个声音对自己说——没有价值的。他对你好，只是他遇到谁就对谁好了，并不是因为你是秦川，明年换个人，他照样给别人买可乐鸡翅，修越野自行车。这温柔只是廉价的天性。

那天，秦川敷衍完周汉阳后，破天荒自己买了两杯蓝莓雪碧，拉好窗帘，决定假装当晚自己不在家，让虎子扑个空。如此想了，心里竟然有些促狭的快意。

他删除原本准备好的球赛，独自看完2008年温网费德勒与纳达尔的巅峰对决。温网本是最优雅的赛事，欣赏轻轻露出"树叶的背影"般的反手击球，而赛场上仿佛西班牙海盗的纳达尔，在那里终结了优雅绅士费德勒的连胜，接下网球界世界第一的王冠。其貌不扬的纳达尔，被称为跑不死的红土地之王，场上每分每秒都凶猛认真，仿佛别人是来打球，他却是来拼命，整个人摔倒了，眼睛还盯着球看。场下却是腼腆谦逊,像从猛兽回到了男孩。那是男孩秦川向往的人物,他连喝两大杯蓝莓雪碧,将虎子和周汉阳纷纷抛诸脑后,错觉一个人也并不孤单。

拉上窗帘的球赛之夜,虎子也并没有前来叩门,好像对秦川预计的小捉弄心有灵犀——他总是这样,似是懂他,又更似是不懂他的。

啊,是了……中年秦川抛接着手中的网球,几不可见的尘埃簌簌落下,在阳光中旋转,如同抖落人心灵上尘封的欠债:他帮我争金钱豹,我嫌弃他笨拙,他帮我打周汉阳,我反责怪他鲁莽。世上曾有个人这么全心地对我好,我却贪心地想要他更聪明周全……

秦川深吸一口气,回忆起虎子糟糕的家境。虎子爸穷人出身少爷脾气,常年头痛缠身,失业在附近晃荡,虎子妈是工厂流水线上的廉价劳动力。有时秦川骂虎子瞎当童工,不如回校念书,虎子就会憨笑道:"接着打……打……咱分出胜……胜负再……聊天嘛。"

但是此言一出,秦川跟虎子就会打到天色漆黑也分不出输赢。两个男孩心事间隔着无数个Match Point④。

越来越多的球赛之夜落单,偶尔秦川一个人爬上屋顶,喝蓝莓雪碧吃辣条,胸怀星辰大海的征途。楼下的路灯旁始终没有经过来拜访他的客人,他以为他不曾在意,然而今日他却还能回忆起那根路灯矗立在水泥路上形影相吊的模样。

很小的时候,傍晚的深蓝色的穹顶,会升起一轮金黄圆月。后来,有几年的夏天,中年秦川在洛杉矶,坐在自己家院子里,看着念小学的侄女跟附近肤色不同的小伙伴追逐嬉闹,棕榈树沙沙摇曳,傍晚天空蓝得似孔雀的胸脯,天使之城炽烈的余晖在他松弛的肩膀上融

第五章／踏过天蝎座的眼泪

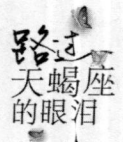

化,积累的生活突然劈头泼下,一闪而过的思维片段里种种浮光掠影:自己纠正虎子不规范的网球动作时,口干舌燥的心急,或者他总是讲错术语时的抓耳挠腮,或者冰镇蓝莓雪碧上干净的露珠……而那些都恍如小学课本上鲁迅写的《故乡》中,海滩上有青蛙似的两只脚的跳鱼儿,没看清,便被海水冲走了。

6.挑战

一次长假,秦川和虎子去临近的县城,找到他们一生所见的第一个真正的网球场,场边每个高中生的大裤兜里都鼓着一窝网球。

他们为争场地起了冲突。

"五局三胜,谁赢了球场归谁,小哥哥们?"秦川拿拍子指着人,好不嚣张地挑战。

他与虎子组队双打,首次合作,却格外有默契。虎子总能预料到他的行动,两人配合得天衣无缝。连胜两局后,对方觉得不对:"你们拿的球有问题吧?喂!仔细看看,这根本不是正规的网球,这可不公平。"

于是换球。秦川不太适应,虎子更是退化得乱无章法。又一次双发失误送分!战况急转直下,秦川按捺不住心高气傲的心性,冷冷责备:"你搞什么啊?我跟你讲不要上步式发球了,像我一样平台式靠谱点儿不行吗?"

虎子敬畏地挠头:"……可你讲……讲过我上步发球更有威……威力的嘛。"

"随机应变你不懂吗?"

"我……"

"发球都下网了还哪门子的威力啊?"

"是……是的……"

失败的时候不能先怪队友——道理他都懂,可是他怎么还是做了自己讨厌的事呢?看着虎子对自己无限退让的模样,他更是气不打一处来,甩手就摔了拍子。刚摔完他就后悔了——纳达尔从来不摔拍子!

高中生们哄然大笑,围观输家埋怨同伴,真是人生一大快事。两人输得难看,狼狈退场,被嘲笑根本不会真正的网球。

7.Unforced error|非受迫型失误⑤

按照计划,二人还是划船去游览了当地的野生溶洞。

洞中寒气逼人,土腥味四溢,秦川想往最深处一探究竟,又心烦恐惧。

虎子摸索到他的手,使他安定,但他侧头看虎子的脸时,见那轮廓在绑着荧光灯的头盔下十分晦暗,顿时心悸地甩开虎子的手,往船下望去,见到暗涌的黑水。

虎子不言不语,眼里似是无忧无虑。秦川胸口一团乱麻,却似乎郁结了太久。

缄默良久,秦川忽然大声问道:"你以后想做什么?"声音在空寂的洞壁中回荡。

虎子说 "像你一样打……打网球。"

秦川愣了一下,心情复杂地别开目光:"你没钱进网球学校的。"

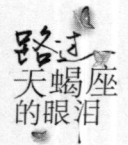

"那就先……先做球童。"

"球童也需要专门培训。"

虎子坦然道："其实……我无……无所谓的,我能亲眼看到你得冠……冠军就好了。"

——什么鬼话?我无所谓的?你又不是我慈祥的外婆……秦川胸口发麻。

他愤怒又害怕地反驳："别痴人说梦了,我们连真正的网球都没碰过。"

虎子依然乐观："差不多的,我回去再……再改……"

秦川无法再听虎子把温柔的话说下去,愤然截断道："够了!好的,我一定会成为职业网球运动员,可是那关你什么事呢?其实你不帮我穿拍线我也会自己穿,你有什么无可替代的呢?醒醒吧,为你自己的人生另做打算,趁早认清现实。我呢,我向爸妈软磨硬泡,争取考进体育学校……我早就想告诉你了,我们根本不是一路人,我——"

"扑哧",一只不明生物与他们擦肩而过,秦川的声音戛然而止。少年容易决绝,误认世事非此即彼。

他发觉自己失言："……我们回去吧。"

船摇回湖岸,他们一路无话,上岸后各奔东西。

暮霭沉沉楚天阔,秦川心里揣着三把老虎钳在翻搅,他又独自摇船回到溶洞。空气更冷了,暗流躁动,他心有所念,等发现迷路时,已经不见天光。手机无信号,他兜兜转转,身心俱疲,惊觉自己会被困死在此。

虎子独自回去了,他不会再想起我这个浑蛋。天长地久有时尽,何况我们都是渺小的动物……闭眼前他这么想。

……

再醒来时,母亲正拍他的脸要他吃粥。事情没有他预想的那么严重,因为虎子当天就返回了溶洞,找到昏睡的秦川,将他带了回去。

"你怎么知道我会再回去溶洞的?"他跑去问。

虎子垂着眼睑不说话。

一切尽在不言中。

半晌,秦川抢下虎子摆弄了半天的篮球网兜,把纠缠的死结利落解开,坦然道:"对不起,我说过的话都不算数。我们和好吧。"

虎子只是点头:"好。"

和好,这个词有几个意思呢?是智慧增进,彼此多理解一分,还是暗示已经分道扬镳,强颜欢笑,掩盖不了旧梦难圆?他已经私自下过结论——他们不是一类人。

秦川获得去夏令营学网球的资格,采购出行用品,在小镇中弯弯曲曲,绕着蹿躲避虎子。

出发前一天,装作平常那样跟虎子约球。击出一个很偏的月亮球,把球挑云了后山。

夕阳的散射迫使虎子眯起眼睛:"你先回……回家吧。等……等我捡回那个球,改天再……再来约你。"

刹那间秦川心跳如雷,如蒙大赦,笑着答道:"好,好!"

夏令营很顺利,秦川顺势踏进网球界,考体校,受到专业训练,参加橘子碗(美国青少年网球锦标赛)从小鱼塘汇入大江流……事业

第五章/跨过天蝎座的眼泪

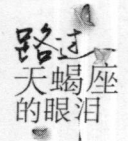

巅峰时,他一度小有名气,征战世界各地,以招式灵活多变著称,对手很难预测他的下一步。可是没有取得多大成就,他就平淡退役,做了一名平庸的健身教练。

他不知道为什么。网球是最孤独的运动,田径赛还能闻到你前方劲敌的气息,可网球比赛规定教练也不能与球员对话。秦川以为自己从小练习,已经习惯孤独,青壮年没空孤独,步入老年,不谈孤独,可是不谈也知道,它回来了。

他好像始终没有寻到星辰大海,又好像已经摇摆着桅杆,经历过了。那美好的仗我已经打过了。

打过了?

$$8. H_2CO_3 \rightleftharpoons H_2O+CO_2\uparrow$$

后来他曾问家人:"我去夏令营的时候,虎子来还球了吗?"答案是没有。他当时惧怕再与虎子粘连,不曾深究。

后来,等到他有勇气去叙旧,虎子所打工的店已经易主,一家人不知去向。

再后来,他也就淡忘了少年往事,像世上所有老去的男孩一样。

或许他年少时做了某个中二的决定吧,比如——"虎子,他们许多人,都是没有心的。那么我也没有心好了。"可是赤司征十郎⑥能治好鸳鸯眼虹膜异色症,自己却不是动漫里的孤胆英雄,等到懂得情谊珍贵的时候,明天的赛场上,已经找不见他的故人。

最值得用真心去换的真心,在不懂事的年纪错过。

妻子喜欢婉转的情歌,秦川爱听柴可夫斯基的《悲怆》,连帕格尼尼也嫌做作。今天他一定是被那些窜出鼻孔的2012年的陈年CO_2（二氧化碳）呛着了，才会偶发矫情的吧……人到中年的秦川，手里握着睽违十七年的旧网球，发了几杯蓝莓雪碧的呆。

穿越时空而来的老球，担任着某种迟到的证明。

他打了第七个碳酸味的嗝，分不清是终于承认，还是误认，多年过去，茫茫球场，他并没有再遇到像虎子一样，总是能猜透他的对手。

忽然回味过来，当时只道是寻常。当他故意一发月亮球把网球打飞时，虎子也读懂了他诀别的意味。眼角眉梢一个轻微的牵扯，那个被他认为愚笨的小孩儿却洞若观火，了然于心。

他配合秦川，偏偏要说——等我捡回这个球，改天再来约你。然后再没有找过秦川。心照不宣，一别一辈子。

9.尾声

秦川喃喃："你说这个球是我们结婚的时候收到的？"

九年前？他如何知道我成家的住址？他有记挂过我？什么样的记挂呢？带着笑，或是很沉默？

他如何度过这一生？我如何度过的这一生？

……

秦川的沉思之外，妻子翻出一条褶皱的绯色短裙，兀自欣喜，眼里跳跃起昔日名模走T台万众瞩目的荣光。

她把裙子比在身上，仿佛镁光灯扑面而来一样尖叫旋转："看这金鱼似的褶皱，这可是当年Versace（范思哲）最得意的春夏款呢！用

了心的东西,果然是不同……"

秦川置若罔闻般垂下眼,兀自推开窗户,悯然远望。

天鹅河上春寒浅,不见游人缓缓归。夜幕随之匍匐而下,紧紧攫住秦川的心。一份理解迟到了太多年,早已变成无法偿还的遗憾。半晌,长久黑暗的夜空中忽然闪出一点亮光——是机场方向的天际划出一架航班,往北而去。旅途的尽头想必有人重逢。

秦川终于舒展开紧抿的唇角,对虚空微微笑起来。他后知后觉地答道:"嗯。是的。"

网球术语解释

①月亮球(Moon Ball):过网形成极高抛物线的上旋球。

②ACE:接球方球员碰不到球就直接得分的优质发球。

③制胜球(Winner):包括一系列用很大的力度,或者运用精巧的角度,主动、强势得分的球。

④赛末点(Match Point):在一场比赛中领先的一方球员再赢得一分即可获胜的情况。

⑤非受迫型失误:指在网球比赛中,选手自身主动失误造成回球下网或出界,而与对手无关。

⑥赤司征十郎:动漫《黑子的篮球》中双重人格的中二人物,异色瞳,冷酷无情,以自我为中心,一心求胜。当他金色的左眼变成与右眼相同的赤色,代表他重视团队体贴温柔的第一人格觉醒。

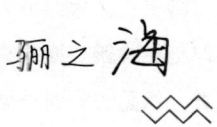

文/宝琴

1

我是在九岁那年跟随母亲来到美国的。那时正值二月,大地刚刚回暖,远山是带着雾霭沉沉的深蓝。我紧紧牵着母亲的手,飞越北太平洋,千里迢迢地抵达美国东海岸的一座马场。

我们即将和三个异国的陌生人组建一个新的家庭:一个叫克里斯的蓝眼睛男人和一对金发的双胞胎少女。

父母在我很小的时候就离异了。母亲出国工作,结识了丧偶多年的克里斯,两人很快坠入爱河。克里斯是马术教练,拥有一个规模不大的马场,向当地的孩子开授马术课程。我常常坐在马场的篱笆外,满怀羡慕地望着克里斯的双胞胎女儿骑在马背上,轻盈地越过高高的栏杆,身后洒下一串银铃般清脆的笑声。她们刚会走路就开始学骑马了,一路斩获了州内多项马术比赛的冠军。马厩里到处挂着两人在比赛中获得的蓝绶带,陈列柜里摆着光芒四射的金奖杯。

我羡慕着她们,同时又隐隐地畏惧着她们。她们简直像是一个模

子里刻出来的——高挑、匀称、健美。而我从小就体弱多病,瘦巴巴的像一颗干瘪的枣。她们两个有说不完的悄悄话,而我是个连语言都不通的第三者,尴尬得连手脚都不知该往哪里放。她们每天都要在马场上跟着克里斯进行训练,姿势优雅得像是在跳舞。而我只能躲在篱笆的阴影后,睁着大眼睛朝她们看了又看,像是头一回进城的乡下姑娘,怎么看也看不够。

克里斯终于注意到了我。他朝我温和地笑着,一面向我招手,一面叫我的名字:"湾湾,过来呀!"我扭扭捏捏地从篱笆后面走出来,而我的两个继姐姐此时一起收住缰绳,勒住了马的步伐。她们以同样的姿态扬起眉毛,冷然而疏离地审视着我,每一个举动似乎都在暗示着:我是一个闯入她们生活的不速之客。

"湾湾,你想骑马吗?"

克里斯对我很友好。他没有让我改变姓氏,也从不强迫我叫他爸爸,而是让我直呼他"克里斯"。我仰头看着两个继姐姐,忽然觉得她们真高啊。她们逆着光,高高地骑在马背之上,而我在她们高头大马的阴影下,显得格外渺小。

"你想骑马吗?我来教你。"克里斯又问了一遍,我羞赧地点了点头。他抬头叫了其中一个女儿的名字:"信念,你下马来,把马让给湾湾骑一下。"

克里斯的两个女儿,一个叫Faith(信念),一个叫Hope(希望),典型的双胞胎女孩名字。被叫到名字的姑娘没有动弹,依然冷淡地坐在马背上。克里斯又叫了一遍,语气稍微有些严厉了。这次马背上的少女终于有了动静,但并不只是信念一个人——两个姑娘都冷着脸从马鞍上翻身跳下来,一同把马缰绳摔在了克里斯手里,转身就往场外走去。克里斯有些尴尬地呼唤着她们。她们却像没听见一样,头也不回地走远了。

克里斯把头转过来,向我挤出一个满怀歉意的笑容。我摇了摇头。我觉得我能理解两个姐姐的心情。这本来是她们和克里斯雷打不动的父女训练时间,却凭空跳出一个碍眼的我。如果换作是我,我心里也会觉得不快活。

我的身体原本紧绷得像一张拉满的弓,此时却像是被人抽走了箭矢一样,慢慢地松弛了下来。听到克里斯要教我骑马的时候,我心底还隐隐期望着和双胞胎并驾齐驱,被她们接纳为小圈子中的一员。可是现在我知道了,我和她们之间有着不可逾越的沟渠。事实干净利落地罢在我的面前,像一个突如其来的耳光,越回味越疼。

2

为了这件事,克里斯似乎对两个女儿发了一通脾气,但是双胞胎一致对外的态度终于让克里斯妥协了,也让我变得更加知趣。从此以后,每逢双胞胎跟着克里斯训练,我就远远地躲开。直到训练结束,克里斯偶尔得了空闲,我才会慢吞吞地从角落里钻出来,跟着克里斯学骑马。我的手脚总是僵硬得可笑,丝毫没有双胞胎的自然流畅。等到第二年开春,我才勉强掌握了基本的快慢步和小跑。而双胞胎已经升入高中,时常代表学校的马术队参加全国大赛,屡屡拔得头筹。学校的马术教练甚至在和克里斯商量:将来要送这一对姐妹花去参加奥运会。

那个悠长的夏天,我时常坐在阁楼上,推开窗户眺望马场。双胞胎正在跟着克里斯特训,清脆的笑声一次又一次回荡在田野之上。

第五章／路过天蝎座的眼泪

她们按照克里斯的每一个指令奔跑跳跃,像是驾驶着一片羽毛那样轻灵。他们三个人的组合是那么和谐。拂过篱笆的暖风里流淌着无忧无虑的欢乐。

我坐在那里看了很久很久,直到夕阳把云端染得通红,暮归的飞鸟簌簌留下黑色的剪影。我多希望克里斯是我真正的爸爸,我多希望像姐姐们一样做他的掌上明珠啊。可是掌上明珠,终究只能一只手捧一颗。他已经有两颗明珠,哪里还有余地留给我呢。

到了仲夏,马厩里有一匹年迈的马退休了。克里斯新买了一匹年轻的骏马,住进了空出来的马厩。两个姐姐都跑过去,围着马厩又笑又跳,而我小心翼翼地站在角落里,生怕一不小心挡了别人的道。新来的骏马有阿拉伯马的血统,头呈楔形,马尾高耸,从耳尖到马蹄都是墨一样浓重的黑色,每一块流线型的肌肉都展示着年轻的活力,那样子真是英姿飒爽。克里斯说它的名字叫Ali。Ali,阿里,黑宝石一样的大眼睛,随风飘扬的长鬃毛,真像是从《天方夜谭》里走出来的波斯王子。

然而阿里很快就开始打喷嚏,在马厩里坐立不安地甩动着头部。克里斯请了兽医,才发现阿里的免疫系统不完善,天生对灰尘过敏。一匹马居然对灰尘过敏!可是马场里到处都是灰尘,喂马的干草中夹杂着灰尘,训练场上飞扬的也是灰尘。

双胞胎轮流骑着阿里在场上小跑了几圈,阿里被扬起的尘土呛得连连打喷嚏。每打一个喷嚏,它的长脖子都要直直地往前伸,浑身猛地一抽搐。这样一直打喷嚏,还怎么完成一套流畅的跳跃动作呢?双胞胎很快就对金玉其外败絮其中的阿里失望了,跟着克里斯一同散去,热闹的马仓里顿时冷清了下来。

看他们走远了，我才慢吞吞地走到阿里面前，手里拿着用水打湿过的干草。沾过水珠的干草就不会扬尘了。阿里把头低下来，从我的手里一口一口地吃着草料，用黑玉一样的大眼睛望着我。喂完了草，它忽然伸出柔软的舌头，亲昵地在我脸上舔了一口。

我忍不住"咯咯"直笑，伸开手环绕住了阿里的长脖子。阿里友好地把头垂下来，接受了我的拥抱。它的皮毛那么温暖，让人几欲落泪。

"你不要伤心，虽然别人不喜欢你，可是我很喜欢你。我觉得你是最棒的小马。"我像是自言自语一样，对着阿里的耳朵小声说。马是有灵性的，如果感觉到主人嫌弃它，它心里也会难过的。阿里温柔地眨着长睫毛，它一定是听懂了。

"哪怕别人不喜欢你，我也喜欢你，我最喜欢你！"我略带执拗地重复了几遍，然后猫着腰溜出了马厩，挥手朝阿里告别，"等我晚饭后再来看你。"

妈妈晚餐做了沙拉。我吃得心不在焉，时不时从桌上偷一截小胡萝卜塞进手心，准备留给阿里当零食吃。马最喜欢吃脆脆甜甜的小胡萝卜，一口一个，有力的后槽牙咬得"嘎嘣"直响。姐姐们正在和克里斯有商有量地说着什么。忽然间，我听到了阿里的名字。

"……应该把阿里送走……"

"反正也不能上场训练，还要多占一个马厩，白搭一份草料的钱……"

克里斯挑选马驹时很少看走眼，阿里无疑是他在生意场上少有的失败案例。克里斯沉吟着点了点头，看来他也在考虑把阿里送走的事。

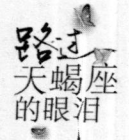

"不要,不要把阿里送走!"我不知哪里来的勇气,忽然在餐桌上喊了出来。众人都愣住了。我平时安静得很,食不言寝不语,一天下来也说不了三五句话。但是我顾不上他们惊讶的神情,急切地朝着克里斯把话说完:"请你把阿里留给我吧,我会好好照顾它!"

克里斯愣了一下,随即好脾气地笑了起来:"这倒提醒我了——你的两个姐姐都有自己的小马,你也应该有一匹。但是阿里的身体不好,你得花好多精力才能照顾好它。不如让我给你买一匹新的小马,保准又健康又漂亮!"

我使劲咬着牙,感觉眼泪就要溢出眼眶:"不要,不要!"我把头摇得像个拨浪鼓:"我就要阿里,无论别的小马有多好,我都不要……"

两个姐姐把眉头蹙了起来。克里斯深深地看了我一眼,低下头思忖了半晌,抬头问我说:"你想留下阿里,就要为它负责。你能够照顾它一辈子吗?帮它洗刷马厩,帮它除尘,那都是辛苦而烦琐的工作,你能做到吗?"

"我可以!我可以做到!"

"哪怕它永远也不能上场比赛?"

我重重地点了点头。克里斯忽然微微一笑,一双眼睛让人想起湛蓝的矢车菊。

"那好。从今天起,阿里就是你的小马了。"

3

第二天清晨,天刚蒙蒙亮,我就从被窝里爬了出来。夏天来了,每逢晴朗的夜晚,我们都会把马牵到屋后的小山坡上,解开缰绳,让它们在大自然的田野间休息放松,踏着风露而眠。第二天早上,克里斯的学生来上马术课之前,我们再把马从野地里牵回马厩。现在时间还早,所有的马还在户外,马仓里空荡荡的。我右手提着沉甸甸的水桶,左手拿着小刷子,晃晃悠悠走进阿里的马厩。

日头升上来了。克里斯一踏进马仓,就惊讶地睁大了眼睛——我正满头大汗地蹲在阿里的马厩里,把每一块木板缝隙里的灰尘都洗刷得一干二净。原本灰扑扑的地面也被我擦了又擦。克里斯连着叫了我两声,我才听见他的声音,把热得红彤彤的小脸扬起来望着他。

"我把阿里的马厩刷干净了。"克里斯还没开口,我就急急忙忙地说道,"我以后隔两天就会给它刷一遍马厩,还会记得把它的干草淋湿……我不会偷懒的,我一定会照顾好阿里的!"

"我知道。"克里斯缓慢地说,"我相信你。"

他停了停,忽然问我:"湾湾,你想骑阿里吗?"

"可是……可是你说阿里不能上场……"我犹豫地说。

"没错,阿里确实不适合在土地上跑,但是我有一个主意。"

吃过午饭,克里斯牵着阿里,把我一路带到了海边。

"在海里骑马?"

我瞪大了眼睛,以为克里斯在开玩笑。但是克里斯很认真地点了点头:"对,就是在海里骑马。"

他扶着我跨上了马背,牵着阿里的缰绳,一步一步往海水里走去。我颤巍巍地坐在马背上,心里又兴奋又紧张。凉意沁人的海水拍打着我的脚背,我忍不住咧开嘴笑了起来。

"我小时候住在内陆。夏天的时候,我和兄弟们经常在湖里骑马,还会打水仗。"克里斯笑嘻嘻地说,"那时我觉得在水里骑马是

第五章 踏过天蝎座的眼泪

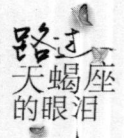

世界上最好玩的事。"

海水慢慢没过了阿里的背,我的下半身都坐在大海里了。这感觉真是太新奇了,整个马背滑溜溜的,我就像是直接骑在海水的脊背上一样。阿里欢快地甩着鬃毛,甩起一串串晶莹的小水珠。

自从克里斯教我在海水里骑马以后,我每天下午都会牵着阿里到海边玩。我的技巧越来越娴熟。有的时候,我会从阿里的背上滑下来,和它并排游在海浪里。我还会绕到它的身后,轻轻抓住它的马尾巴,让它带着我一起往前游。它黑色的马尾和我黑色的长发交织在一起,像水草一样飘飘摇摇。

我们还会一起趴在湿漉漉的沙滩上,眺望远处的海平线。阿里悠闲地卧在银白的沙子上休息,而我弯腰捡了满满一捧贝壳,穿成项链挂在阿里的脖子上。我赞美阿里的英姿勃勃,顺便也赞美我自己的心灵手巧,而它安静地竖着耳朵,颇有风度地默许了我的赞美。然后我们又嬉笑着冲进海里。我抓住阿里的鬃毛,看着它矫健的身影在水中若隐若现——它真像一条龙啊,一条在海中来去自如的龙。

我给它起了一个新的名字,Ali,阿骊。骊,纯黑色的马,也是传说中黑色的龙。在国内上小学的时候,语文老师最喜欢的学生就是我,每次都会在课上给同学们念我写的作文。可是现在来到了美国,我连阅读课文都吃力,更不可能在写作课上得到老师的青眼。我心里有许多优美的故事和诗篇,可是都被深深的文化沟壑所隔挡住了。我就像《海的女儿》里那尾小人鱼一样,世人只能看到我蹒跚地邯郸学步,却无人能听见我心底唱的歌。

但是阿骊一定会明白的,阿骊总能听懂我未曾说出口的话,总能理解我试图掩饰的情绪。外人不会明白文字中蕴藏的小小含义,这是只属于我和河骊的隐秘联系。

4

再悠长的夏日也会有尽头。日子一天一天过去了，秋风吹皱了夏日的叶蔓，白雪融化成一个崭新的春天。时间一眨眼就溜走了，我的个头儿越来越高，南方的阳光给我的肌肤镀上了一层健康的小麦色。我进入了姐姐们曾经上过的高中，而两个姐姐已经凭借着出类拔萃的马术拿到了大学的体育奖学金。也许是因为我们都长大了，我和姐姐们的关系比小时候缓和了一些。我们从来没有像电视里演的一样变成亲密无间的姐妹，只是彼此多了几分相敬如宾。比起家人来，我们更像是彬彬有礼的熟人。

不过这样已经很好了，现在的生活很安稳，我也不去奢求更多。每年夏天，我都会和阿骊一起去海边。我们在蔚蓝的大海里追逐着潮水沉浮，在细软的沙滩上留下一串马的足迹。阿骊愉快地打着响鼻，而我放声欢笑，指间划过珍珠白的细浪。等到暮色转暗，我们才心满意足地回家。脸颊上沾着细小的盐粒。我这一生也不会成为像姐姐们那样优秀的骑手，可是那有什么关系？和阿骊相依为伴的每一天都充满了欢笑，这些珍贵的回忆足以点亮我今后的日子。

深秋十月，两个姐姐去欧洲参加一项重大的马术赛事，克里斯和妈妈一同去观看比赛，只有我一个人留在马场里。天空阴沉沉的，像是要下一场大雨，于是我把所有马儿牵回马厩，紧紧关好门窗，早早就钻进被窝休息了。

我正睡得昏昏沉沉，耳边忽然传来一阵震耳欲聋的雷声。我整个人顿时从梦中惊醒，直挺挺地坐了起来。窗外的景象让我怔住

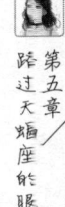

第五章／路过天蝎座的眼泪

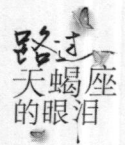

了——瓢泼大雨倾盆而下,狂风哗啦啦地吹着窗玻璃,远处的小树东倒西歪。

飓风,是飓风!那时我还不知道,我即将遭遇东海岸几十年来的最强风暴。我手忙脚乱地穿上衣服,冲到门口向外张望。才看了一眼,我就惊恐地张大了嘴巴。虽然我们家坐落在地势较高的小山坡上,可是往靠近海边的低洼处看过去,大水已经漫上地面了!

我的脑子"嗡"地一下眩晕起来。我随即想到:这个马场里不只有我,还有十几条活生生的生命呢!我深吸了几口气,转身就往马仓的方向跑。马儿们似乎也预感到了危险,一个个在马厩里没头苍蝇似的转来转去,焦虑不安地甩着蹄子。我一路冲过去,一个接一个拉开了马厩的闩子——跑啊,你们跑啊,跑得越远越好!

一道闪电突然划破了天际,像火柴一样瞬间点亮了半个黑压压的天空,天上的水闸都打开了,大洪水要来了。

受惊的马儿接连冲出了马厩,向马仓外跑去。我拉开了最后一个铁闩,心里稍微松了一口气,转身要往门口跑。忽然,一条黑色的影子落在我面前,挡住了我的去路。

阿骊!是我的阿骊!只有它一匹马没有急着逃命,而是跑到我面前,一个劲围着我打转,心急如焚地打着响鼻。我的眼眶忽然热了起来——它要带我一起走呀!它不肯丢下我一个人!

一阵巨雷滚过,没有时间再逗留了。我匆忙给阿骊套上马缰,迅速翻身上马。又是一道闪电划过,阿骊蹬蹄冲出了马仓。借着这转瞬即逝的光芒,我忽然看见一根纯白纯白的眼睫毛长在阿骊深色的大眼睛旁边。我的心不可抑制地抽搐了一下。阿骊的全身依然纯黑如墨,却被这一根雪白的睫毛出卖了它的青春风采——是什么时候发生的事呢？我的阿骊，我英姿飒爽的黑骏马，也会有老之将至的那一天吗？

阿骊冲出了马场泥泞的小径，向高处的大路跑去，飞溅起一地水花。雨越下越大，低洼地的大水很快就涨了上来，先是没过了阿骊的马蹄，然后是它的膝盖。阿骊的步伐变得迟缓了，可是还是一刻不停地向前移动着。离开啊，远远离开海岸，越远越好。曾经幻梦一样温柔的大海，此时已经成为吞噬一切的魔鬼。

大水漫上来了，一瞬间吞没万顷田野。大水漫过了富饶辽阔的红土地，也漫过了洁白如雪的棉花田。三月里青芜柔润的山岗，九月里铺天盖地的黄叶，都化作白浪滔天，桑田成沧海。

浑浊的水漫过了阿骊的背，它艰难地划动着四蹄。我们曾经终日在水中嬉戏，谁能想到游泳有朝一日会变成生死攸关的考验？急风骤雨重重地拍打在我的脸上，我的全身像冰一样冷，连眼睛都睁不开了。尽管我拼尽全力抱紧阿骊的脖子，可是我的双手越来越松弛，全身的力气每一刻都在加速流逝着。

不能！不能就这么放弃！我用尽全身最后一点儿力气，抓紧阿骊的缰绳，在腰上系了几圈，把自己和阿骊紧紧地绑在了一起。又是一个浪头打过来，我的眼前一黑，就什么都不知道了。

坠落，无尽的坠落……我的身体像是一叶浮萍，被浩大的海水冲得七上八下……

"你怎么样了？醒一醒！"

有一双手用力地挤压着我的胸口，直到我"哇"地吐出了一口浊水。我茫然地眨了眨眼睛，模糊的视线慢慢地聚焦了。周围的人见我醒来了，顿时发出了惊喜的喊声，纷纷朝我聚拢过来。

我的身上裹着厚厚的毯子。从周围人七嘴八舌的话语中，我慢慢

第五章 / 跄过天蝎座的眼泪

地清醒过来了——我正坐在救援人员的充气筏上。

我活下来了。我是洪水中的幸存者。

忽然,一个冰冷的念头刺进了我的心脏。"阿骊呢?我的马呢?"我歇斯底里地喊了起来,"我的马……我的马在哪里……"

救援人员互相看着对方,脸上流露出怜悯而为难的神色。我感觉整颗心脏都疼得抽搐起来:"阿骊……"

其中一个年轻人犹犹豫豫地开口了,一面小心地选择着措辞。他们从远处看见一匹在水中竭力划动的黑马,凑近后才发现马背上还驮着昏迷不醒的我。人命是最重要的,充气筏根本救不了重达千磅的马。搜救人员用小刀割断了打成死结的马缰绳,把我拖上了救生筏。看到我上了救生筏,一直挣扎着浮在水面的黑马仿佛终于放下心来,四肢停止了划动,慢慢地沉到水下去了。

"你的家在哪里?"一个搜救人员问。我喃喃地回答了他。他的脸上顿时露出惊讶万分的神情:"天哪……你的马居然挣扎着游了那么远……它一定是为了让你得救,才一直竭尽全力往前游……看见你得救了,它的全身就放松下来了……"

"它一定很爱你。"旁边有个女人轻轻地说,"爱得愿意为你付出生命。"

我掀开毯子,低头看去。我的腰间还系着半截缰绳。我用手指温柔而颤抖地摩挲着那截缰绳,就像是摩挲着阿骊宽厚的脊梁。

"不,我的阿骊没有死。"我不断地摇着头,反反复复地念叨着,"你们不明白,它是龙马,它不会死的。它……它一定是游走了,游回大海去了……"

雨势已经变得很小了,乌云微微散开,透出暗淡的天光。"哗啦啦"的白浪一下一下地摇荡着船身。烟波浩渺的天地间，纵一苇之所如，凌万顷之茫然。

哪里还有阿骊的影子呢？只有水，苍茫一色的天和水。我挣扎着想要站起来，却双膝一软，跪倒在飘摇的小船上。我的黑骏马是骊，是直上九天的骊龙啊！它怎么会死呢？它只是随着风起云涌，化回了黑龙之身，游回大海深处去了。

在白雾茫茫的细雨下，在漫天遍野的水光中，我终于再也抑制不住，把断掉的缰绳紧紧握在手里，撕心裂肺地哭起来。

以后我养你

文/离 庭

1.你凭什么瞧不起我

八月初秋，大风还在和夏天最后的炎热对抗，周淮安站在门口，手里拿着扇子，门口的快递员已经把红色封面的邮件递了过来。

她机械地签收，拿着录取通知书，心里说不出是什么滋味。

高考结束之后，周淮安陷入一种很奇怪的状态，很难有什么事情让她开心或者难过。她的录取结果是别人提醒后才去查的，而现在她手里握着通关文牒一般可以通往另一个城市的录取通知书，大脑仍然一片茫然。但是莫名其妙，头就疼了起来。

为什么忽然有种恐慌的感觉？

周淮安的妈妈从卧室里走出来："什么快递？你又在网上瞎买什么了……"

妈妈张静芳年轻的时候很漂亮，笑起来脸上有两个梨涡，以前张静芳常常得意地和周淮安说："你爸周军看上我，就是因为我爱笑。"

后来家里做起了生意，周军和张静芳之间不可调和的矛盾越来越多，婚姻开始出现裂痕，最终还是走到了尽头。

那是周淮安高二的事情了。那时周淮安在外地上学，对家里的情况一无所知，只是有一天她深夜从自习室回来，发现居然收到周军的一条短信。

她很诧异，周军从来不给她发短信。打开看了，里面是"照顾好自己"云云，最末是一句"我和你妈妈今天离婚了"。

当时深夜十二点多，四周都黑了，她毫无知觉地看着发着蓝光的屏幕，像是忽然被谁狠狠打了一拳，头晕乎乎的，一个汉字都不认识。之后的分班考试，她被分出实验班，从此成绩一落千丈。

张静芳后来一直埋怨她："你数一数二的成绩，去了大城市最好的高中念书，结果考了个二本回来，你让我多丢脸！"

周淮安冷冷听着，也不答话，过了一会儿张静芳就不耐烦起来，骂上几句。就像现在，她久久没动，张静芳果然柳眉一竖："问你呢。"

周淮安也不回答，直接把通知书递了过去。

女人微微一愣，看清了是什么之后才笑了起来："你这孩子，不早说。"利落地撕开了封皮，却在看到里面的一张白单子时微微怔住。

周淮安凑上前去瞟了一眼，学杂费列成表样样清晰，她忽然一下子明白过来，刚才自己恐慌的是什么。

面前这个女人——她的妈妈，肯不肯给她交学费？这个硕大的问号让她再一次头疼起来。

张静芳果然开始喋喋不休地埋怨"你说你考这个破学校，学费这么贵，我告诉你，这学费我不会全部给你出的，你先找你爸去要。"

周淮安一言不发地看着她，张静芳忽然火了，重重地推了她一把："就知道瞪我！"

周淮安没留神被推得摔了一跤，尾椎骨磕到地板上，疼痛一路延伸到脊椎。绝望一瞬间铺天盖地，她忽然恶意地仰起头，狠狠看着张静芳："你现在还不是在用我爸的钱，你有资格说我？"

张静芳的脸色在这一秒钟变了又变，半响才吐出来一句："你敢瞧不起我？你凭什么瞧不起我？这是我家！不想待就滚出去！"

周淮安瞥了她一眼，费力地扶着墙站起来，狠狠一摔门，走了。

门后传来张静芳更大声的斥骂："周淮安你有本事了！你滚了就别再回来！"

周淮安一步一步走下楼梯，气极而笑。

衣兜里的"嗡嗡"声响个没完，她拿出手机，刚接了电话，那头一个好听的男声就说道："周淮安，同学聚会你忘了？就差你了，快来快来！"

"卢家迎，你们去吧，我……"她呼了口气，压着嗓子想要拒绝。

"快来，好不容易聚一次，不许不来。"

一句话给她噎住，那边嘈杂嬉闹的声音隔着光缆遥遥传过来，让她一瞬间回到现实。她忽然松了口气，好像家里的种种屈辱和寄人篱下都不过是一场梦。她费力地扬起一个笑容，好像这样就能让语气轻松一点儿："你们在哪儿？"

2.你怎么不向你妈要呢

KTV（卡拉OK厅）里五颜六色的光闪得周淮安不敢睁眼，刚一进来，卢家迎就率先叫起来："来晚了，唱歌！唱歌！"

周淮安摇了摇头，很不合群地坐在角落里一言不发地看着别人玩闹。

卢家迎一屁股坐到她旁边："怎么了？"卢家迎穿着价值不菲的品牌休闲服，灼灼看着她，她忽然很嫉妒他的无忧无虑。

只是卢家迎情绪正高，还浑然不知地笑着："我们明天去打真人CS（真人野战游戏），一起吧？"

"不去。"

"为什么啊？淮安，好歹咱俩是五年的老朋友啊，这么不给面子，等过完暑假上了大学真就各奔东西了。"

口音里带着丝丝委屈，难为他一个一百八十厘米的大男生居然在这里撒娇，周淮安不耐烦起来："说了不去。"

"为什么？不会是因为钱吧，全程我请，包吃包玩，还有美男相伴，怎么样，考虑考虑？"

卢家迎欠扁的脸迎上来，周淮安忽然发起火来："你有钱了不起？不去不去不去！"

卢家迎被吼得往后一躲，不依不饶缠上来："哟哟哟，发什么脾气，请客你还这么生气，好不容易聚一次，不许再挂着这张臭脸了，看着就来气。"

周淮安听了，呼啦一下站起来，心底的委屈终于忍不住："你懂什么？你以为我愿意摆着张臭脸？你不喜欢看我走可以了吧？"说着一把推开手足无措挡在身前想安慰自己的卢家迎，就要绕过众人开门。

卢家迎慌乱之中一把握住她的手："喂，周淮安你哪根筋不对

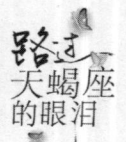

了?"周淮安没说话,单薄的肩头背对着他不肯回身。

卢家迎叹了口气,拽着她拉开门出去。可是眼光才一望上她的脸,整个人就慌了:"我错了,我说话难听惯了你别当真,淮安,你别哭啊……"

哄劝了半天,周淮安哭得更厉害了,卢家迎渐渐没了主意,周淮安忽然捂住眼睛,低低说了一句:"是我错了。"

他有钱,他不愁学费,他家庭健全,所以可以无所顾忌、肆意玩闹,可以把她当成排遣寂寞的朋友。她那么难过那么无助,他却哈哈笑着上来约她出去玩。他对她那么好,她居然还嫉妒他。

周淮安,你真不善良。她抽了抽鼻子:"对不起卢家迎,我有病,你别管我。"她这么不善良的人,嫉妒别人的快乐,还乱发脾气,真是糟糕透了。

"对不起。"像是这辈子和他说的最后一句话似的,她又慢慢重复了一次,然后飞快地转身跑了。

周淮安逃也似的离开KTV,站在大街上不知道去哪儿,拿出手机,迟疑了很久才给周军打电话,小心翼翼地问:"爸,我们要交学费了……"

"你怎么不向你妈要呢?爸离婚的时候财产不是都给她了?爸没有钱了。"

"妈说……让你交一部分。"

那头的声音陡然大了起来,怒不可遏:"你让她死了这条心!学费就该是她交!"

周淮安整个人怔住,她想看看通讯录,心想一定打错了,可过了一会儿,周军放缓了语气,又变回之前那个熟悉的人:"我不是不给你交,你妈妈是想坑我的钱。这样,你去告我吧,等法院判下来,怎么判,我怎么给好不好?"

周淮安忽然很想笑,她也的确笑了,可是嘴一扯,眼泪就唰地淌下来。还没等她说话,周军又说:"只能这样了淮安,你先去告我,我等着法院判。你别怕,她肯定会给你交学费的,她真的不给你拿,爸爸就去告她。"

她终于连最后一点儿希望也破灭了。周军不是开玩笑。他是真的要她去告他。

她站在栏杆外,慢慢走向马路的脚步停下来。她也曾经是父母捧在手心,舍不得让她受一点儿委屈的宝贝。她也曾经是人人羡慕、光鲜活泼的小可爱。那些平凡的幸福,她都有过,却在刹那间崩塌。

那时候他们一家已经从乡下搬来城里住,每当周日晚上,她和张静芳就在家里听着楼下的摩托车声,听到声音最大的,就知道是周军骑着摩托车回来了。如果车后面有东西,那一定是爸爸买给她的书。

她喜欢周军把她抱在膝头说"我们家姑娘最喜欢看书,长大了肯定有学问"时口气里满满的宠溺。而妈妈就会点着她的额头笑骂:"和你爸一样迟早成一个书呆子。"

中秋的时候,夜里周军骑着摩托车载她和张静芳追月亮。高速公路上只有他们一家三口,一路朝着前方的月亮追过去,周军一直问她俩:"够不够大了?"

三十多岁的大男人,却带着妻女做这么幼稚的事情。张静芳温柔地环过小小的周淮安搂在周军腰间,风很急地吹过发丝,呜呜作响,可是她觉得很温暖。

直到那月亮大得晃眼,她有些害怕了,在他身后轻轻地说:"爸

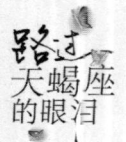

爸,我不看了,我们回家吧。"

"好,我们回家。"妈妈把她抱在怀里,三个人在小小的摩托车上,朝家的方向驶去。

后来每年的八月十六,她看着月亮,都会想起那一年那一夜。像张爱玲笔下那十几年前的月亮一样,它照着过往的一切,任星霜屡变始终不改。

可是,十几年前的一切,都已经不复存在。

3. 考虑你?谁考虑我啊

周淮安照着百度来的地址,站在本地法律援助中心楼下时,踌躇了半天都没敢上楼。

那发红的大牌子上写着"康薇律师事务所",她犹豫了一下先打了电话过去。

"您好,是康律师吗?"她说着上了楼梯,站在铁门的门口,忽然门开了,她和出来的两个人猝不及防撞了面。

周淮安手一僵,他怎么在这里?

"你怎么在这里?"卢家迎先她一步问出这句话,忙不迭伸手拉住转身下楼的她,"还生我气,见了我就走。"

周淮安被迫回过身,手里还拿着电话。卢家迎身后站着的女人将手机慢慢放下,扔回包里,朝她轻轻点了点头:"我是康律师,你找我有事吗?"

卢家迎更诧异了:"你找我妈做什么?"

"我打错电话了。"周淮安没料到会有这么一出,窘得满脸通红,向康薇一点头,"阿姨好,我……我先走了。"早知道康律师是卢家迎的妈妈,她死都不会来这个法援中心。

康薇对着她的背影淡淡说了一句:"本地就一个法律援助中心,你不找我,你找谁去?"

周淮安僵了僵,不知道该不该迈下一步,她回头,看到康薇眼底有淡淡的安抚:"孩子,进来说话。"

周淮安很久没有这么痛快地倾诉过,如果没有卢家迎在场,一切就完美了。

康薇很擅长捅到别人心底深处,把东西都挖出来,却又不让人觉得被侵略。在对方引导下,周淮安很快把父母离婚后一系列让她困扰和痛苦的事情,像倒豆子一样倒了出来。

卢家迎听到最后异常愤怒:"这还是成年人做出来的事情吗?又不是没有钱,为什么都不肯给你交学费?"卢家迎的思维里,这简直是没办法想象的事情。

周淮安眼眶一红,看向康薇:"阿姨,我现在该怎么办?"

"你满十八岁了吗?"

周淮安忽然意识到自己成年这一事实,窘迫地点点头。

康薇叹了口气:"其实这种情况,就算你真的起诉你爸爸,判下来的抚养费也是远远不够交学费的。你已经十八岁了,法律上他们已经没有义务交抚养费。我还是希望你能和父母好好谈谈。这件事法律无法妥善解决。"

周淮安开口:"如果能谈,我早就谈了,可是这件事他们拒绝妥协。"

康薇只是说道:"你没有尽最大的努力去尝试,怎么知道他们一定会拒绝?"

第五章 路过天蝎座的眼泪

周淮安回家后,委婉转述了周军的话,心里想着,一定要好好谈一谈,她不相信,妈妈一点儿也不顾及她的感受。

谁知张静芳冷笑骂道:"那就起诉他,看看丢谁的人,他是你爸,你别做梦我会承担学费,他想和我杠,我绝对不会让步。你就这么和他说。"

周淮安站在原地,很久才找回自己的声音:"你和他赌气,考虑过我有多为难吗?"

张静芳整个人似乎一僵,三角状的眼睛慢慢挑起来,短暂的沉默让周淮安心惊肉跳,可过了一会儿,张静芳居然笑了,咬牙切齿道:"考虑你?谁考虑我啊?我现在除了钱,谁也不认!"

这一刹那,周淮安看着妈妈空洞而狂躁的眼神,想说的话再也无从出口:我知道你心里难受,想要爸爸不好过。我知道你不是不想给我交学费。我知道你现在只是精神状态不好无法控制自己,你并不是真的想打我骂我。我都知道。

妈妈,我都知道啊妈妈。

可是周淮安张了张嘴,哑然僵在那里,忽然发现,她已经很久没有叫张静芳一声"妈妈"了。

是什么时候,连这种本能,都在一日一日的摩擦和吵骂对立中,渐渐被消磨得所剩无几?那个来到这世间最初学会的字节,无论心里呐喊了多少次,却都在即将出口的那一刻,全数阵亡。

沉默了很久很久,周淮安终于忍着泪说道:"你这种状态,我怎么和你一块生活下去啊?"

张静芳很快地说了一句:"那就滚。"

4. 他们都想我滚，他们不要我了

张静芳说"滚"说了无数次，可这次周淮安是真的滚了。

她收拾东西住到了周军那里，搬过去之前，她和周军通过电话，周军说："平时家里没有人，买楼的时候就给你留了房间，你想住多久都行。"

很好。周淮安颓废地想，至少安静。搬过去的第一个晚上，她准备了好久想要和周军好好谈谈，像康律师说的，父母怎么会不在乎自己的孩子呢？

她坐在沙发上一直等，门开的时候她刚要喊一声"爸"，却在下一刻咽了回去。

门口赫然是两个人。周军和一个年纪很轻的陌生女人。

"淮安啊，叫阿姨。"

周淮安凌乱了，她很想问：你不是说家里平时没人吗？

可是她太怕从周军那里听到一句张静芳常说的"不愿意住就滚出去"，那就太难堪了。

周淮安一颗心翻来覆去，瞬间有些窒息，连表情都不知道该摆成什么样子。她极力镇定地向他俩点了点头，便回卧室去了，坐在床上的时候，连她自己都开始佩服自己的淡定。然后她默默收拾东西，趁他们回卧室的时候，静悄悄掩上门离开了。

夏天的夜晚还是很热，周淮安的心突突直跳，背着一个硕大的书包，里面塞满了各种日用品。她整个人恍恍惚惚，掏出手机翻遍了电话簿，最后还是给卢家迎打了过去。

"淮安？怎么这么晚还没睡？"卢家迎那边的声调软软的，像是被吵醒。

周淮安本来想找人陪自己去网吧,这下心里过意不去了,抿着唇沉默了一会儿:"没事,你接着睡吧。"说完就挂了。

没一会儿那边又打了过来:"你有事?淮安,我已经起床了,你在哪儿?我现在去找你。"

周淮安在附近一个网吧下了车,她听着电话那头的人不容拒绝的声音,动摇许久。

理智告诉她,你不要给人添麻烦,可是这一刻她真的太害怕。她呆呆地站在街上,看着行人往来,可是天地间,好像忽然间就只剩她一个人。夏天这么热,她却觉得有股凉气,从脚底板冒出来,让她浑身发冷。

她吸了一下鼻子,两行泪无声地滚下来:"我在红珊网吧。"

周淮安随便找了个包厢包夜,心里一阵一阵闷痛。

原来无家可归,是这种感觉。手机在包里振动,她拿起来看到周军的名字,按掉了继续上网。反正他们不会担心。周军会以为她回了张静芳那里,张静芳一直以为她在周军那里。

所以即使她今天晚上在这个地方死了,他们都不会知道。他们也不会在乎吧?

卢家迎推开门进来,走过来蹲在她旁边握住她的手:"别哭了淮安。"

她还以为卢家迎开玩笑,她想开口反问"谁哭了",嗓子却哑得不成样子。太难看了,她默默地想,她今天的样子真是太难看了。

卢家迎眼眶红红的,疼惜地看着她:"淮安,别哭了。"

重复的这句话却像拉开了一道闸门,她所有不堪忍受的情绪倾泻而出,化成了寂静中沙哑而颤抖的一句话:"卢家迎,他们都想我滚,他们不要我了。"

男孩沉默地望着她,没有说话,他坐在她旁边的沙发椅上,轻轻地握着她的手,陪了她一夜。

5.原来这场闹剧,她也有份儿

周淮安顶着一双红肿的金鱼眼,被卢家迎送回了张静芳那里。

她本来不想回来的,可是卢家迎静静按着她肩头问了一句:"她生你的时候流了那么多血,现在你不过还了点儿眼泪,有什么好委屈的?"

她以为他会哄她,会站在她这边,却没料到他说出这么一句话,反驳的言语本已到了唇齿间,却在那一刻湮灭无声。最终乖乖任他送她回家。

她推开门的时候,张静芳忽然傻了一样,看着她,动也不动,明知故问地说了一句:"淮安,你回来了?"

周淮安一言不发地回到房间,关上了门。

"淮安,淮安你和妈妈说句话好不好?"

周淮安瘫在床上,听到张静芳一边叫自己,一边敲着房门,可浑身像是走入休眠一样,想要动,却无能为力。她心里知道,或许起来,走过去,开门,张静芳就心软了,肯妥协了。可是这一刻,思维连着肢体,都死在这个炎热的夏季。

敲门声渐渐弱下去,像很久之前她不肯去幼儿园,被张静芳带回家里打了一顿,她整个人被打得失去了知觉,傻傻地看着她,然后跑回屋子死死关着门。门外有着柔声细语的哄劝:"淮安,妈妈错了,妈妈不该打你,你出来和妈妈说句话好不好?"

过了很久,周淮安才敢和她说一句话。很久之后的某一天,周淮

第五章 路过天蝎座的眼泪

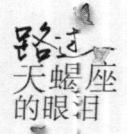

安还抓着她的手问:"妈妈,你以后还那么打我吗?"

她是那样怕疼的人,被人伤到,就缩到壳里不肯出来,时过境迁,疤痕长好了,才敢重新面对,却会心有余悸。

第二天周淮安带着手续又来到法援中心,康薇看了她很久,才叹了口气,一言不发地整理文件,过了一会儿,告知她,缺少一张离婚证明和离婚时的财产分配证明。

她刚刚要打电话给张静芳,号码按着按着,就走了神。

那张离婚证出现之前,是什么情况来着?

周军和大多数没文化的北方男人一样,一吵架就喜欢动手,张静芳总是挨打。

他们离婚之前,张静芳似乎还挨了打。周淮安假期回家,发现张静芳一只脚是瘸的,可那时候她整个人都恍恍惚惚,也没有表现出怎样的情绪,头脑竟然一片空白。

张静芳虽然生着病,但还是给周淮安做饭,做饭的时候总是唠叨:"你呀你,一点儿都不知道心疼你妈,我脚动一下都疼,你也不知道劝我不要做饭了,还吃得心安理得。"

她听的时候没在意,心里想,还不是你自作自受,要不是你天天找碴儿,打电话过去骂他,他怎么会打你?这女人作起来没完没了,连她都受不了,更何况是爸爸?

晚上看着她一把一把地吃处方药,周淮安只是冷眼旁观,也没说过给她倒杯水,为她打个下手。甚至,从来没有问过一句,这个药吃这么多,苦不苦?

她只是麻木了。起初他们打架,她还会劝两句,后来两个人打起来战火绵延,到处都是战场,她就把自己房间的门一锁:"别打到我这里来。"然后摔门而去，躲开烦心的一切。

可如今她还在埋怨他们不懂得保护她，不懂得关心她，还在埋怨，他们为了推脱责任而演出的这场闹剧。她手一滑，电话摔到地上，只觉得眩晕中发了一身的汗。

原来这场闹剧，她也有份儿。

6. 爸爸要结婚了

那个电话最终还是没有打出去。

她心灰意冷地回家。那卧室虚掩的门里，有隐隐的啜泣声，她站在门口没动，过了一会儿，眼睛红红的张静芳走出来，把一个存折放到她手里。

"我们不去起诉了，好不好？"

她手里拿着存折，忽然冷笑了一下，把那红色的本本回手扔到了地上："从今天开始，我谁也不求。"

她知道自己在赌气，可是决定做出来，周淮安竟平静地接受了。她谁也不求了。如果钱那么重要，那就留给你们吧。

她查资料，申请助学贷款，开学的时候揣着这些年攒的三千块压岁钱一个人去了火车站。

大学开学周淮安简直忙得脚不沾地，打工、学习和校园活动一样不落。她原以为做不到的，居然都做到了。

银行卡上渐渐多了周军打过来的学费，张静芳给的生活费，一笔一笔累积成很大的数目，她倍感滑稽，想问他们一句，现在还有什么用？但是她电话都懒得打，那些钱，她一分也没有动过。

大二暑假她在学校附近找了个快餐店打工，回宿舍的时候，楼底

下的阿姨对她说:"周淮安是吗?你爸爸来找你了。"

她一愣,回身推开宿舍楼大门往外走,周军就坐在不远处一个花坛上,似乎是困了,所以一直半眯着眼睛。周淮安一直走到他跟前,他才反应过来,蓦地站了起来,有些窘迫:"淮安啊。"

周淮安想喊一声爸,可是字粘在舌尖上,怎么也吐不出来。她如被雷击,恍惚想起来,已经有很久没有叫过一声爸,一声妈。周军鬓角有零散的白,眼光苍凉,似乎隐隐期待着什么,终于还是在沉默里尴尬一笑:"爸来就是想告诉你……爸要结婚了。"

她很想说一句,和我有什么关系?可是莫名喉咙哽咽,只说了一个字:"哦。"然后匆匆转身进了宿舍楼。到了宿舍门口,拿着钥匙,却怎么也戳不进锁孔里,她越是心急手就越抖,等镇定下来,已经是一脸冰凉。

过去的好多事千军万马一样从脑海里踏过。她忽然神经质地重重一拍门,泪流满面地往外走。

宿舍楼门口已经没有了周军的影子,她跑起来,看着校门口那个熟悉的影子,她不管不顾地喊了出来:"爸!"

夏天最热的时候,稍微一动就是一身汗,她感觉到有成股的汗顺着头发流下来,远处的人影僵了一下,才回过身来,她却朝他摆了摆手:"我就是想和你说一声,你要幸福!"

喊到最后一个字,哽咽结局,周淮安看不到周军的表情,却知道他一定是红了眼眶。

7.以后我会养你的

卢家迎曾问周淮安,你为什么会因为那件事,一直都不能原谅他们？

周淮安说你不懂。

是的，不会有人懂。他们不懂，从幸福高处跌落的绝望。

她一直固执地追忆一个逝去的世界，父母骤然变化的面孔，让她无法接受。

可是那种精神状态下的双方，她为什么总要奢求从前的安稳？她凭什么？目送周军离开的那天，她恍然间明白，除了索取，她什么都没有付出过。

暑假过了一半，卢家迎约周淮安回家。火车上男孩的眼睫毛在昏暗的光线下微微颤抖，周淮安刚想问他，你怎么才回家，手就被他轻轻包在掌心。没有说出口的一切，似乎在这一刻成了默认的约定。很久很久的约定。

她忽然鼻子发酸："卢家迎？"

"你知不知道你很固执？"卢家迎没有看她，眼光转向窗外，"其实这几年你不常回家，阿姨很担心你，她甚至知道你去过法援中心，就去法援中心找我妈妈问当时的事，在法援中心一个人哭。我妈妈后来告诉我，那时候阿姨一直在吃百忧解，她有焦虑症，你都不知道。"

卢家迎铁了心不去看她，只感到掌心的手被汗湿，身侧的呼吸不再平稳，轻轻地道："这世界上的人，都有自己的无奈，都有犯错的时候。为什么一直被原谅的你，却从来不肯原谅别人？周淮安，我想你快乐，可你现在一点儿也不快乐。"

时隔两年，周淮安第一次站在家门口，细细地看着为她开门的张静芳，她手里还拿着锅铲，厨房里的抽油烟机轰隆隆作响，油锅里的菜因为太久不翻动发出焦糊的气味，可是她只顾着看周淮安，掩饰地

抬袖子擦了擦眼睛。

"妈,你炒的什么菜啊?"寂静中,周淮安忽然冒出来一句。

"啊……啊。"张静芳把她让进去,哑着嗓子说,"还不是青豆芽。"

周淮安回卧室放下东西换了衣服:"我帮你弄吧。"

卧室离厨房不过几米的距离,她却不肯出门来当面说,又在卧室里喊了一句:"妈,我下次放假回来。"

张静芳还在厨房里,锅里的菜早就烧焦了,她却不敢动一下铲子,怕哗啦啦的声音会湮没女儿的话:"好啊,下次回来想吃什么?"

"妈,我爸结婚了,你别伤心,你还有我呢。"

张静芳在油烟里重重地点了下头,却忘了周淮安看不到,眼泪吧嗒吧嗒落在锅里,溅起一股烟。

"以后我会养你的。"